神氣少年

第一部

神器與神氣

歐沐陽 著

前言

　　筆者是經營害蟲管理公司的，了解香港的蟲情鼠患。近年牀蝨老鼠等蟲害漸趨嚴重，影響着家居、商場、食肆、學校⋯⋯讓市民知道基本的蟲鼠情況，既可以避開有蟲鼠為患風險的處所，更可作個人防蟲參考，是寫作此書的初衷。

　　作為資深防蟲滅鼠業者，長期與蟲鼠爭戰，見慣因為蟲鼠之危害致餐廳倒閉、小童身心受創、家庭主婦進出精神病科，甚至經歷不勝枚舉的玄幻奇事⋯⋯

　　本書通過虛構的故事，不經意間傳播防蟲避鼠知識。

　　因為說的是香港蟲事鼠蹤，人物故事理所當然是香港的人與事。為了突顯背景的真實性，選取了現在進行式事件。故事場所多在商場、食肆，是因為香港人與之交集頻密，其蟲情鼠事與市民健康極為相關⋯⋯

本書以文學小說形式呈現，人物角色試圖以本土文化特色分別塑造——以香港特區市花創作「紫荊少女」、以本港道地小食創作「小食王子」、以經典粵語歌曲創作「粵歌公主」和以賽龍舟習俗文化創作「龍槳少年」等神氣少年。反面人物塑造與蟲鼠結合，以危害人與社會的負能量創作出魔蟲法師、魔蟲幫幫主及其四位魔蟲將領。

　　這部小說敘述神氣少年聚集正能量，與以負能量侵襲香港的魔蟲幫展開的爭戰。

目錄

神器一現香港

很久很久以前，天外飛墜一塊隕石；後來隕石生出了孫悟空；不知過了多少年月，一位仙家找到該隕石，提煉出稀土，用來打造了五面子母銅鑼，命名：通、明、愛、放、和，「和」是母銅鑼，「通」、「明」、「愛」、「放」是子銅鑼。

五面子母銅鑼在「鳴金收兵」首次參與人類社會活動。中國古代戰役，擂鼓表示進攻廝殺，鳴金則表示收兵休戰；「鳴金」的器具就是銅鑼。

歷史大小戰爭，肩負起鳴金收兵重任的萬千枚銅鑼裏面，這五面子母銅鑼漸漸被人發現是神器！是寶藏！世代流傳「得銅鑼神器者得財富，得銅鑼神器者得天下！」

圍繞銅鑼神器的爭奪延續了幾千年。

宋朝末年，宋帝端宗齊集五面銅鑼神器逃亡香港，廣邀賢能開啟神器以圖復國。端宗未能如願而建立了神器守護機制，委託哈尼族心腹女將攜首席母神器帶回雲南哈尼宗寨，四面子神器分別由四名家將藏於香港，並設立一座庵堂作為守護機構。

銅鑼神器藏着人、自然、社會相互間的奧秘。神器家族代代相傳：2018 年前後，是開啟神器奧秘時機。總部設在喜馬拉雅山下的法器教總壇，研究和追尋銅鑼神器上千年。其中一位法器法師，提前十年駐紮香港，建立香港法器寺，就是為了把握大好時機。

2018 年春天的一個清晨，雲南山區哈尼宗寨。太陽在藍天中吐露，焐熱了位於山頂的古老的宗寨廣場，溫暖着竹木結構的聯排村屋，灑落於大片綠色哈尼梯田。或許是太陽太溫暖，村民仍處在夢鄉之中；然而山頂的宗寨廣場意外的有多人聚集。

廣場有個純粹以黃竹竿搭造的舞台，陽光首次發現舞台正中懸掛着一面古銅色銅鑼。四個穿着哈尼族服飾的族人和一個穿着休閒時尚的人跪伏銅鑼面前。

良久，五人一齊起立。

是四位哈尼長者，休閒時尚着裝的是三十出頭的年輕人。

青年出列，聲如洪鐘：「甘峰定必竭盡所能完成神器家族對宋端帝的承諾，齊集子母神器！」

但見他舒臂運指，在銅鑼內圈彈奏。

清新陽光照見他的左右手指，各挾着形似中醫灸針的銀針。

一陣金屬敲擊樂響起，是古樂《將軍令》。

樂曲漸次昂揚，浸漫四方……

「蝴蝶給招來了！」

「小蜜蜂也給招來了！」

四長者目睹眼前奇景，激動驚呼，向青年豎起拇指。

青年收起銀針，躬身向四位長者抱拳。

四長者共同取下銅鑼，鄭重交給青年。

四長者中唯一髮鬚眉全白的老者，銳目直視青年，說：「哈尼長老相信哈尼公主的眼光！」

青年雙手捧着銅鑼，對四長者道：「多謝四位長老信任，甘峰定必完成先師哈尼公主所託！」

青年從他的大號行李箱內取出一個黃布袋，黃布袋上漆有一行字：「香港峰蝶堂中醫館甘峰醫師」。

一位長老關切地問：「文蝶小公主可安好？」

青年將銅鑼裹進黃布袋、安放行李箱內，面向長老們回答：「文蝶妹妹的香港身分證已經批出，註冊醫師證也認證，醫譽漸起。」

蝴蝶和小蜜蜂隨着音樂飄散而相繼離開了，唯有一隻紫蝴蝶拍打着雙翼在行李箱頂端悠轉，讓人看出牠依依不捨之餘，見到行李箱也漆刻着「香港峰蝶堂中醫館」。

又有一長老問：「小公主尋父進展如何？」

青年答：「未有進展……」

相貌最顯年輕的長老說：「請甘醫師代我們四人向神器山莊嚴慈師太問好。」

青年答道：「再次感謝四長老為晚輩撰寫引薦信函，甘峰會盡快拜訪神器山莊，尋求協助，向嚴慈師太轉達四位長老的問候。」

青年與四老告別，下山去了。

．　．　．　．　．　．　三　．　．　．　．　．　．

約一個月後的一個清晨，相同的銅鑼樂曲《將軍令》在香港九龍宋皇閣上空繚繞。

這座古建築，目前分階段進行保育工程。旁邊的公園裏面，一位休閒時尚着裝的青年，坐在石板凳上，兩隻手腕放在兩大腿之間的大號行李箱內，隱藏地用銀針彈奏箱內的銅鑼，《將軍令》穿透濃密樹林滲入宋皇閣。

奏至末段，銅鑼被來自宋皇閣裏面的迴響顫動了幾下。青年會心一笑，停奏，收拾離開。晨光樹影照見行李箱的「香港峰蝶堂中醫館」漆字。

他就是月前在雲南哈尼宗寨運指彈響銅鑼，奏樂招蜂引蝶的青年甘峰！

步出公園的他赫然發現宋皇閣內竄出無數跌跌撞撞的老鼠！他生來怕鼠，他明白是他奏響的銅鑼樂曲無意中擊傷了老鼠，於是快步離去。

黃昏時分。九龍與新界交匯處，依山向海呈曲尺形的兩排村屋；每棟獨立屋劃一三層高，有矮牆圍繞和花園配套。

位於街角轉彎位置那棟，臨街牆壁橫鑲綠底黃字招牌——「香港峰蝶堂中醫館」。

不遠處的村巴站，從小巴走下一女子，走向中醫館；她年

約三十，高䠷的身材、飄逸及腰的長髮；雖然雙手挽滿街市之物，卻絲毫不減麗人氣質。兩個醫館姑娘剛鎖好醫館鐵閘轉身離開。

「文蝶醫師，甘峰醫師回來了。」

「哦！謝謝，黃姑娘、劉姑娘，明天見。」

大門開在獨立屋的正中，對住梯間，文蝶直上三樓，只見客廳放着大號行李箱。

「峰哥！」沒人應聲。

她輕敲甘峰的房門：「峰哥！」還是沒應聲。

文蝶走出後窗露台，見到他坐在自家的臨海花園，對住一面銅鑼思考！

她急不及待下樓，到了樓梯最後一級後又折返二樓，進入她粉紅裝飾的房間，從保險箱取出一本古舊線裝書——《銅鑼密語》。

她走下花園，坐到他身邊。

「蝶妹！」

「峰哥，你到神器山莊，見到嚴慈師太嗎？」

「那些尼姑好傲慢，不怎麼在乎哈尼公主信物。」甘峰看着自己手上一串銀針說。

「奇怪，我從小就知道媽媽是以這串銀針作信物與神器山莊往來的。」

「也許人走茶涼，現在是四長老共管哈尼宗寨，而不是你承襲。」甘峰端詳着手中銀針：「我愈來愈覺得銀針本身也是神器？《銅鑼密語》為何沒提及銀針……」

甘峰對文蝶說：「有好消息要告訴你，我肯定宋皇閣藏有一面銅鑼神器！是『通、明、愛、放』中的哪一面，還毫無頭緒。我要加緊行動取出來，我十分擔心四老提前要回首席神器。」

「恭喜峰哥的發現！別擔心，哈尼四老交給我。要弄清哪面神器藏在宋皇閣，和其他神器下落，只有求助神器山莊。」

她遞給他《銅鑼密語》。

甘峰翻看一會，沉思一會，忽然說：「今晚能約平凡嗎？」

「約平凡？什麼事？他兩天後要來表叔家做白蟻檢查。」

文蝶口中的「表叔」其實是隨甘峰稱呼，是甘峰的表叔，也是鄰居，兩家後花園相連。平凡則是滅蟲專家，經營「平凡滅蟲公司」，也是文蝶的丈夫。

甘峰：「近日我開車在港九新界探尋子銅鑼神器，每次奏出神器音樂必然召喚出蟲鼠，即使在高級商場、寫字樓都不例外，宋皇閣周邊也有。」

文蝶內心觸動，翻開甘峰手上的《銅鑼密語》：「母銅鑼刺激出的蟲鼠必是被子銅鑼輻射的蟲鼠。」

甘峰：「如此說來其他銅鑼神器已經現身？甚至已被開啟用來操控蟲鼠？」

文蝶：「一定已經有其他神器現身香港。」

甘峰聽後激動，再追問：「平凡今晚出車滅蟲嗎？今天可是星期六，你不用幫他帶雞蛋仔？」

文蝶：「平凡幾乎日夜出工作車，這幾天雞蛋仔去了他爺爺家，今晚會接他來住。」

甘峰：「馬上聯絡他，今晚我跟他滅蟲。」

文蝶心領神會，電聯平凡。

「雞蛋仔」是平凡的兒子，正在讀小學，是平凡與前妻所生，不過前妻在兒子還未滿周歲時就遭遇意外去世。文蝶來港後一直居於甘峰家二樓，但她赴港之前與平凡已經是合法註冊夫妻，其中內情，容後敘述。現在首要是跟着平凡和甘峰了解香港蟲事鼠情。

平凡未讀完中學就出社會做滅蟲工作，現雖只有三十多歲，但已經是本港資深滅蟲專家。

入夜時分文蝶駕車載甘峰到中環會合平凡。車流不斷的中環。距離約定地點尚遠，文蝶已輕易認出了停靠在路邊的、那車身畫滿害蟲的滅蟲工程車。

平凡在車外等候，見面後恭敬有禮地請甘醫師上車，幫助他將裝着神器銅鑼的大背囊放上車。開車前文蝶對平凡說：「我待會去補習社接雞蛋仔，下星期雞蛋仔都住我這。」

平凡：「謝謝你，文蝶。」又對甘峰說：「感謝您醫好了雞蛋仔的濕疹，我真不知如何報答您。」

「別客氣，還要覆診幾次。我要跟隨你幾天了解鼠情，請你為我保密。」

「您放心，需要我怎樣配合，請儘管說。」

文蝶目送滅蟲車消融於五光十色的街燈，站立良久，沒有即時離開的意思。

她將車子停泊在停車處，然後漫步走往海邊，枝繁葉茂的街樹間中落葉飄飄，使她回憶起在雲南哈尼老家與峰哥的相遇。

那天晚上山寨的月光照得銅鑼湖岸上樹林也敞亮，她聽到此起彼落的捉賊聲，屋內憑窗可見遠處高舉火把的族人，分成左右兩路向着她家的方向包抄過來。她走出屋外的臨湖露台，看看發生什麼事了。

月亮倒映的湖裏，一個陌生男子緊抱一段伐木小心翼翼游到她跟前。

她慌張失措之間，男子向她揮手，喊出她的名字：「你是文蝶師妹嗎？我是你媽媽在香港的中醫學生甘峰。」

甘峰騰出左手，高舉一部用透明膠袋套着的書——《銅鑼

密語》！

「我相信你！」文蝶每次回想，都難以相信自己當日的膽量：「別上岸，會留水漬。輕蹚水，往木屋右邊，有扇小門，伸手往內可打開門柵，裏面是養魚池，別驚動魚兒，走到盡處有木級梯上屋內洗手間。」

・ ・ ・ ・ ・ ・ 六 ・ ・ ・ ・ ・ ・

一陣急促的驚叫聲浪從地鐵口傳來，打斷了文蝶的回憶。

有急步跑往海邊的走避者，對住電話向家人或是情人流淚傾訴：「無數老鼠從 C 商場衝出馬路！」

文蝶眺望 C 商場，但見落荒而逃的人群令附近交通停頓，馬路欄杆撕下的幾片衣裙碎片，在夏日晚風裏掙扎。

文蝶致電甘峰關切地詢問，甘峰解說是他的銅鑼樂曲使老鼠竄出，並向她轉述平凡的專業解說：主要是酒吧坊後巷鼠患所致，半數酒吧廚房甚至客廳天花有老鼠居住；鄰近廢棄已久的街市底層也為老鼠提供了棲息之所；近日街市有工程，致使老鼠逃入一街之隔的 C 商場的地庫避難。

文蝶也被嚇到，急步而行，走進一個公園。

・ ・ ・ ・ ・ ・ 七 ・ ・ ・ ・ ・ ・

安靜、淡光、樹影，誘發她繼續剛才的回憶——

她回到屋內，面對從秘道登上她家洗手間的身影，輕聲道：「鑼響聚民心。」裏面回答：「真童奏神音！」

她打開洗手間一扇小窗，遞給一疊衣服。

木屋裏她與他面對面坐着。

他換上的舊西裝，是她母親生前珍藏，英文牌子，母親告訴她這是來自香港的父親存放家裏的，這件家中唯一的男裝，令她從懂事便開始幻想父親的模樣。

她在他換衣服那會，給自己的一身睡衣加了件外套。

她看完他的香港身分證，遞回給他；安靜看着他，等他說話。

「師妹，我剛才潛入了你們哈尼宗寨神器堂，試奏了銅鑼神器，驚動了你們族人……」他歉意回答着她用眼神的提問。

「這麼說，你破解神曲密碼了？」

「還不完全，我識別了銅鑼內的五線譜，用銀灸針奏出了不完整的神曲。」

屋外人聲漸近，族人到了她家門口後馬上肅靜下來。

她說：「看來這是時機，你該有我媽給你的信物？」

他取出剛才那部用膠袋套牢的《銅鑼密語》、一封信和一串共五支銀灸針。

「書信和銀灸針是你媽媽給我面見哈尼四老的信物，《銅鑼密語》是我甘家作為神器家族成員的祖傳之物。」

她果斷地說：「現在就讓你與四老會面。」

文蝶打開木門。

木屋四周被或高舉火把，或打着手電筒的族人照亮。一位銀髮長者和三位中老年男子站在前排。

「文蝶向四位長老問好！」

「小公主好，打擾小公主了。」

她趨前與四位長老輕語一番，四長老屏退了族人，隨她進入木屋。

「這是我們哈尼族的大長老、二長老、三長老、四長老。」

文蝶依次介紹時，甘峰逐一躬身抱拳行禮。

「他姓甘名峰，香港神器家族中的甘氏後人。」

「後輩甘峰，拜見四位長老。」

甘峰再次抱拳，遞上文蝶母親的親筆書信和一串銀灸針。

大長老看完書信，遞給其他長老傳閱，並不發話，落單在

客廳另一側的甘峰焦急等待⋯⋯

文蝶坐到電腦枱前，說：「下面是我媽媽生前錄下的視頻。」

甘峰佩服老師生前的周全安排，與四位長老一同坐下。

一位白髮婦女出現在電視熒幕，她坐在大廳中央，右邊是古舊書枱，左邊一張空椅，她氣定神閒地坐着，久久沒說話。大廳很大很大，三面牆皆鑲裝古色古香中藥櫃。

「四位長老好。」她的聲音遲緩微弱。

「文蜓公主好！」四位長老顯然將錄像幻作現實。

「文蝶生父與我們哈尼族並無淵源，不要讓她在哈尼宗寨世襲。請允許她走出哈尼，我已經委託他──甘峰⋯⋯」

這時甘峰在熒幕出現，雙手捧着《銅鑼密語》，落座左邊椅子。四長老不約而同看了一眼現實中的甘峰，紛紛點頭確認是同一人。

「⋯⋯在香港幫助文蝶尋父。

「四位長老，我已經證實、我以哈尼宗寨承傳的智慧證實，來自香港的甘峰，是宋端帝遺命的《銅鑼密語》守護者的傳人。他深諳神器之道，請四位長老協助他尋回甘家失落的銅鑼神器⋯⋯」

雞蛋仔來電，終止了文蝶的回憶。雞蛋仔急了，要她提前去接他。

文蝶回泊車處取車⋯⋯

●　　●　　●　　●　　八　　●　　●　　●

凌晨三時，平凡才完成一天的滅蟲工作。

他首先載甘峰回家；回程他在峰蝶堂中醫館外掉車時，遇見陳校長。陳校長是他的中學校長，不過現時已升格成為專上院校校長。陳校長的另一身分是是甘峰的表叔，不過對平凡來說，尤其重要的，陳校長是他和文蝶的媒人。

平凡停車與陳校長打招呼：「陳校長好！」

「平凡！那麼晚，找甘峰？」

「是。」

「什麼事？」

面對校長的問題，從不曾在校長面前說謊的平凡回答：「甘醫師今晚跟我去滅鼠。」

車外的陳校長驚訝起來。

連續三個晚上，甘峰跟隨平凡到港九新界的商場、食肆、寫字樓、食品工場、學校、私人住宅等地方滅蟲滅鼠。香港鼠患普遍嚴重，商場盲目投藥滅鼠，造成天花、冷氣風槽隱藏死鼠而不能清除，致使死鼠臭味滿溢商場，唯有開足冷氣機馬力以圖減淡臭味；但深夜關冷氣後，死鼠味就很明顯了。令滅蟲專家平凡驚訝的是：某些中餐廳、學校等處所的老鼠近來習性大變，除了主動攻擊人，更發現與蟲鼠專家鬥智的「似人智慧老鼠」！

之後的一個夜晚，甘峰帶上文蝶，來到宋皇閣外圍，再次用銅鑼神器探測到裏面有子銅鑼，也發現了「似人智慧老鼠」。

甘峰由此估計已經有其他神器在宋皇閣周邊現身，並有可能被用來操縱蟲鼠，他想不出操縱者的目的，不過他判斷裏面的神器是他甘家失落的神器，必須盡快取回。

甘峰向平凡了解到，宋皇閣的保育和白蟻防治工程，由某跨國公司承接了，而「平凡滅蟲公司」是這間跨國公司的外判合作伙伴，承包了白蟻檢查與防治，但合約規定只容許平凡一個人入內工作，不能帶上其他人。但是甘峰左右思量，除了請求平凡幫忙，別無他法。

· · · · · · 九 · · · · · ·

平凡這個晚上提早下班，因為文蝶今晚陪雞蛋仔在他家過夜。

這是文蝶與他簽結婚書後第二次在他家過夜。第一次是「婚

禮」那天。

他回到屋苑，泊好車已近凌晨一時。

這是一個中產屋苑。幾乎每個深夜，屋苑保安就會看見平凡回家時一手拖沾滿塵土的大皮箱，一手挽一袋連鎖快餐食品，腳上穿着的安全鞋，鞋帶破舊得只用尼龍繩替代。

每晚他經過私家路牌舉頭望家，疲倦中透出滿足。

今天他內心添加了說不出的元素。

早早答應蝶姨上了牀的雞蛋仔睡睡醒醒，輾轉反側，甚至偷瞄客廳坐在電腦前的蝶姨；每天父親回家第一時間會進房看他，平常父親回家前他多半已經熟睡，就算已經醒來了也會假裝睡着。

今天聽到父親到家的聲息，雞蛋仔多想爬起牀，不過父親沒有第一時間進房看他。

「回來了。」

「是，讓你久等了，要吃點東西嗎？辣雞漢堡，還熱着。」

平凡晚上會盡量安排最後在快餐店工作，這樣就有機會被贈當天賣剩熟食，以作父子倆翌日早餐。

美味飄入房間，雞蛋仔忍不住，掀開被褥。但父親進來，開燈那刻他又裝睡。

平凡幫兒子蓋好被褥，看了一圈煥發了整潔美的房間。他關燈轉身，反手輕輕帶上房門。

「多謝你把我家打掃整理乾淨。」

「別謝，看來我要定期來打掃。」

平凡蠻尷尬地傻笑……但很快認真地說：「時間到了，文蝶，離婚文件你準備好了？我會配合的。」

文蝶平靜地望着平凡，平凡繼續說：「你是我父子倆的恩人，沒有你的幫助，這房子早被銀行收去，我也開不成公司；如不是你找甘醫師醫治雞蛋仔，他現在不可能正常上學，欠你的錢我會

盡力提前償還。」

「時間到了？今天來不是為這件事。我是為銅鑼神器來請求你的！」

平凡顯得受寵若驚，因為他是親眼目睹過甘醫師在銅鑼內敲出樂曲，招蜂引蝶，為雞蛋仔醫治濕疹。甘醫師幾天前用銅鑼探尋鼠蹤、輕彈一曲驅群鼠，更令他這個滅蟲專家嘆為觀止。在他心裏甘醫師和文蝶都是神一樣的人物，他何德何能幫得上忙？

文蝶雙眼盯着他，認真地說：「我們探測到失落已久的一面子神器——即是一個與甘醫師那神器一樣的銅鑼，在宋皇閣內⋯⋯」文蝶隱約聽到雞蛋仔的聲息，於是最後那句話壓低了嗓音：「懇請你帶峰哥進入宋皇閣檢查白蟻，以取回宋皇閣內的子神器。」

平凡遲遲疑疑了許久，說：「我這套房還未供完，雞蛋仔還小。你和甘醫師的大恩⋯⋯我⋯⋯唉⋯⋯」平凡將頭埋在雙腿之間。

又過了許久，平凡抬起頭：「或許你們想想其他方法？」

「懦夫！」房間裏雞蛋仔的聲音傳到客廳。

文蝶連忙入房，訓斥雞蛋仔⋯⋯

文蝶早有耳聞，雞蛋仔生母生前也常常如此以「懦夫」惡罵平凡。

客廳裏的平凡低聲哭泣⋯⋯

但平凡最終也沒有答應幫忙。他感到難以面對文蝶，匆匆洗澡去了，之後一言不發，獨自到雜物房睡覺。

第二天，文蝶和雞蛋仔還未起牀，平凡做着早餐；一家安老院急致電他，說昨晚有兩個老人家睡着時被老鼠咬傷！他發信息告知文蝶，急速出門。

這幾天雞蛋仔上的小學因為流感疫情放假，早餐剛吃完，就催促蝶姨一同回到醫館。

　　雞蛋仔未體驗蜂蝶治療之前，多數時間在醫館二樓做功課、打遊戲；自甘醫師在後花園招蜂引蝶給他治療後，他開始迷戀上後花園。

　　今天除了做功課，蝶姨還給他下達了摺衣服的任務。摺着摺着，見到窗外有蜜蜂飛行，還有一隻蝴蝶停在窗台向着他拍打雙翼；然而，雞蛋仔是個有自制力的孩子，堅持到完成蝶姨的任務後，才下花園。

　　他赤裸上身，下身穿一條短褲，手提着一個文蝶買給他的塑膠玩具銅鑼，追趕着蜂蝶。

　　甘醫師每次治療，經歷都玄幻誘人，雞蛋仔對首次治療過程依然歷歷在目。那是一個吹拂着溫暖海風的黃昏，甘醫師在前，父親和蝶姨一左一右握着他的手步入這個花園。蝶姨說這花花草草是治療濕疹用的中草藥；他被安排在中央草地盤腿而坐，也像今天只穿一條短褲，赤裸上身。那時他的脖頸、雙手、雙腿均布滿紅色斑疹，他趁着沒有衣服阻隔，十指使勁抓癢。

　　甘醫師盤坐他對面，雙手各拈一根銀針，敲擊銅鑼內圈，敲出一首樂曲。雞蛋仔只覺曲調熟悉，常常聽爺爺哼唱，卻說不出曲名來。隨着樂曲一遍又一遍的重複，雞蛋仔不耐煩了，身體左搖右擺要站起來……此時，幾隻蝴蝶來到他身邊，愈來愈多蝴蝶從花叢飛出，飛聚他身邊；色彩斑斕的蝴蝶隨着甘醫師曲轉柔和而吻向他的身體。雞蛋仔剛才用來抓癢的十指，現在與蝴蝶互動。甘醫師曲調放緩，蝴蝶依依不捨似的全數離開，隱沒花叢之中。

　　蝶姨溫柔地說：「勇敢的雞蛋仔，接下來，善良的蜜蜂要來與你交朋友，蜜蜂朋友會用蜂針按摩你的濕疹，作為與你做朋友的禮儀。開始有少許痛，不用怕，朋友是不會真的令你感到痛楚的。」

　　「蝶姨，雞蛋仔不怕痛！甘醫師快叫小蜜蜂來吧！」

　　另一樂曲奏響，一隻、二隻、三隻小蜜蜂緩緩飛至；雞蛋

仔的身體顫抖了幾下，很快平穩下來。三、五隻小蜜蜂快速而熱情地擁抱了雞蛋仔，愈來愈多小蜜蜂飛出花叢，來與雞蛋仔做朋友……

「雞蛋仔！」

陳校長的聲音：「你在幹什麼？」

「陳校長好！對不起，我正在追我的蜜蜂朋友，追着追着就越過了您家花園。」

甘醫師與表叔陳校長的家，屋前看兩屋並不相鄰，但各自臨海後花園是連結相通的，只有一道木柵欄用來分隔。

陳校長來到雞蛋仔面前，打量着他手上的塑膠銅鑼玩具，笑得合不攏嘴……

「陳校長你可別笑我的銅鑼神器，甘醫師已經發現了少兒版的神器，我也要拜甘醫師為師！」

陳校長笑聲更大：「哦，神器也有少兒版？」

「是真的，蝶姨說的！藏在宋皇閣！」

陳校長霎時收了笑聲，匆匆回到自己屋裏，留下雞蛋仔繼續追蜂。

暗流

陳校長與甘醫師一樣住在三層的獨立屋外加花園，是他外公甘家祖上物業，地鋪出租，二、三層自住，他兒女在國外讀書，太太陪讀，大多日子只有他連同菲傭在家。

陳校長坐在書房，撥通電話：「轉告法師，宋皇閣可能藏有神器⋯⋯」

掛斷電話，他在書房踱步。書房面積堪比平民居室，三百多平方呎，三面書架，中間雙扇古色古香落地屏風，連同巨大書桌上的筆墨紙硯，活脫古典書香門第氣氛。他終於坐下，從手機通訊錄搜出「平凡」，凝視着⋯⋯還是沒按下去。他拿起一本新書——《本土文學奮進九式》和一份邀請函：「粵語能否創作出文學經典研討會・特邀講者」。一同放進一個佛系布袋，斜掛肩膀，往屋外走，對菲傭說：「今晚不在家用餐。」

「知道了，先生。」菲傭放下手中活，利索地為他開門：「先生慢走。」

陳校長經過地下車庫，在沾滿灰塵的家庭式七人車前面停了數秒，還是轉過身去，慢步走向小巴站。

陳校長身穿水洗牛仔褲配淺藍純棉長袖衫，腿上的潮流運動鞋令他步履輕盈；雖然滿頭白髮，但給人感覺未到六十歲。

他的目的地是中央圖書館，最便捷路線是搭一程小巴轉地鐵，但是之前幾次搭地鐵的經歷令他數度氣短——文明平和的地鐵氣氛一去不復返！他捨易求難在小巴終點站下車，步行十幾分鐘轉乘九巴。

受邀擔任講者，提前五分鐘到場是他的習慣。會場爆滿，與寂寞的香港文學不對等，令主辦方受寵若驚。他被安排坐在《本土文學奮進九式》作者身邊，作者在他身邊耳語：「自拋出本土主義文學概念，參加人數愈來愈多。」陳校長點頭，以欣慰的眼神看着台下的出席者。

他認出坐在第一排的一位紅衣女士。在去年「禪舞也文學」研討會上，她對他提出質疑，指出他的發言背離主題，壓根沒文

學元素，只是跟風談本土。

陳校長收起心思，連忙從佛系布袋掏出擬好的提綱，以致主持人說出「有請道地書院校長陳港生先生接受紀念品」時，要勞動鄰座提醒才起立。在研討會開始時先向講者致送紀念品是香港慣例，陳校長又一次收到千篇一律的證書加金筆等文體用品後，忽然出言感慨：「何時才有代表香港的本土文化禮物？」

全場尷尬而寂靜。

機敏的主持人接話：「這次研討會本來安排陳校長壓軸，看來陳校長已經準備好分享，就請陳校長首講，如何？」全場鼓掌。

陳校長開講：「嚴格來說，我並非文學人，只是在二十多歲時曾經沾邊，發表了兩篇不成氣候小作品。近年常常獲邀講文學，我想過原因：或許是我建議了兩所院校定期在建築物上漆寫唐詩宋詞現代詩，或許是我策劃了幾場有人文歷史的咖啡廳和茶館的文學沙龍。操辦這些文學活動的過程，開始思考我們的粵語寫作能否寫出經典作品？我的答案是負面的——這並非給在座的年輕人、特別是有志以粵語寫作者潑冷水。原因當然許多，最主要是因為香港本土意識愈來愈薄弱。本土意識雖然逐漸被討論，可惜我們書院的調查研究結論是：本土語言從官方到民間，從校內到校外被侵蝕。如此語言環境，當然難以孕育本土語言的上乘文學作品……」

第一排的紅衣女士未等陳校長說完，舉手示意發問，主持人對她說聽眾發問環節被安排在研討會最後的三十分鐘，不過陳校長則請求主持人讓她破例先發問。

紅衣女士接過主持人遞過來的話筒，說：「你知道天津作家馮驥才嗎？他創作了許多國內外公認好作品，他的作品充滿『津味』，具有豐富的如你多次論述的本土文化要素，他的作品充滿天津話，難道在天津，普通話不普遍？香港作家，金庸之後，創作不出經典，是沒有深入生活、作家缺乏經歷，與語境無關！」紅衣女士說完離場。

研討會往後的時間，陳校長神不守舍，他還是第一次遭遇如此無禮對待。

好不容易散會，他婉拒了多位人士的飯叙邀約，獨自一人向海旁慢行。

已近黃昏，灣仔碼頭進入他的視野，他致電邀約平凡在臨近碼頭的商場一起晚餐。平凡回覆今天的工作頗為棘手，可能要八時後才能趕到。

普遍香港人於八、九時才開始吃晚餐，陳校長正好利用這個時間空檔懷舊一番。

他開步踏入碼頭休憩處。喧嘩的普通話，座椅上的人東倒西歪的坐相，令他恍如走進二十多年前的雲南鐵路某站候車室。

他好不容易找着一位大媽斜躺着的長椅還有半個座位，小心翼翼坐下來。

他腦海又閃出二十多年前經過一天一夜的火車旅程，疲憊不堪的靠在雲南某個火車站候車室的情境。他是甘家外孫，當時甘家還未有男丁，童年的他被安排過繼甘家姓甘；他成年後，甘家唯一男丁甘峰才庶出偏房。當年的他雄心勃勃要爭奪甘家神器承傳人之位！他不遠千里前往雲南，目的是拜訪掌控神器之母的哈尼族公主，爭取支持。

陳校長正要進入哈尼山鄉那段回憶，一陣刺鼻酸臭直撲而來，原來是鄰座大媽脫掉鞋襪，光腳晾在椅子上。

陳校長嘆氣離開，沿着海旁觀賞海風輕拍浪。等待平凡。

· · · · · · 二 · · · · · ·

平凡此時仍在工作，在維港另一邊的旺角一棟舊式商廈內，名叫健福的安老院捉老鼠。

健福是香港有悠久歷史的安老服務機構，擁有近二十家安老院舍。平凡自營公司之前，健福全線院舍是由他之前任職的公司承接滅蟲服務，直接由他帶隊負責也有十年，他自立門戶後也頗為順利地獲得健福滅蟲服務合約。

這間安老院雖然位處鼠患指數較高的地區，安老院樓上也是較易滋蟲納鼠的舊式酒樓，但是平凡以他專業的防治體系成功

防止老鼠入侵。安老院現時每月兩次的防鼠工作，由平凡滅蟲公司油尖旺區滅蟲專員、外號「鼠王金」的師傅負責，平凡自己則定期巡查。

平凡今早到達時天未全亮。他沒有第一時間進去安老院，而是圍繞整座大廈慢走了一圈；首先從外圍勘查鼠路，掌握更多鼠情信息，是他行之有效的專業習慣。

院長張姑娘與他是老相識，為他開門時狠狠地低聲罵道：「我被你害死！」

原來是健福集團新任掌舵人小王生聞聲而來！

「王生早晨。」

「平凡師傅早晨，大清早我到達時親眼目睹老鼠亂竄。都說你是『滅蟲專家』、『鼠王』，我只要結果，給我即時解決鼠患！」

小王生年齡與平凡相近，接管家族企業沒多久即發生此類事情，令他大為緊張。

「王生放心，我一定全力以赴杜絕鼠患！」平凡接着向院長道：「我們先看看事發地點。」

張姑娘帶路，一行人左穿右拐經過大房小房，走上寬闊的複式樓梯，直走到走廊盡頭窗邊的一個獨立房間。

平凡搶先道：「美腿婆婆呢？」

「對，虧你還記得，她送醫院了！」

「她怎麼樣了？」平凡關切地問。

「她說除了鼠咬到腳那刻感到痛，倒沒什麼不舒服，不過醫院要做各項檢查。」

「美腿婆婆人真好，有次讚了她的腿很美，硬是給我塞了紅包呢。」平凡目光往四周掃了一圈，掏出手電筒，照射牆角線槽入口處：「大家看到了嗎？最近這裏是否有維修工程？線槽通道被鑿寬了，看來是工程完結後沒有填補，令老鼠乘虛而入。」

「兩個月前是做過維修。」張姑娘邊躬身面對老闆小王生，邊回答平凡的問題。

平凡攀上牀頭櫃，視察線槽：「外面有光透射進來，說明這個通道通往外牆。」

平凡下到地面，用電筒來回照射靠近透光通道的線槽，說：「大家再看看，這段線槽為什麼由原先的白淨變得污黑？這是老鼠頻繁進出而留下的污漬！如果用打火機燃燒污黑處，會有老鼠騷味。」

平凡作狀掏出打火機，眾人害怕得發出尖叫。

收回打火機的平凡對小王生和張姑娘道：「不排除還有其他鼠道，進院前我在四周勘查了一遍，現在我要在全院裏外勘查，麻煩院長派一名職員協調，以方便我們進入老人家房間查看。另請王生您稍待一會。」

此時鼠王金也趕到了，兩人進行了近一個小時的鼠情檢查，來到院長辦公室。

健福老闆小王生和院長張姑娘顯然等得焦急，不約而同站起身。

張姑娘急問：「怎麼樣？你要馬上給我搞定！剛才有記者來電……」

「王生、張姑娘請坐，我們有能力控制鼠患。」平凡以堅定的語調說。

張姑娘舒了一口氣，老闆小王生微微點了一下頭。

平凡續道：「檢查發現此處鼠患嚴重，主要源頭是樓上的酒樓。這棟大廈多層有食肆，天花的左右兩邊與牆壁留有大約二尺空隙，建築設計用作佈置電線等管道的，不過多層租戶安裝天花時為了省略複雜的封閉工程，空隙就成為了老鼠通道。你們安老院的天花封閉尚算嚴密，是年久破損致牆壁稍有空隙，有幾扇門窗也欠缺嚴密，老鼠就乘虛而入。現時檢查出十多處可供老鼠入侵的漏洞。」

張姑娘看到老闆小王生聽得不悅，馬上搶話：「怎樣解決？我們要的是效果，平凡你即時幫我解決吧！」

　　「我們今天整天在此填補鼠道，也會在與上層酒樓相通的天花板上面以黏鼠膠板佈防。首先堵截樓上酒樓老鼠，防止鼠落地面。對已經住進天花板上的老鼠只能慢慢捕捉，急則促其亂竄。」

　　「拜託你了！大家都說你是最有責任心的滅蟲專家，拜託你了！」小王生拱手對平凡說。

　　「過獎了，王生，這是我的責任，但是長遠解決鼠患，還要上層酒樓也致力滅鼠；為這酒樓提供滅鼠服務的是間大公司，客戶太多，可能做得沒那麼細緻，我建議你們想辦法與酒樓溝通，如果酒樓不配合，就找業主，只有共同做好防鼠滅鼠，才能完全解決問題。」

　　小王生望著院長，張姑娘面有難色：「之前我們有找過酒樓，但店長、經理經常換人，他們愛理不理的。平凡你經常與酒樓客戶打交道，有什麼建議？」

　　平凡沉默數秒：「張姑娘你先找他們溝通，假如沒效果，我會教你怎樣做……」平凡說最後那句話時，竟然露出了狡猾表情。

　　平凡和鼠王金工作到天黑才完工，因為工作時發現多個牀位底下有老鼠做巢安家，兩人下了很大工夫即場捕鼠。

　　離開健福安老院，鼠王金看着疲憊的老闆，說：「你不必送我了，你直接回家吧。」「不急，我約了人在灣仔吃飯，我們一路聊聊工作。」

　　「我正想跟你說，我覺得近來老鼠忽然聰明起來，多個場所都不受控制，為匡超市那個碼頭貨倉幾乎被老鼠攻陷、連密不透風的信得學生午餐工場也發現老鼠……」

　　「我去為匡超市貨倉看看，信得工場就麻煩你了，要加強進出通道的物料佈防。」

　　鼠王金下車後，平凡撥通兒子電話，這時雞蛋仔正與文蝶

吃晚飯，他正要例行囑咐一番，雞蛋仔搶話道：「爸爸，求求你去宋皇閣幫甘醫師尋找神器銅鑼吧！」

他一時語塞，聽到電話那頭文蝶教訓的聲音，並接過電話對他說：「不方便就別勉強！」

．　．　．　．　．　．　三　．　．　．　．　．　．

霓虹燈下的灣仔維港岸邊，平凡好不容易找到泊車位。下車後他稍微整理了衣裝，走進港灣中心一間日式餐廳。平凡剛落座，接連來了幾個電話。陳校長微笑看着他的學生，聽着平凡向客戶解答鼠路蟲蹤。

「陳校長，對不起，讓您久等了。」

「你我之間別客氣，證明你生意興隆。」

平凡放下電話後，給校長斟茶；他知道校長喜好日本清茶，看見茶色變淡，特意給他添加幾匙茶粉。

「近來香港談鼠色變，正好是你大展拳腳的機會。」

「連校長您也知道鼠患嚴重……連中環高級寫字樓幾十樓上面也有老鼠出沒……」

陳校長側耳傾聽，此時平凡電話又響起。

「對不起。」平凡一臉歉意的對陳校長說：「是雞蛋仔……」

「爸爸正和陳校長吃飯，飯後再聊。」

陳校長連忙擺手：「兒子重要，繼續繼續。」

平凡：「……大人的事大人處理，這不是蝶姨一再教導你的嗎？」

「……OK！OK！爸爸答應你今晚認真考慮，好好做功課，聽蝶姨的話。」平凡結束了與兒子的電話，面對陳校長關切的眼神，歉意中帶着躲閃。

「文蝶是稱職後母吧！校長這媒人也稱職吧！」

「再次感謝校長！」

「是關於發現神器的事？」陳校長話鋒一轉。

「校長知道此事？」

陳校長裝出成竹在胸，嘴上卻說：「我不知道。但也許知道。我與甘家有約定，我不會參與甘峰表侄尋找神器的事情。」

陳校長給平凡遞上菜單，忽然之間陷入惆悵的平凡卻沒能反應。

陳校長放下菜單說道：「你從小就願意對校長打開心扉，工作後遇到煩惱、婚姻大事都願意聽校長意見，校長心裏一直感謝你的信任……」

平凡抬頭看着陳校長，將煩惱盡情傾訴……

魔鼠出洞

　　臨近子夜，獅子山一側的黃大仙。人車漸次稀疏，通往密集住宅區的天橋，意外聽到拉二胡及伴唱的聲音，腳步匆匆的夜歸人臉露驚慌；陳校長深知港人爽快的步速，一直走得自由自在，即使深夜回家也處處走得坦然無慮！陳校長慢步走近影響了夜歸人平安的天橋轉彎處，一個衣衫襤褸的男子正在拉唱一首文革紅歌，地上放着一個裝有零星硬幣的破碗。陳校長睥睨一眼後離開。

　　來到天橋升降機前，他被眼前所見激怒：幾個操內地口音的男人開擺象棋殘局……

　　陳校長快步離去，向山上深處走去。

　　這個名叫九龍坳的地方在深夜裏只有風聲和鳥鳴，依山而建的幾處村屋，透射出來的燈光照着深長的石階小路，陳校長氣喘吁吁地拾級而上。

　　儘管身處靜謐村屋的美好環境，仍然未能撫平剛才被內地漢公然在香港街頭開擺象棋騙局而激發的怒火，這又勾起了他二十多年前雲南哈尼山寨旅程的回憶。

　　他從雲南的昆明火車站走去汽車站，買好了開往紅河縣城的長途汽車票。距離開車還有頗長時間，他於是在站前廣場遛達……

　　一個地攤的象棋殘局擂台吸引了他。

　　他明白這類殘棋賭局，設局者是永遠立於不敗之地的，儘管現場「做枚」的圍觀者總是煞有介事透露破解妙着。基於一局輸贏只是區區二十元，他決定玩一局。

　　設局者是個中年男子，穿着一套污黑油膩的仿軍裝；三五個或蹲或站的圍觀者大聲研究着棋局，這些土頭土臉的男子看到衣着時尚的他走近，趕緊讓出對局正位。其中一人裝作悟出了破解之道，惺惺作態的與他爭奪對局位置。

　　他微微一笑，用生硬的普通話問：「每局二十元？」

設局人比起兩個手指重複：「二十元。」

「OK!」

設局人：「什麼？聽不懂。」

有圍觀者道：「那是英語，是同意的意思！」

設局人哈哈一笑：「請！」

陳校長讀中小學時是學校象棋隊員，多次在校際賽事中得獎；雖然上大學後就沒接觸象棋，但這盤殘局是從《橘中秘》的「暗渡陳倉」演化而來，他以前曾與象棋導師研究過這局，取勝不大可能，但是有把握立於不敗。

他假裝舉棋不定，設局人果然落入輕敵圈套。雙方交手之際，旁觀的「枚」緊張提醒，也為時已晚，設局人輸了！

他向設局人比起兩個手指。

設局人：「好，來第二局。」

他說：「不，請付二十元。」

設局人用小眼睛盯着他，然後左手伸進污黑油膩的大衣內襟，好久一會才掏出一張有嚴重褶皺的二十元紙幣。

「再來一局。」

「不，要趕車。」陳校長伸手拿到二十元，轉身……

設局人跳起，箭步出拳，重擊他後背，其他觀棋人瞬間將他圍堵。

他跌跌撞撞上了開往紅河的汽車後，發現背包裏的現金被洗劫一空。

陳校長回憶至此，回望獅子山下天橋，雖然已難看見設局的騙徒，但是內心卻激起報警的衝動；仔細思量後，又想不出以什麼緣由報警，恰在此時到達目的地：法器寺。

法器寺只是兩棟相連的三層普通村屋，他熟練的推開寺門。

獅子山下，無論九龍還是新界，像法器寺的小寺廟比比皆是，佛、道等教派雲集，從大宗教，到某部典籍，甚至某章節經文分支的派別都有……比較有規模的當數黃大仙祠和志蓮淨院。

陳校長是法器寺創始人之一，正是在他的籌劃下，以象徵式每年一元的土地租金，向政府借地自行興建的，至今已開寺十年左右。

一名有着南亞裔面孔的年輕紅衣和尚提着孔明燈迎接陳校長：「阿彌陀佛，陳校長好，九龍皇子到了，正與家師在內堂品茗恭候。」

「多謝咕嚕小師傅，耽擱你休息了。」

「這是小僧的份內事，陳校長請！」

有別於傳統寺廟古樸風格，法器寺的內堂時尚又華麗，現代化的燈飾點綴整個大廳，正堂壁櫃供奉一部方正如舊式電視機大小的《天地法器經》。廳堂中央擺放一張巨大酸枝方枱，一名鬍鬚斑白的便裝老者正在向一名三十出頭的彪悍青年解說枱上放着的一面銅鑼。

老者聽到門口的聲息，並沒有迎上前去，只是快速說道：「校長辛苦了！」然後繼續向青年講解。「法師才辛苦呢！」陳校長小聲答道。

彪悍青年仍然坐着，陳校長尊稱一聲，「九龍皇子好！」九龍皇子點了點頭回應。

陳校長待法師的講解完結，才說：「好消息！甘峰確定有神器銅鑼藏身宋皇閣，正要求平凡藉檢查白蟻乘機奪取，惟平凡懼怕，暫未答應。」

「不出所料，本法師已經收網於九龍，驅鼠在宋皇閣周邊搜尋，看來甘峰已經從哈尼宗寨借來了神器之母。」

九龍皇子指着枱上的銅鑼神器：「法師，甘家的《銅鑼密語》

是唯一開啟神器的秘笈嗎?法師不是能用我的皇家神器成功駕馭蟲鼠嗎?」

法師神情凝重,給陳校長遞上熱茶,隨即專注看向桌上銅鑼,良久,向後堂高喊:「全請法器!」

一名紅衣小僧推出一個大木箱,然後從木箱逐一取出五面小型號銅鑼,擺放於九龍皇子的銅鑼神器下首。

法器法師:「這五面小銅鑼,是用我們法器教的萬年隕石打造,十年前本法師駐紮香港開始,在這五枚法器種下蟲鼠,育其魔性,期望三十年後可以驅鼠馭蟲,今有幸得遇皇子,恩施皇家神器裏助,促使法器一舉功成,趕上神器天機開啟年代,本法師代表法器教總壇再次感謝九龍皇子!」

法器法師合掌對九龍皇子躬躬致謝,續說:「本法師回稟皇子之問——現階段我只能開啟神器初階,初階開啟得五枚法器配合才能成功。但銅鑼神器能量之龐大,用途之寬廣無限,舉一可見端倪——可以貫通《西遊記》記載的神、魔之力!」

眼見九龍皇子和陳校長面露疑色,法器法師抓起與法器銅鑼配套的木槌,以閃電之勢連擊五面法器。銅音共鳴而成一段詭異之曲,蟑螂、蚊蠅、牀虱、老鼠爭先恐後現身擠滿法器內圈,牠們瘋狂拚命向外爬,卻爬不出來。法器法師以木槌接力敲響上方的皇家銅鑼神器,敲出圓點顯現一個「放」字,「放」字之下如電腦般彈出一行字:「我係九龍皇帝,港九新界我睇晒!」

法器法師對九龍皇子道:「這就是我將皇子先輩九龍皇帝墨寶植入您家神器,作為令符,只要皇子親口念出令符,就可以發號施令,蟲鼠立即出洞!」

九龍皇子大聲念咒:「我係九龍皇帝,港九新界我睇晒!」

九龍皇子命令一出,五面法器的老鼠跳出,竄至九龍皇子腳前俯伏。

法器法師:「皇子,我沒令您失望吧?我想重申——皇子要開發『放』字神器,與敝寺的法器合作是上上之舉。」

九龍皇子語言依然高傲:「再議!」他往地上狠狠看了老

鼠幾眼，命令道：「鼠輩回洞！」群鼠先後竄回五面法器裏面。

九龍皇子：「奪取宋皇閣內神器後，再議合作！那是甘家遺失的神器無疑了，本皇子要搶在甘峰之前得手！校長不會介意吧？」

「我早已放棄甘家承繼權，恢復陳姓二十多年了。」

「奪神器一事，還請陳校長幫忙策劃。本皇子現在正式回覆兩位，我會認真考慮三方合作提議。」

陳校長神秘地壓低嗓音：「很好！我剛才在路上已經想好『螳螂捕蟬，黃雀在後』之策以奪神器……」

法器法師：「好計！好計！我今晚就行動。」

陳校長在法器寺有自己的宿舍，他與法師一起送九龍皇子出寺門，目送皇子在幾名下屬護衛下下山。

法器法師對陳校長道晚安後，吩咐紅衣和尚：「咕嚕，帶上一面法器，跟我出車下山。」

•   •   •   •   •   •   三   •   •   •   •   •   •

深夜，紅衣和尚咕嚕駕駛七人車載着法器法師從黃大仙區一個停車場出發，開往西九龍，在一座大廈後街停下。

正是平凡昨天前來滅鼠的皇后大廈。

法器法師拿出法器，敲出一段詭異的，但有點像佛樂的曲子……

未幾，街道走出一小隊老鼠，有大有小，排成一列，隊尾處是後巷坑渠蓋口。

鼠隊突然停下不動，原來法器法師停止奏樂，拿起水杯邊喝水邊仰望健福安老院窗戶。

法器法師放下水杯，對咕嚕說：「如用神器奏樂，能量無限大，這是為師低聲下氣求合作的原因。」

在司機座位的咕嚕回頭盡力躬身，說：「九龍皇子實在傲慢，

師傅研究出這駕馭蟲鼠大法，是前無古人的成就，甘峰、哈尼宗寨等望塵莫及！這些神器家族都不配擁有神器！」

「徒弟說得對！且看長遠……」

法器銅鑼樂聲再度響起，鼠隊迅速爬向大廈外牆管道，再沿管道向上爬，然後在二樓冷氣機周邊集結；樂聲變得高揚之際，群鼠瘋狂亂咬冷氣膠管，很快全數鑽入室內。

* * * * * * 四 * * * * * *

這個晚上，文蝶數次被雞蛋仔吵醒，心煩氣燥的她，遠未到天亮，她乾脆起牀做早餐，因為峰哥今早要去辦一件極其重要的事：硬闖神器山莊！

神器山莊是依照宋端帝遺願在香港秘密設立的守護銅鑼神器機構，對外是一所庵堂，號「明尼草堂」。幾百年來神器爭奪者們都在想方設法進入神器山莊，希望獲取神器信息，但據說從來未有誰獲准拜訪。甘峰從雲南哈尼宗寨借得首席神器的同時，也取得哈尼四老的推薦書——可視作神器家族進入神器山莊的門票，還是二度拜訪未果。

為了一舉取回宋皇閣內的神器，甘峰這次鐵下心來必須面見神器山莊住持嚴慈師太。

文蝶今天做了峰哥愛吃的三絲炒米粉、一鍋白粥加粗麥饅頭。她為峰哥第一次做的早餐就是兩人在哈尼宗寨奇遇後的一天，當時也是做了這款用蔬果加煙肉絲炒的雲南小食。

文蝶做好飯後習慣致電，甚至上三樓叫甘峰吃飯，這是她來香港生活後形成的習慣。

雞蛋仔還未起牀，她與峰哥一起吃着早餐。

此時九龍皇后大廈的後街盡頭泊車處，咕嚕駕駛的七人車仍在，不一樣的，現時車上只有他一人，原來是他送法器法師回寺後，再回到此處監視。「救命」呼聲接二連三地從健福安老院傳出，咕嚕目睹救護車來了一次又一次，他知道師傅的魔鼠咬人了！

接着滅蟲車來了，走下來一個急步如風的青年男子，提着滅蟲工具衝進大廈。

　　咕嚕一路注視着男子的樣貌，與陳校長發給他手機上的相片一致，確認是平凡無誤。

　　平凡進去皇后大廈不久，健福再度傳出「救命」聲。之後，咕嚕看見平凡走出大廈，開着手電筒觀察健福外牆。如此進出多次，健福的驚呼聲仍然未消停。

　　咕嚕終於等來了甘峰的車，車牌是 KF7958！正如陳校長告知的一致。

　　咕嚕很快聽到來自 KF7958 的銅鑼音樂：激昂飄逸的《兵車行》。

　　咕嚕目睹群鼠從幾小時前侵入健福的冷氣管道出逃，跌落街道掙扎。

　　之後，咕嚕駕車離開，駛到宋皇閣，找了個停車位停下。

　　咕嚕計劃今天起在此守候，等着見證陳校長的神機妙算：法師驅鼠入侵健福安老院，平凡一人一定解決不來，必然求助甘峰動用神器滅鼠；而甘峰一定會以平凡幫助他進入宋皇閣尋找神器為交換條件！

破繭出

神氣童聲

神器山莊位於獅子山面向九龍的山根。

中午，甘峰拉着醫館大皮箱走向神器山莊，耳機播放着文蝶搜集的資料。

「遠看像千年古剎的明尼草堂改建於二十年前，近年修葺不斷，長期僱用來自江南的園藝師傅砌石雕樑，修樹育草，裏面經營骨灰龕位、敬老院、佛學院，正籌辦一所特殊學校。」

「明尼草堂由嚴慈師太的七個女弟子共同管理，有媒體曾質疑資金來源，有傳來自內地富豪，常有各省宗教局官員到訪。」

甘峰走進古色古香的山莊門口。

耳機內正播放平凡的錄音：「我姑婆住在敬老院五樓509房，房外有一道『冷巷』，冷巷盡頭那堵矮牆常有兩三隻老烏龜爬行，並裝有監控鏡頭。」

甘峰走進保安室。出來時胸前掛上了敬老院五樓的探訪證。耳機繼續傳出平凡的聲音：「矮牆後面有一條石板路直通藏經閣，聽說嚴慈師太在裏面閉關幾十年了，我每月一次到裏面檢查白蟻，卻從未見過她。」

敬老院姑娘領着甘峰到509房門口，往房裏喊話：「有人探望您來了！」

「老人幾個晚上都說腳痛沒睡好，早上才睡。你進去吧，慢慢聊。」

甘峰謝過姑娘，進房並隨手關門，躺在牀上的姑婆轉過身，是名膚白慈祥的婆婆。

「姑婆，我是平凡的朋友，甘中醫師……」

「我知道！我知道！」未待甘峰說完，姑婆搶話道：「平凡在電話說了，平凡侄孫真孝順，給姑婆請來大中醫！」

甘峰見她想起牀，坐到牀前握住她的雙手：「姑婆請躺下。」

姑婆躺着，一臉幸福地望着甘峰，說：「文蝶孫媳給開過多劑中藥，老骨頭，好不了。雞蛋仔有福，白白得個賢慧後媽。

平凡跟我說了，甘醫師是文蝶孫媳的師兄，好高醫術！哎，老骨頭醫不好啦。多謝你甘醫師，你來探望姑婆，就高興，就給姑婆長臉啦。你還帶水果呢，雪櫃還有些水果呀，你開雪櫃，隨便吃。」

「我吃過早餐了，姑婆，讓我給您把把脈。」

姑婆安靜下來，微閉雙眼。

「平凡說甘醫師尚未成家，姑婆想想哪家女孩可配……」姑婆想着想着，就睡着了。

牀頭櫃上方就是窗口，甘峰輕推窗門，一陣涼風侵襲，他下意識回頭看看姑婆，幫她將被褥拉近頸脖。

窗外地面是一條窄巷，擺放一排盆栽，也看見了平凡說的幾隻金錢龜。

甘峰從他的大皮箱掏出安裝了消音器的便攜鋼機，輕易地鋼斷了窗枝後，迅速爬了出去。他不慌不忙將斷窗枝盡量擺回原狀，然後關上窗門。

他快速走到窄巷盡頭矮牆，「嗖」一聲翻了過去。

警鐘轟鳴！

甘峰沿石階梯往上跑。跑到石板路上。

眼前是一座典型寺廟建築，門楣牌匾刻着「藏經閣」。

藏經閣門前是一幅開闊的草坪，甘峰盤膝而坐，取出母銅鑼輕緩地彈奏。

幾位僧尼、一眾保安掩至，將甘峰包圍。為首者是嚴慈住持首徒明識師太，甘峰早前兩度求見嚴慈，都被她拒絕。

此時明識沒有發出任何指令，只是傾聽着、觀察着……她認真聽了好一會，示意大家原地候命，走向甘峰：「甘醫師，呈書信。」甘峰停下彈奏，取出一個潔白信封遞給她。

明識接過信封，獨自進入藏經閣。明識回到草坪時，很客氣地對甘峰說：「甘醫師，家師有請！」

明識將甘峰領到藏經閣門口，交給一位年輕女尼領路，自己退出藏經閣。

年輕女尼一言不發，左拐右轉的將他帶到一間偌大佛堂。佛堂高台之上，一位婦女禪坐蒲團之中，身邊站着一位十歲左右的女孩。

年輕女尼輕聲對女孩道：「紫荊少女，甘醫師到。」然後離開。

「有勞師姐。」名叫紫荊少女的女孩隨後躬身對甘峰道：「甘醫師請稍候。」

甘峰等候了很長時間，直到身後那柱長香燃盡。

紫荊少女：「師祖，甘醫師到了。」

甘峰立正，恭敬仰望眼前這位老師太。傳說中的嚴慈師太禪歲過百，眼前人模樣頂多六十多歲。

嚴慈師太嘴唇微微開合，聲音清亮：「哈尼宗寨長老們來信說甘醫師志在開啟一眾神器？」

「神器是宋端帝委託神器山莊統籌管理，我作為神器家族傳人，執行宋端帝遺願是應有之義。況且神器山莊早已憑着神器壯大了，看您七個弟子開的豪車，用的金碗銀筷……」

嚴慈師太插話：「動氣是駕馭神器的大忌。紫荊少女，給甘醫師奉上葉子。」

「是，師祖。」

紫荊少女從神壇捧起一隻翠玉碟，走到甘峰面前。

嚴慈師太：「翠玉碟裏有兩片樹葉，一片榕樹葉，另一片紫荊葉，甘醫師請選一片，貼於嘴唇，試着跟隨紫荊少女吹奏神器之樂。」

甘峰想起《銅鑼密語》提到，以植物之葉奏響神器，是最高級的駕馭神器之法。

他選了榕樹葉。

紫荊少女將紫荊葉貼於嘴唇，吹奏起來。

是佛曲《掃心地》。

甘峰手上的銅鑼閃出一道綠光。

隨着樂曲高揚，綠光衝開嚴慈師太身後那面牆，現出一條深長的隧道。

嚴慈師太：「甘醫師，跟上來。」

綠光映照滿隧道，地上處處鏽劍枯骨。

甘峰踏着《掃心地》節奏跟隨嚴慈師太前行，直至來到刻着「神器台」的巨石前。

神器台上空空如也。

嚴慈師太：「從前，敝庵堂曾經故意宣稱擁有神器，是為了吸納野心家，來保護你們神器家族。」

甘峰：「那神器家族都要感激你們？」

嚴慈師太沒有在意甘峰的不敬言詞，平靜地說：「當下才是時機。甘醫師記住了，除了你甘家神器，另三面分別在錢滿山家、賽華佗家，和自稱『九龍皇帝後人』的九龍皇子手上。近百年來除了哈尼宗寨和賽華佗家族與本庵堂保持溝通，本庵堂與你們甘、錢、九龍皇子三家均失去交集。」

「九龍皇子徒具匹夫之勇，他的盟友法器寺住持法器法師才是你難以應付的對手。」

甘峰高聲道：「我堅信哈尼公主傳予我的銀針，配合神器可以無堅不摧。」

「金鋼之銳，遠不及童稚之聲，神器的真正主人是少年少女！切忌玷污神器，老尼相信甘醫師不會忘記尊師哈尼公主的告誡。」

嚴慈師太說完，退入巨石後面。

甘峰原地站立了許久，不見嚴慈師太再次現身，輕聲道：「師太，晚輩尚有許多事情請教。」

隧道響起嚴慈師太的回音：「老尼閉關去了，有緣再見，紫荊少女等少年人才是光大神器的使者，老尼和哈尼文蜓公主一樣，堅信甘醫師有心有力選出五位少年，履行神器使命。」

佛堂剩下甘峰一人佇立，一片寂靜，情景恍如數年前他佇立先師文蜓公主的病牀邊上。當時他雙手捧着老師親授的銀針，望着老師充滿期望的雙眼起誓：「我甘峰必不負老師期望，培育五位少年履行神器使命！」

老師欣慰地笑了，之後又暗自神傷，甘峰捉緊老師雙手：「老師，我會照顧文蝶妹妹！一定帶她去香港，直至尋到她生父⋯⋯」

「甘醫師，甘醫師！」紫荊少女來到他面前。

甘峰長吁一口氣，然後仔細打量——好一個充滿稚氣、臉圓紅潤的少女。

「請問妹妹，我該怎樣稱呼你？」

「神器山莊的人都叫我『紫荊少女』，我希望所有人都這樣稱呼我。」

「紫荊少女，你可以教授我以葉子奏樂，駕馭神器嗎？」

「當然可以！但是您吹奏不動神器的。嚴慈師祖說的，成年人都吹不動。」

「我明白了。」

「甘醫師請回，需要幫忙請隨時呼喚。」紫荊少女送甘峰離開藏經閣。

甘峰走出神器山莊後，馬不停蹄帶着嚴慈師太給予的信物拜訪賽華佗家族後人：區議員莊瑾。

莊瑾是香港中醫世家賽華佗唯一後人，而廣為人知的身分是美女區議員。

甘峰走進莊瑾議員辦事處。

「先生您好，有什麼需要我們為您服務？」

工作證寫着「議員助理」的中年女子邊說邊給他讓座。

甘峰遞上名片：「我要約見莊議員。」

「麻煩甘先生說一下情況。」

甘峰遞上一個貼着一片紫荊葉的信封：「請轉告莊小姐，我是受神器山莊委託，給她送信的。」

中年女子接過信封，說：「我會盡快交給莊議員。」

「今天可以安排嗎？」

「莊議員外訪，兩天後回港。」

甘峰無奈趕回醫館，半路獲得文蝶告知好消息：「平凡答應幫忙尋找宋皇閣神器！」

甘峰用神器幫助平凡擊退健福安老院受人控制之鼠，平凡的應允是他意料中事。

突襲宋皇閣

宋皇閣保育工程施工出入口，設在深長的後巷。

早上九時，平凡來到出入口登記處。

保安員：「平凡師傅，怎麼今次早了一小時？」

平凡頭也不敢抬，只「嗯嗯」兩聲，哆嗦着遞上身分證。

很快，胸前掛施工證的平凡走在深長的後巷，安全鞋踏出的聲響在巷裏迴盪。

之前他與峰哥的對話也彷彿在後巷迴盪。

平凡：「峰哥，我有了帶你一起進去的理由，有你在我才有膽。」

甘峰：「我未有十足把握一次成功，你只要找到神器確切位置，我策劃周全後，下個月與你一起進去……」

平凡：「保安定時巡查，我還是怕……」

甘峰：「別怕！保持你日常的工作狀態，按照我教你的方法，用銀針在銅鑼內彈一闋短曲，銅鑼內圈會顯現文字，然後立即用手機拍下文字就可以，全程不用兩分鐘。」

宋皇閣底層，有一道拱形木橋，名叫「悔過橋」。那是一段紅木鋪砌的拱形通道，通道兩端彎入橋底。這兩年，平凡每個月連續兩天到此檢查白蟻，清楚知道那面泛着銅斑的銅鑼懸掛在橋底一端的牆壁。

白蟻防護工程一般有三個工序，第一是觀察目標處所表面有否白蟻分泌物。天性食木的白蟻會分泌出幼泥沙似的物質，淡黃色，黏結成形，如綠豆大小附着物體、牆壁，或形成鏈條狀，或橫或豎黏附牆壁或木板。

高明的白蟻專家單憑觀察分泌物，就能夠找出白蟻巢穴。

多數情況下，有白蟻的房屋，外表看不到分泌物，原因是香港居住環境擠迫，白蟻被人的頻密活動所驚嚇，不敢輕易在曝光處分泌。

這就需要進行第二個工序：敲木聽音辨蟻蹤。這是全憑經驗的工序，香港有此技能的師傅寥寥可數。市面有一款儀器，聲稱歐美出產，可以替代此工序，但在香港等噪音太大的城市幾乎沒有效用。不過，香港是崇尚儀器的城市，大機構明知沒用也要採用，做做模樣拍照片，就能在報告寫上運用了歐美先進儀器檢測白蟻。平凡每次來到，首先煞有介事的手握儀器，配合要求在若干位置拍照，然後才開始真正工作。

第三個工序是檢查安裝在室內的白蟻藥餌盒子。這些白蟻藥盒是在工程前期安裝在靠近水源或潮濕的地方的，手掌大小，半指高的塑膠盒，裏面裝着衛生紙狀的低毒藥餌；白蟻必被吸引入盒內進食，中毒的白蟻會將病毒傳染同類，達至全殲。所以每次檢查都要打開藥餌盒子，看看是否有白蟻進食了藥餌，以及給藥餌噴水加濕，因為白蟻特別喜好潮濕環境。

往常平凡他要到第二天下午才檢查到悔過橋下，今天他特別心急，調整了工作流程，從悔過橋開始。

橋下是最底層，有人正在運入裝修材料。橋盡頭的橋墩牆壁，懸掛着一面鏽色銅鑼。基於工作規避，平凡早就從這裏的工作人員了解到，這只是隨意掛着的銅鑼，就如同室內隨便放置的一張舊椅子，他萬萬沒想到竟然是神器！

近在咫尺的銅鑼令平凡神情緊張。他從工具箱掏出甘峰給他的銀針，提起顫抖着的雙手，敲擊銅鑼內圈。銅鑼發出清脆的響聲，內圈沒有絲毫反應。

「平凡師傅！」

平凡面色驟變──是胖保安！

「平凡師傅，我家有許多飛蟻飛入，我老婆聽人說飛蟻會變白蟻，很擔心！請問怎樣預防？」

平凡回過神來，答：「嗯、嗯，胖哥，我不小心弄響銅鑼了。」

「沒事。」滿頭大汗的胖保安接着說：「我老婆快緊張死了，打電話問過滅蟲公司，都要上門報價才解答，平凡師傅來了可好啦！」

平凡定下心神、以專業口吻回道：「香港風雨季節前後，會出現飛蟻，飛蟻飛入屋內，並找到木質物體藏身，就很有可能孵化出白蟻。所以在風雨季應盡量關閉窗門；屋內是木地板，要檢查有否破損縫隙，一般牆腳線處容易出現裂縫；所有木櫃都要檢查有否破裂。重點檢查近水位置的木質物體，例如廚房、洗手間木櫃和全屋窗框。如有破裂縫隙，可以用玻璃膠填補。」

　　「你說飛蟻已經入屋了？見到就立刻踩死！入屋飛蟻不一定會孵化出白蟻的，近期注意察看接近水源的木質物體有否出現白蟻分泌物，那是如綠豆大小的泥沙黏土，如有，就極有可能出現白蟻。」

　　「多謝！不妨礙你工作，拜拜。」

　　看着胖保安拖着沉重身軀離去，平凡蹲下，敲木辨音，調整情緒。

　　平凡再工作了一會後，周邊觀察好幾回，確定四下無人。他鎮定站立，舒臂運指，再一次在銅鑼內圈緩緩彈奏⋯⋯

　　內圈有反應！先是由銅鏽變成一面白板，慢慢顯現一個「通」字。「通」字下面又慢慢現出幾行文字。平凡迅速用電話把文字拍攝下來。

　　橋下的工作尚未完成，「做賊心虛」令平凡匆忙收拾工具離開，在橋上照面一位肩扛夾板的大漢。這是一個身高七尺的年輕人，單肩扛着幾塊夾板，依然腳步穩健站在橋邊給平凡讓路，平凡着意低頭默然通過，然後快速往上層走，若是平常的他，一般會報以微笑或道一聲「謝謝」。

　　大漢來到平凡剛才的工作地點放下夾板，又從夾板中間取出一面銅鑼，換掉牆壁掛着的銅鑼，過程乾淨利索。

　　平凡在外出午飯時候當面向甘峰匯報了情況。

　　甘峰看着被拍下來的神器文字，激動地向平凡連聲：「謝謝！」

　　「請問明天還是胖保安當值？」

「每次都是胖保安跟進我的工作。」

「平凡！再幫幫我們，明天將銅鑼帶出來！」

平凡連忙擺手，嚇得說不出話。

甘峰直視他雙眼，堅定地說：「絕無危險！我會給你一個大小相同、同一色澤的銅鑼。偷龍轉鳳，萬無一失！」

平凡雙手慢慢垂下來，考慮着⋯⋯

甘峰放緩語氣：「平凡你放心，我會在出入口接應你，萬一胖保安要檢查你的工具箱，我會出手襄助⋯⋯」

下午繼續工作時，平凡難以集中精神，總感覺明天要出事。

$\cdot$　$\cdot$　$\cdot$　$\cdot$　$\cdot$　　二　　$\cdot$　$\cdot$　$\cdot$　$\cdot$　$\cdot$

第二天早上，平凡與甘峰在宋皇閣會合前，一則突發新聞促使他冒險一回——「港島一間幼稚園多名幼童被老鼠襲擊，一名幼童被老鼠咬傷腳指！」

這幼稚園也是平凡的客戶，校長「打爆」他手機，他判斷又是魔鼠作祟，要出動甘醫師的神器才能殲滅，甘醫師答應了出動神器助他去幼稚園驅魔鼠，他安排了鼠王金去跟進，然後自己飛車來到宋皇閣。

平凡將假銅鑼裝進工具箱，順利通過了胖保安笑容可掬的檢查。

「平凡師傅，我老婆要我謝謝你的專業意見！」他也向胖保安報以微笑，開始工作。

臨近午飯時間，平凡依照甘峰 WhatsApp 的指示，成功「偷龍轉鳳」。拖工具箱外出交工作證時，卻見胖保安神態嚴肅。

幾名警察忽然圍了上來！

平凡嚇得癱軟在地上。

遠處的甘峰看見了，轉身離開。

天天在附近泊車監視的咕嚕，目睹平凡被帶上警車，且隱約聽到平凡的哭聲⋯⋯

魔蟲計劃

　　咕嚕回到法器寺，在寺僧幫助下將一個大行李箱搬上車，然後駕車開上獅子山往新界方向的公路，駛到一處燈火通明的露天木材工場。

　　工場人聲鼎沸，數名男女在入口處拉起橫幅——「九龍皇子行宮」。

　　場內另一塊舊木招牌寫着「皇子建築木材有限公司」。穿着「皇子行宮」新工服的工人虎背熊腰，拆櫃、起板、移位、裝車如行雲流水。

　　泊車後的咕嚕拉着大皮箱，在工場職員指引下進入一座由木材搭建的大屋內堂。

　　這是一間寬闊的長方形會堂，正面牆壁懸掛着一幅老者穩坐龍椅的畫像，上書「九龍皇帝」。

　　「九龍皇帝」腳下，是一張紅木太師椅，太師椅前方是配有十多張小椅的長方形紅木大枱。一位穿着一襲露臂褂衣，左右上臂紋字「九龍皇子」的壯漢，大步從屏門出廳，走向太師椅挺胸直腰而坐。跟隨九龍皇子步伐而出的，是法器法師、陳校長等人，他們先後落座。法器法師和陳校長分坐左右首席，咕嚕被邀坐在法器法師下首。

　　九龍皇子拍掌二響，四名穿着皇子行宮制服的漢子，兩人一組各捧出一面銅鑼，恭敬地安放於九龍皇子面前。

　　九龍皇子雙掌分別按着兩面銅鑼，吸引了整桌人目光。

　　咕嚕發言：「首先感謝皇子重用！」接着他叙述了今天依照陳校長部署，適時報警，令平凡被警察人贓並獲的過程。

　　眾人向陳校長或豎拇指或鼓掌。不過，陳校長表現得並不興奮，甚至嘆了一口氣。

　　九龍皇子拿起桌面一把木槌，在法器法師指導下敲擊其中一面銅鑼，念着「我係九龍皇帝，港九新界我睇晒！」敲出一個「通」字。

法器法師豎起「通」字銅鑼向眾人展示。

九龍皇子站立，向陳校長抱拳道：「謝謝陳校長獻計！」

一陣掌聲。

九龍皇子從抽屜取出一串鎖匙：「這是我家神器殿鎖匙，兩面神器均供法師研究！」

法器法師在掌聲中接過鎖匙。

九龍皇子揮手壓下掌聲，高聲說道：「我九龍皇子行宮、法器寺、道地書院三方結盟簽署儀式正式開始！」

掌聲雷動……

九龍皇子又揮手壓下掌聲。

一名中年女子手拿一疊文件，走到九龍皇子身邊。

除九龍皇子，與會者均起立禮貌尊稱道：「有勞九龍皇姑。」

九龍皇姑讓眾人坐下，着將文件分傳給每人一份。

九龍皇姑：「這是經過三方協商的文件，其中九龍皇子、法器法師和陳校長手上、灰色封面的，是即將簽署的正本，其餘為副本。我受九龍皇子委託，現摘要宣讀。」

「結盟總目標：五年內集齊五面銅鑼神器。三方分享神器權屬：九龍皇子行宮擁有五面神器的歸屬權；法器寺擁有五面神器的能量開發權；道地書院擁有神器的文化知識產權。」

九龍皇姑、法器法師和陳校長分別代表三方，正式簽署結盟書。

又是雷鳴般掌聲響起……

法器法師起立，合掌說道：「我們的對手甘峰，已經掌握神器駕馭蟲鼠的法力。我們首要引進新蟲鼠，培育成魔，就一定能夠戰勝他……」

法器法師演說當中，他的徒弟咕嚕從大皮箱取出五面小銅鑼，一字形擺放在兩面銅鑼神器下方。

法器法師：「這五面只有神器三分之一面積的銅鑼，是我用十年時間種下蟑螂、蚊蠅、蝌蝨和老鼠等蟲鼠的法器，有九龍皇子的神器加持，本法師大有信心短期內將蟲鼠訓練成為魔蟲魔鼠，作為我們的武器！」

與會者聽得膽顫心驚，忘記了鼓掌。

法器法師：「我們要擊敗甘峰，必須蒐集高度負能量蟲鼠，加入法器和神器裏面培育。我計劃分三路人馬將負能量蟲鼠引入香港：一是在中港兩地引入墓地鼠，二是從戰亂國家引入蟑螂，三是從東南亞引入靈異蝌蝨。到時只待皇子令下，發動蟲鼠戰，全奪神器！」

掌聲又起……

九龍皇子揮手示意眾人停止鼓掌：「法器法師將會招收五名法器門徒，三方人員均有資格競爭，最終由本皇子擇優選拔。散會！上酒！」

明字神器

回過頭來敘述目睹平凡被帶上警車的甘峰。他離開現場後第一時間致電文蝶，文蝶認為平凡會向警方和盤托出，建議甘峰爭取時間拜訪莊瑾。

出乎意料的是，莊瑾的助理致電甘峰，說莊議員剛回來，並且願意即時見他。

甘峰很快來到莊瑾區議員辦事處。

「莊小姐，您好！神器現維港。」

「您好！甘醫師。獅子山新裝。」

兩人會心一笑。

莊瑾支開助理，領甘峰走進她的辦公室。

在此之前，甘峰對莊瑾的印象只限於新聞媒體報道，是同性取向區議員；近距離接觸，感受到女人味十足。

甘峰從行李箱取出首席神器，然後用銀針在銅鑼內敲奏出一個「和」字。

「我深信神器山莊，當然也相信您駕馭神器的能力。如今親眼目睹您開啟神器，我很激動——因為有望完成先父遺願！請求甘醫師幫助我開發我家家傳神器！」

「莊小姐，開發銅鑼神器是我的使命，我會全力以赴，但是，就在今天，我在尋找我家『通』字神器時遇到挫折……」

甘峰將剛才在宋皇閣被「人贓並獲」的前因後果向莊瑾詳述一遍。

莊瑾果斷地說：「您馬上去自首！隨後我保釋您和平凡！」

「我是律師！是法律事務所合伙人。」莊瑾追加一句。

「莊小姐，我聽您的！」

大約一個小時後，甘峰走進警署自首。

當晚，莊瑾的律師事務所先後協助平凡和甘峰保釋。

平凡獲保釋後，如一具殭屍佇立在警署門口，早已成為「超

級本地嚮導」的他，如今卻茫然分不清方向。文蝶及時趕到接走他。

甘峰獲保釋時，則已近子夜。他依約定走到警署外馬路，上了莊瑾的轎車。車子隨即往半山方向開⋯⋯

半山公路，莊瑾駕駛着車子，甘峰坐在副駕。副駕前方放着一個無蓋的紙盒，盒子內放着兩樽礦泉水和一個身高口闊的玻璃瓶，即使公路顛簸，瓶裏盛滿的水一滴也不外溢。

莊瑾：「喝水，隨便拿。」

甘峰拿了一樽礦泉水：「我少走半山，這有雲南哈尼山寨行車的感覺。」

莊瑾：「是指路況還是司機？內地山區顛簸得讓人反胃嗎？」

甘峰：「他們靠跑山貨超速超載賺錢，司機都練出了『硬技術』。」

莊瑾：「你常去內地山區嗎？哦，我明白了，首席神器在哈尼山區。」

甘峰：「你的車技當真不錯！可能是因為你的呼吸很特別──窺見神之秘？」

莊瑾：「聽先父說過，不用切脈也能辨識呼吸，醫術達到高境界了。神器？我從先父處得知皮毛，我們賽華佗家有一套禪坐吐納法用來研究神器，可是⋯⋯我發自內心向你請教，我要向你開放莊家神器室，讓你看到我的真誠。」

轎車駛進一座四面圍着高牆、鐵門厚重的獨立大院。

大院中央是一座三層玻璃大屋；泳池、花園、石雕群、煉藥工場依次圍繞。

轎車在長着青苔的石雕群前停下，一名外籍工人趨前開車門，甘峰跟着莊瑾走入玻璃屋。

莊瑾說她的母親外出度假，現只她一人在家。

吃過夜宵後，莊瑾帶他到了她父親生前的私家藥房。柔和燈光下，兩壁中草藥櫃、酸枝枒和椅、搗藥用的銅碗、中藥竿秤、法碼、宣紙、鎅尺……甘峰有如走進了古代醫館。兩壁牆上掛滿錦旗，上款均尊稱「賽華佗」。

　　莊瑾：「父親在中醫領域的成就乃來自神器，遺憾是未能有更多發現，連神器名號都未能發現。」

　　甘峰面向賽華佗遺像拱手行禮：「前輩應該無憾，神器現真言的時間如今才到。」

　　莊瑾臉露驚喜，接着帶甘峰來到廢棄已久的中藥煉製工場。土窰爐內，兩把長如划槳的炒藥勺安靜躺着；露天數排老黃竹搭成的生曬藥架，依然堅固。

　　甘峰拍打着竹架，說：「這曬藥竹架榫位精妙，能使藥材曬出溫和。」

　　莊瑾：「父親認為至陰至陽至寒，甚至具毒性的植物都可以入藥，前提是將草藥調至如人性的溫和狀態，就是上藥。可惜的是他未能更深入開啟神器博大精深的中醫藥寶庫，達成心願。」

　　甘峰：「首席神器告訴我，依靠昆蟲的幫助，定能如你父親所願。」

　　莊瑾：「你是天才！我相信你，請隨我來。」

　　兩人穿過兩排石雕，來到一堵石牆前，莊瑾按了一下手中遙控器，石牆開出一道門口。

　　石室內剛好足夠兩人站立。兩人進內，莊瑾遙控開燈，眼前正面一個固定的不鏽鋼網罩罩着一個玻璃櫃，櫃內有一個銅鑼。

　　莊瑾連按遙控，玻璃櫃內的銅鑼觸手可及。

　　「甘醫師，」莊瑾退立甘峰身後，「你可盡情開發神器！」

　　甘峰從衣袋取出銀針，說：「中國古樂《萬馬奔騰》，可曾聽過？」「名字有印象，未聽過。」

「請莊小姐搗住雙耳。」

神器室的空氣恍如靜止，兩人均聽得到對方呼吸。兩手各拈一根銀針的甘峰，雙掌如飛花攧葉做擊奏預備。

「準備好了？莊小姐。」「準備好了。」

甘峰運針連擊帶敲神器銅鑼，奏響壯偉的《萬馬奔騰》……鑼聲迴響之強勁，令雙手搗耳的莊瑾身體失了平衡，撞上甘峰的肩膀。

銅鑼現出一個「明」字，映照着莊瑾伏於甘峰肩膀的驚異神情。

神器此後未再顯示其他文字，「明」字消失後，甘峰收針，沉思着。

莊瑾意識到了自己的失態，後退半步，甘峰身上散發的花草氣味吸引着她。她趨向甘峰耳邊，輕聲問：「『明』字是何意？」

甘峰：「『明』是這面神器的名號，五面神器名號分別是通、明、愛、放、和，各有功能，更可以互相組合出新功能。」

莊瑾：「家父從神器山莊了解到，奏樂開啟神器，就可以無限開發神器能量。」

甘峰又沉默一會，嘆息道：「問題是，開發神器的人選，是由神器決定的。」

甘峰說完轉身：「我之後還可以再來神器室嗎？」

「當然可以！」莊瑾雖然是第一天認識甘峰，不過他自首前後的處之泰然、他對開發神器的自信、他散發出來的氣場愈來愈吸引她，但是此刻的他……忽然變得伶仃落索。

兩人離開神器室。

「為方便您來研發，明天起我會吩咐工人為您準備一套睡房兼工作室，歡迎您隨時來莊家！」

「謝謝，那我不客氣了。莊小姐晚安，告辭！」

「甘峰，我倆以後互相直呼姓名吧！我現在安排工人載你回家，明天記得叫上平凡，來我的律師事務所商討案件。」

　　「好，莊瑾！明天見。」

訓蟲馭鼠

法器法師於結盟大會後，在九龍皇子行宮的神器殿開始了日以繼夜的研究。很快，五面法器銅鑼成功吸收了部分神器能量，「通」和「放」字神器也同時吸入了法器釋放的負能量。

他帶上徒弟咕嚕和九龍皇子指定的行宮精英，連續數天到民居和商場檢驗銅鑼法器的法力。四面法器魔力初成，咕嚕和皇子選出的精英均可以運用法器，驅出和回收蟑螂、蚊蠅、牀蝨、老鼠。

這天，法器法師試驗第五面法器，以駕馭白蟻為主。白蟻喜歡生活於林木濕地，九龍皇子行宮的後山有大片林木，正是很好的實驗場地。

法器法師躲在後山一個小洞穴，左手提着一面銅鑼法器，右手握着一把木槌，敲出一曲詭異之樂⋯⋯

一隊白蟻從不遠處的低矮建築爬出來！白蟻隊伍綿延於高低不平的山野，投奔法器樂聲而來。

很快，白蟻隊伍前鋒進入了法器法師身處的山洞，被吸進銅鑼法器⋯⋯

山洞外面，一個穿着皇子行宮工衣的男子追蹤着蟻路，闖進山洞，與法器法師碰個正着！兩個人均大驚失色！

「法師您好！」工衣男子躬身行禮。

法器法師收拾表情，繼續輕敲小銅鑼將白蟻全收。

洞穴光線不足，甚至有點陰暗，工衣男子目瞪口呆的表情卻清晰可見。

工衣男子說：「對不起，我不是故意的，我發現公司內外的白蟻異動，所以追蟻尋穴，無意冒犯，請法師原諒。」

「追蟻尋穴？你叫什麼名字？」

「法師，晚輩名叫崔水，十八歲起從事滅蟲工作，後來投奔九龍皇子，多年的蟲害管理職業練成晚輩的蟲鼠觸覺，一時技

癢，竟然誤闖此地，阻礙事情進行，求法師原諒！」

法器法師用心打量起眼前的工衣男人，胖矮身材，年約四十。

法器法師：「你是聽到法器聲響後尋找白蟻，還是先發現白蟻有異，才追蹤至此？」

崔水：「晚輩幾天前發現周遭白蟻異動而開始追蹤其行動，首先尋到白蟻后後，再尋到此處。」

法器法師好奇：「你有尋找蟻后的本領？」

崔水：「是的，法師。但是，香港滅白蟻的方式早就不需要尋找蟻后，所以掌握此道者也沒多少人了。」

法器法師：「那你該是滅蟲專家。阿彌陀佛！」

崔水：「不敢當，晚輩只是曾在一間跨國害蟲管理公司任職技術顧問。但從小的志向是社會運動，魚與熊掌難以兼得，最終選擇追隨九龍皇子。近日聽聞皇子要選拔不怕蟲鼠的精英拜師法師，晚輩正要毛遂自薦。」

法器法師：「崔水，本法師決定收你為徒，讓你魚與熊掌兼得！」

幾天後，九龍皇子行宮辦公室。助手向皇子遞上一疊文件：「我們依照皇子的指示，海選執掌法器門人，首位推薦毛遂自薦的崔水。」九龍皇子看完文件，說：「崔水是個人才，入行宮之前就是本皇子的粉絲，雖然缺點喜好吹水，不過相信他有能力勝任，選他！」

隔天，九龍皇子行宮內堂，皇子主禮，法器法師正式收崔水為徒，將一面名為「魔鼠」的銅鑼法器授予崔水，並對出席觀禮的三方人員訓話：「所有人都要竭力表現，本皇子將再選四名精英執掌法器！」

眾聲高呼：「多謝皇子！」

崔水學習能力極強，很快可以獨立運用法器。他出師的首項任務是尋找並訓練負能量魔鼠。

在陳校長的精心策劃下，崔水帶着兩名由九龍皇子欽點的助手出發到內地，目的地是一個墓園。墓園名稱廣為人知，是由一名港商開發並經營的「人生後花園」。

「人生後花園」的目標客戶是境外華人，宣傳廣告擲地有聲——「可以土葬！」要知道內地幾十年前就明令禁止土葬，但境外華人逝世，經「後門申請」就可以在「人生後花園」土葬，經營者實力可想而知。「人生後花園」每年舉辦數次面向全球華人的「觀摩團」，崔水被安排以殯儀業者身分參加觀摩團，兩名助手則以潛在客戶身分參加。

觀摩團有二十多人，由殯儀從業員、安老院舍協會、風水師和潛在客戶組成。有「吹水博士」稱號的崔水在旅遊大巴上侃侃而談，很快成為觀摩團的焦點人物。

臨近墓園，有二十多名內地人士上車加入。雖然內地明令杜絕土葬，墓園也是依規宣傳推廣，但墓園內部客戶資料顯示，大部分土葬用家是境內戶籍。因為墓園母公司旗下有一家移民公司，能將客戶的戶籍從「境內」變「境外」，說白了是通過腐敗官僚，做假「變換」身分和國籍。法器法師正是根據「腐敗環境易生魔鼠」的「法理」選中這個墓園，讓崔水前往墓園訓練魔鼠並引入香港。

午餐前到達了墓園所在縣城，縣民政局宴請午餐，餐後由官方車輛開路，排場十足的進入墓園。

墓園佔地面積五百畝，正門聳立一座塔寺，有專業和尚司職。三面梯狀排列的陵墓組成半月形，氣勢磅礴的直射遠方，同行風水師連聲讚歎是不可多得的風水寶地，龍脈所在！

墓園實施一條龍服務，從申請手續、運送靈柩、安葬禮儀，及至往後祭祀掃墓，都有服務項目以供選擇。

園區還有星級賓館，崔水、兩名助手和少數團友均在園區賓館住宿。

夜未深，墓園已經一派蕭瑟，風淒淒，蟲聲駭人。

崔水在兩名助手掩護下，手提「魔鼠」法器走到墓地中心。

只見他揮起木槌輕敲銅鑼，很快召來一群老鼠，有大有小，是灰毛而乾淨的田鼠，神態可掬，跟香港滿身污穢的渠鼠和小家鼠大不相同。他連續側擊銅鑼，驅走大鼠，留下幾十隻墓園小鼠。

他的法器充滿蟲鼠成魔的元素，在負能量愈多的地方找到的蟲鼠，愈容易被魔聲誘入。他計劃從三方面訓練這批小魔鼠。

第一是訓練小鼠如常行走在黏鼠膠板之上，以破解滅蟲公司在老鼠出沒路徑天羅地網式佈置的黏鼠膠。

第二是訓練小鼠厭惡老鼠藥餌，以防進食食環署和滅蟲公司愈來愈密集投放的毒鼠藥餌。

第三是訓練小鼠化解擾鼠腦電波，電波驅鼠在實驗室測試是有效果的，在內地空曠寂靜的環境下或可以派上用場；雖然據說香港噪音嚴重，會影響擾鼠電波，但是為了萬無一失，崔水還是與小鼠完成該項訓練。

凌晨，崔水訓鼠大功告成，夜幕下他一通急敲，幾十隻小鼠爭先恐後鑽進了他的背包。

第二天回程，崔水將墓園小鼠分散藏匿於兩名助手身上過關。

　　然而過關時發生了驚險一幕。由於人多擁擠，崔水一時疏忽離開了控鼠範圍，致使一隻小鼠從其中一個助手的背包竄出，引發一名女團友驚叫，其他團友關切問候時，她因為驚嚇而說不出話來。

　　崔水看見小鼠鑽進了她拉鏈未完全拉好的背包裏面，於是迅速走到了她身邊。他假裝穩定她的情緒，實際是試圖召回小鼠。

　　在與女團友交談中，得知這位年齡與他相若的女團友姓梁，是為了在海外去世的父親尋找土葬墓園而參加觀摩團，崔水以關切而肯定的語氣說：「梁小姐太疲勞，眼花了，回家要好好休息。」之後繼續寸步不離陪她過關，搭地鐵也坐在她身邊。崔水數次試圖召回出走的小鼠，皆因沒有逮到絕對不被旁人發覺的機會而放棄。

　　散團後，崔水在九龍皇子行宮同事的幫助下查到了她的資料：梁靜兒，女，四十二歲，與一女兒同住九龍海景廣場 X 座 X 室。

校園蟲事

正保釋候查的平凡，在甘峰的神器幫助下，驅除了幼兒學校的鼠患。

今天平凡帶領員工，應小學母校之約，連續兩日進行一系列的滅蟲滅虱工作。他的小學母校有多名學生被牀虱咬至紅腫，老師、家教會大為緊張，副校長率一眾家教會常委、家長義工恭候「平凡專家」，使身陷盜竊案的他驟然振作了精神。

家長們七嘴八舌「勞煩」、「多謝」一番後，他開啟了專業和幹練模式：「滅虱要從源頭消滅，我熟悉學校的每個角落，已經判斷幾處源頭，現在帶大家去看看，給大家解釋，然後大家請回，我們正式滅虱。」

平凡領着眾人走近花槽。「大家看那環繞校園的花槽，裏面植物葉片的斑點是怎樣來的？這是新界特有樹虱蛀成的。且看我挖開植物根部泥土……看見了嗎？這些爬行的蟲子是從哪裏來的？牠們是從培育花草植物施放的有機肥滋生的──有機肥的好處是培育有機蔬菜，但會滋生蟲子，也為樹虱提供了棲身之所。據我所知全港包括學校都忽略了針對花槽滅蟲，這也是我們經過公園等有花草栽種地方，手腳偶被蟲叮的原因。」

家長們一路目睹花槽的樹虱和不知名蟲子，膽顫心驚。

平凡再領眾人走到球場，掀開地面一塊膠墊。

「大家看看，球場塑膠墊下面藏了不少蟲！」一陣驚叫。

「大家看那球場周邊的小盆栽，底部積水往往被忽略，蟲子多的是呢！夏季傍晚，有毒毛毛蟲喜歡在盆沿打圈，學生即使在第二天觸摸花盆都會痕癢紅腫，數天前有幼稚園就因此有小朋友中毒，家長還以為孩子生濕疹而求醫，最後還是我找出原因呢。」

家長們被嚇得不行，紛紛離開，只剩下副校長和家教會主席跟隨。

「請看，這老樹幹上的小洞穴，往往藏有樹蜂！」

最後進入發現牀虱的房間：大禮堂內的體育用品倉庫。

「這倉庫是牀蝨巢穴，看我捉兩隻看看。」

平凡接過助手遞給他的一張黏貼紙，副校長和家教會主席退出房外，他和助手捲高褲管：「這樣可以防止牀蝨爬上身體。」他很快黏捕了兩隻牀蝨走出房間，並叫上準備離開的家長。

「大家看清楚了，這兩隻牀蝨比剛才那樹蝨大幾倍，比本土跳蝨也要大上兩倍；最大的不同是牀蝨的爬行速度比樹蝨和本土跳蝨慢得多，基本不善彈跳。據說這些牀蝨來自東南亞，已在本港廣泛繁殖，深入安老院甚至家居。滅蟲公司服務客戶統計顯示，逾七成家居蝨患客戶是有海外傭工的家庭，原因不方便公開說，怕被指摘歧視。

「即使我今天殲滅了這倉庫裏所有牀蝨，也不可能杜絕學生被牀蝨咬。真正解決的方法是要去曾經被牀蝨咬的師生家裏檢查、滅蝨，才能夠解決問題。」

副校長和家長們十分認同平凡的專業意見，答應盡快安排。學校也很快聯絡了需要家居滅蝨的兩個學生家庭，平凡與他們約好檢查日期。

神器失靈

平凡、甘峰依約定時間到警署報到，分別再次接受問話。

警官：「你當日計劃將銅鑼交給保安亭外的甘峰，是嗎？」

平凡：「不是。」

警官：「事發當日，你說的是計劃將銅鑼交給甘峰。」

平凡：「我根本沒有將銅鑼拿出宋皇閣的意圖，只是想將銅鑼拿到門口附近，好讓甘峰以他手上的神器，驗證宋皇閣的銅鑼是否神器，所以我並沒有第一時間退回工程承辦商工作證，因為我還要將銅鑼拿回原處，繼續工作。」

平凡推翻了之前的口供。

甘峰攜帶了首席神器來到警署。他要向警方演示，以證實被列作案件「證物」的銅鑼是甘家失落的神器。哪知道宋皇閣內的神器已經被掉包。

演示之前，完成了今次問話的平凡被安排加入，兩人的律師也在現場。甘峰首先向辦案警察敘述了神器的來源、能量、演進、現身⋯⋯然後揮灑銀針敲擊首席銅鑼神器，奏響古樂《春之鳥》⋯⋯

所有人屏息凝神，目光聚焦桌上的宋皇閣銅鑼。

直到曲終，銅鑼紋絲不變！

甘峰再奏一曲，名喚《春曉》。眾人引頸期盼⋯⋯

曲終，證物紋絲不動！

主辦的警察以一雙銳目直視甘峰，有個年輕警察忍不住笑出聲來。

甘峰徵得同意後，直接在證物銅鑼內圈敲樂，銅鑼還是沒有變化。

「這是假的！並非平凡第一天在宋皇閣悔過橋下敲擊過的銅鑼！」甘峰斬釘截鐵地說。

主辦警察發出一聲嘲笑。

甘峰繼續說：「當時平凡拍了幾張照片，該銅鑼至少有兩處與眼前這銅鑼不同。最明顯的不同是這個銅鑼有鎖口結，鎖口結是粗糙模具鑄造工藝留下的，那是銅鑼在鑄造完結那刻的位置；而古代手工鑄造是沒有鎖結的。就像我這個首席神器銅鑼。」

警方看完甘峰提供的照片，仔細辨別了兩面銅鑼，然後結束了今天的問話。

在警署門口，文蝶開車接走了平凡，他們要去接雞蛋仔放學，然後去吃自助餐。車子行駛期間，瀰漫一程又一程的沉默，平凡憋不住，說：「若剛才警察再多問一遍，我肯定會守不住謊言，這是我第一次說謊。」

平凡把頭埋入大腿之間。

文蝶在警署門前接走平凡沒多久，莊瑾則接走了甘峰，逕往她家裏駛去。

莊瑾問：「你說宋皇閣內的神器被偷龍轉鳳？」

甘峰：「肯定是！」

「你猜是平凡拍攝（神器）當天被掉包？」

「沒錯。偷走神器者，也是報警者。」

「如此說，你早被人盯上了。」

「會是哪路人馬？還有誰了解神器？他們目的是什麼？他們有多了解我？」甘峰一邊自言自語，一邊思考，直到轎車停在莊家的玻璃屋前。

龍槳少年

莊家。甘峰首先下車，見到一名全身運動裝的少年，手提一支龍舟槳，歡蹦亂跳到車前，為莊瑾開車門，邊向眾人展示獎狀獎章。

「瑾姐姐好！大家好！我比賽回來了，龍獎少年隊在首屆粵港澳龍舟大賽榮獲少年組冠軍！」

莊瑾：「祝賀你！」莊瑾撫摸少年展示的榮譽，拉着少年的手對甘峰說：「這是甘峰哥哥，甘峰哥哥以後會常來，住在你對面的房間。」

「甘峰哥哥好，我也姓甘，少年龍舟隊隊長，江湖人稱『龍獎少年』，請加FB、微信好友，多多指教！」

未及甘峰反應，龍獎少年已經拿出手機，點出「加好友」頁面。

莊瑾：「加好友也不急於一時，辛苦啦龍獎少年，先去洗澡，休息一會吧。」

甘峰掏出手機說：「現在就加，龍獎少年，相見恨晚！」

兩人加了朋友後，抱拳「再見」，莊瑾見此情景捂着小肚笑，直到龍獎少年跑入玻璃屋，她才止住笑聲，向甘峰介紹道：「他是我家管家連姐的兒子，他的父親是藥房掌櫃，他自小就跟隨母親常住我家。」

甘峰今晚要在莊家吃飯。他來莊家多次，因沉浸研究神器至深夜而留宿不下一次，然而與莊瑾一起在莊家吃飯還是第一次，他本想幫廚，但莊瑾告訴他，莊家家務全由連姐安排，沒有賓客幫廚的先例。

時間尚早，甘峰獨自去了神器室。

莊瑾則蹀步於自家花園，逐一嗅辨各種鮮花；再回到睡房，搬出一罐罐名牌香水逐一嗅辨。

她自言自語：「他身上散發的是哪種花香？」

夜幕降臨，莊家的晚餐時間與多數港人家庭一樣晚。莊瑾走出玻璃屋，沿着玻璃屋走了一圈又一圈……她上一次像今晚環

繞玻璃屋走圈，已是童年。

　　童年的莊瑾在管家連姐的貼心看顧下，喜歡圍繞玻璃屋蹦蹦跳跳，但在她十二歲後，她不再這樣做了。

　　那次她躲開了連姐的視線，偷看父親敲奏銅鑼神器。她懂事的時候就知道，父親沒日沒夜研究神器，是為了找出方法，醫治患有先天性脆骨症的唯一哥哥。

　　她循着父親敲出的音樂來到神器室門口。這是父親的「口水樂曲」：哈尼族古樂《十二差奴》，她不由自主隨曲哼唱……

　　父親突然發出音高而綿長的「啊……」，莊瑾被嚇得停下來。

　　「繼續！瑾兒、繼續！唱！」她聽到父親絕望的呼喊，但她逃回房間了。

　　幾天後，胞兄去世了。

　　後來莊瑾才知道她的歌聲令神器現字！可惜的是莊瑾此後多次嘗試，都未能為父親唱開神器。

　　後來她無意聽到父母談話，父親從神器山莊得知，童男童女是開啟神器的終極人選！父親去世之前，她暗自發誓：不再親近男人！只為開啟神器！

　　現在，她再次在神器室前聽到《十二差奴》，甘峰奏樂，龍槳少年歌唱……

　　曲終，甘峰領着龍槳少年走出神器室，向莊瑾報喜──兩人意外配合令神器活躍起來，恍如電腦被連擊！

　　龍槳少年偶然重複了她十二歲的那次經歷。

　　接下來的幾天，莊瑾天天有驚喜。甘峰在龍槳少年協助下，神器研究進展神速，更發現了「明」字神器內的中醫藥寶庫。

神器設定

　　莊瑾母親外遊回來，工作中的莊瑾連忙致電給連姐，要她準備洗塵晚宴，她更特別邀請甘峰到宴，她自己也早早回家去。到家的莊瑾第一時間去了見母親。兩母女數月未見，母親聽到女兒的聲音後也走出玻璃屋外。

　　這是一位年逾七十、身材精幹的老婦人，全身休閒運動服，有着慈祥的容貌。

　　擁抱、互相問候之後，兩母女回到客廳的長沙發，品味好茶。

　　莊瑾向母親說起甘峰以及神器現字一事。母親對神器開啟的興奮感受甚深，同時也察覺到了女兒些許微妙的情愫。

　　但甘峰沒在約定的時間來到。莊瑾致電，但他沒接，WhatsApp 留言也沒回覆。

　　原來今天一整天，甘醫師「頭髮亂了」。他在診所吃完午飯後回到三樓臥室，之後又走到後花園，如此來來回回一整個下午。其間有病人就診，也是文蝶給代診。

　　日前，龍獎少年隨意一曲便開啟神器，令他萬分失落；昨晚，他暗中試着讓雞蛋仔開啟神器，竟然也是輕而易舉！嚴慈師太的話愈來愈被印證；老師哈尼公主教授他《銅鑼密語》時，也一再提及「終極駕馭五神器的是五個少年兒童」，只是他不願意相信。

　　紫荊少女、龍獎少年、雞蛋仔成功開啓神器一事困擾着他，可以預見，待五個少年少女齊聚，他將失去神器的控制權！儘管他是神器家族傳人、是開啟首席神器的能人，他十分明白地球人不管有多大的權勢和能力，都改變不了神器的設定。

　　文蝶一如既往關顧着甘峰，看着他來回踱步，雖然她未了解他因何煩擾，但也相當擔憂。她間中有默契地走近他，但不打擾。

　　平凡今晚有空，接了雞蛋仔回家；於是診所關門後，文蝶做着兩個人的晚餐，全是峰哥喜歡的哈尼菜式。她專門找出兩雙

新筷子，那是從哈尼宗寨帶過來的杏木筷子。

「真的餓了。」站在露台的甘峰望着杏木筷子說。

「我們開飯吧？」文蝶望着甘峰徵詢。

坐到飯桌，等候上菜的甘峰拿起手機翻看，大聲急道：「文蝶你自己吃吧！我忘了莊瑾家宴，莊老太今天回來了！」文蝶還在廚房之際，甘峰已經出門。

甘峰從車庫開車出來時，文蝶拿着他遺漏的錢包在路邊的紫荊樹旁等候。

甘峰將車停在她身邊，從車窗伸手接過錢包，關切地說：「快回去，飯要涼了。」

傍晚山風清勁，一片枯黃的紫荊葉在她肩頭對上似斷欲斷；甘峰躲開她的眼神，加大油門絕塵而去。

紫荊黃葉在汽車聲浪衝擊下飄落，剛好落在文蝶腳下。

文蝶回到三樓，坐在餐桌前，看着已經涼了的飯菜發呆；她打開電視，轉到中央台的《等着我》。這是一檔真實的尋人節目，是關於被拐賣兒童成年後尋找父母（或父母尋找被拐賣兒女），每集都看得觀眾撕心裂肺。文蝶從小到大體會着母親的關愛和哈尼長輩的保護，母女倆是被拋棄的，只是母親不願意承認，自懂事開始她就很為母親不值，其實是次她赴港尋父不是全因親情，而是為了母親的遺願和峰哥的神器使命而尋父——她的生父與神器深有淵源。

她現在很想藉《等着我》的悲慘故事大哭一場。

當尋親者向主持人走去時，文蝶已備好大卷紙巾。

這時平凡來電，有客戶急召他捕捉魔鼠：有戶人家被魔鬼老鼠入侵多日，幾家滅蟲公司束手無策，最後找到平凡幫忙。他答應了，便請文蝶來接走雞蛋仔。

文蝶沒能成功宣泄情緒，決定高興地去接雞蛋仔了。

　　平凡今晚滅鼠的地址是鐵路站上蓋商住區：九龍海景廣場，是高尚住宅，管理嚴密，規定小規模維修、滅蟲等家居服務人員須使用停車場的專用通道，經登記和住戶確認後才能進入。

　　平凡根據多年經驗分析：高尚住宅客戶都不願意聲張家中有牀虱等害蟲，他會提議客人確認他以訪客身分，直接從商場的住戶通道進入。他的這個建議通常甚能取悅客戶，今晚的客戶梁小姐也不例外，連聲多謝平凡的提議。

　　梁小姐家住頂層，厚重的木門令她開得吃力而緩慢，慌張圓臉被散落的亂髮遮蓋半邊，她一邊撕扯木門四邊的膠紙一邊開門，她說她與女兒這幾天足不出戶，用膠紙封閉門窗縫隙，還是堵不住魔鼠入屋。

　　這是一套複式單位，梁小姐帶平凡來到魔鼠慣常出沒的房間，是一間家庭佛堂。梁小姐說：「魔鼠習慣在神壇的兩罈骨灰盒之間打轉，幾批滅鼠專家都捕捉不了！」

　　平凡檢查了兩遍，沒有發現絲毫鼠蹤。他詢問梁小姐，得知曾經來捉鼠的滅蟲師傅包括自己的師兄弟，大感詫異。他心想，此情形並不複雜棘手，師兄弟們應該可以解決的，看來這有點邪門！

　　這時複式上層傳出結他彈唱，是熟悉的《海闊天空》。

　　平凡要求到上層檢查，梁小姐邊領着他走上梯級，邊往上喊：「『粵歌公主』停一下，滅鼠師傅要上來檢查。」

　　歌聲停了，一名清純少女提着結他迎上來，說：「媽咪，真沒老鼠，別再鬧了。」

　　梁小姐對平凡道：「自從那次從灣區的『人生後花園』看墓地回來，我就發現家裏有鼠，每晚都聽到！每晚都見到！女兒卻說我是神經病！」

　　讓我們跟着平凡仔細看看整理着亂髮的梁小姐，她原來正是法器法師徒弟崔水於內地練鼠時的「觀摩團」團員，其中一隻

老鼠在回港過關時意外鑽入她的背包中。

平凡有點束手無策，頗為尷尬輪流看着這對母女。

梁小姐繼續說：「很奇怪，每當女兒奏樂唱歌，魔鼠即逃離無蹤！」

平凡猛然道：「我或者有辦法，請神器捕捉魔鼠！」

「神器？！」母女倆脫口而出。

「是神器！我親身經歷過的。那名醫術高超的中醫師擁有一面古銅鑼，他曾以銀針奏響銅鑼音樂，助我殲滅魔鼠。

「梁小姐，你同意我請他幫忙嗎？」

「當然同意！」

· · · · · · · 三 · · · · · · ·

甘峰赴宴遲到一個多小時，毫不影響莊瑾興致勃勃地將甘峰介紹給母親時，毫不吝嗇誇讚之詞。

一頓晚飯的時間，莊瑾看出甘峰天生具備深受老人家歡心的特質，母親向來與年輕陌生人缺乏話題，今晚卻聊得主動。

飯後，莊老太雙手分別拖着女兒和甘峰來到她的書房。

書房裏坐着兩位女尼，一位少女，少女穿着紫荊花圖案的連衣裙，正是「紫荊少女」，女尼分別是神器山莊的明識和唯識師太。

母親為一臉蒙圈的女兒介紹賓客；甘峰與兩師太及紫荊少女則互相問候。

莊老太招呼眾人圍枱而坐，有意安排甘峰與女兒並坐。

莊老太首先向女兒和甘峰解釋：「十分抱歉！甘醫師、瑾兒，請原諒我隱瞞了今晚的會面，其實我早已經結束旅行回到香港，這段日子在神器山莊小憩。甘醫師拜會嚴慈師太那天，我也在山莊。

「我們賽華佗莊家是神器守護者之一，歷代保持與神器山莊的緊密聯繫。瑾兒你是我們莊家唯一傳人，是時候承繼責任。現安排甘醫師和紫荊少女見證你承繼守護神器的責任，是因為神器山莊發現神器現時在香港遭遇從未遇到的危機，期望你們合力化解。」

莊老太說完後，敬請明識師太開示。

明識師太道：「貧尼受嚴慈家師委託，冒昧打擾甘醫師和莊小姐，十分抱歉。皆因我們神器山莊發現，現時至少有兩股勢力，用銅鑼神器訓練魔蟲魔鼠襲港。這些魔蟲魔鼠不單傳播病毒，更可怕的是會散播輕生、弒親、殺妻等負能量。若不及時制止，後果不堪設想……」

明識師太停頓下來，靜捻一截佛珠，繼續說：「神器機制明示：少年兒童是運用神器除魔扶正的唯一人選。家師禪修喜得神器開示：已經有兩男一女三少年被神器啟蒙……

「甘醫師應比我等更為了解，我們懇請甘醫師擔任開發神器導師，成就五位能發揮神器的『神氣少年』，造福香港。」

明識師太說完，目光殷切望着甘峰，莊老太和紫荊少女一同投予期盼目光。莊瑾則還在蒙圈，她雖自幼知道神器，但明識師太這番話對她來說還是過於玄幻。

趁着甘峰還在思考，莊瑾消化完母親和明識師太今晚的用心，感受到甘峰的為難，輕聲打破尷尬：「我家的『明』字神器佔用好幾代了，甘家的「通」字神器雖然失落多時，當初由宋端帝親授是神器家族公認的。於情於理分別屬於莊、甘兩家，您說是嗎，明識師太？」

甘峰乘機打破沉默：「莊小姐言之有理，首席神器是我從哈尼宗寨借來，我要親自歸還；目前對我來說最重要的是尋回甘家的『通』字神器。甘家、莊家、哈尼族歷代致力保護及開發神器服務大眾，是有目共睹的。」

明識師太道：「神器屬於人民。何時何人管理和開發，是由神器的機制決定的，尋找『通』字神器也是神器山莊的責任。

甘醫師深研神器密語，應該知道神器能量可以依托道地文化載體發揚光大，例如香港可以依托紫荊元素。這個偉大使命唯有童貞少兒才能夠完成，例如紫荊少女……」

紫荊少女聞聲，起立向甘醫師、莊瑾躬身道：「請多多指教！」

莊瑾看見紫荊少女的櫻桃小嘴下唇黏了一片綠葉，說話開合之間綠葉隨之開合而不掉落。她輕輕吹彈綠葉，陣陣銅鑼聲從屋後的神器室呼應而出，瞭亮蔓延……

明識師太適時示意她停止吹奏，對甘峰說：「紫荊少女開發神器的能力，甘醫師在神器山莊已親身體驗過，請相信神器自身的設定。」

甘峰起立：「這是甘峰的使命，我將全力以赴！」

莊老太向甘峰豎起大拇指。

接着大家商量，決定由甘峰組隊「神氣少年團」，莊家提供訓練場地，神器山莊一如既往做堅強後盾，指派明識和唯識兩師太守護神氣少年。

這個特別的聚會圓滿結束，莊老太喜形於色，送走兩師太和紫荊少女後，回到書房執着甘峰的手，完全忽略女兒與他傾談漸濃，不吝嗇地對甘峰多加讚賞，一再叮嚀甘峰留宿，明早一同早茶。

莊瑾：「媽咪，我們還有正事商量。」

兩人還要商討甘峰和平凡的官司。

莊老太剛走出書房，甘峰接到平凡致電，請求使用神器捕捉魔鼠。

甘峰焦急起來，他心急幫助平凡，因為他有愧平凡，平凡是因他惹上官非！但神器不在手上。

莊瑾問了情況，爽快的道：「用我家『明』字神器！我跟

你去見識見識！」

兩人立即行動，去神器室取出「明」字神器，裝入皮箱，驅車外出。

　·　·　·　·　·　·　　　四　　　·　·　·　·　·　·　·

甘峰又一次體會莊瑾的高超車技。半山公路窄彎多，她駕駛得快而穩，談笑自若：「神器可助勝選嗎？」

甘峰心裏一震，轉念想到她做了多年區議員，被傳媒封作「政壇新星」，思考及此並不奇怪。

「我會研究研究。」甘峰笑道。

「拜託你了——我只是隨便說說。我媽咪與你挺投緣的。」

「請別見笑，我天生跟年長婦女投緣。」

莊瑾一陣長笑。

香港的夜間車流量較少，他們飛快下山後便繞道海旁，穿過海底隧道，直駛海景廣場。

平凡在停車場接應。

時近子夜，為免銅鑼音響驚擾住戶，他們決定直接攜同神器入屋操作。惟莊小姐下車前忽然瞅見熟人，考慮自己作為政治人物，還是不便現身，留在車上等候。

甘峰隨平凡甫進梁小姐的家，「明」字神器尚未取出，已與從複式上層傳出的結他彈唱混成超強能量的音樂聲，傳遍全屋！

梁小姐向着上層喊話女兒停奏，卻被甘峰止住，鼓勵小女孩繼續……

未幾，神壇傳來老鼠的陣陣哀號，一隻大如拳頭，狀似棺材的老鼠昏昏沉沉地爬出客廳，嚇得梁小姐連聲尖叫。

老鼠跌跌撞撞，直至撞到裝着神器的箱子跟前，倒下了。

平凡用黏鼠板黏合了老鼠，放入黑色膠袋並打上死結，說：「帶給行家研究研究。」

上層的音樂聲停止了，梁小姐驚魂未定，顫聲道：「只、有、一隻？」

少女走下樓梯，甘峰迎了上去，小女孩驚奇的眼睛盯着甘峰的箱子，甘峰則驚喜地打量少女。

少女問：「叔叔，裏面就是神器？它是樂器嗎？」

甘峰：「這是神器，也可以說是樂器。小妹妹，我是甘醫師，該怎樣稱呼你？」

「甘醫師好，見笑了，大家都叫我粵歌公主。」一大一小聊得很投契。

平凡在安撫梁小姐，他以經驗判斷梁家只有這一隻老鼠，為求安心，他答應定期來檢查，梁小姐終於吁了一口氣，並與平凡約定下次檢查日期。

夜已深，母女倆送甘醫師和平凡師傅出門。粵歌公主隔着鐵閘縫隙向甘醫師道別，直至聽到電梯到達的聲音：「甘醫師再見！」

回應她的是甘醫師的驚叫！接着粵歌公主聽到激烈的打鬥聲，嚇得她蹲在地上，母親上前拉起女兒，向門外大聲呼叫着：「平凡師傅！」「甘醫師！」

沒人回應，門外很快平靜下來，後樓梯傳來急速跑步上天台的腳步聲⋯⋯

許久，甘醫師回到梁家門前，說：「『明』字神器被搶，粵歌公主請奏樂，以激活神器共鳴迴響，好讓我循聲追查，梁小姐請幫我報警！」

甘峰說完轉身跑到升降電梯門前，拉起軟癱在地上的平凡。那裝着老鼠的黑膠袋也被搶走！

他吩咐平凡到停車場會合莊小姐，並在停車場找尋線索，自己則循神器的迴響聲，跑上天台搜索⋯⋯

神器的迴響愈來愈微弱，雖然聽出來自鄰座，但很快沒了迴響，說明神器已經遠離粵歌公主奏樂的共鳴範圍。

　　警察來了，展開搜索。發現鄰座天台的露天泳池有接應者遺留的迹象，判斷搶劫者得手後將神器扔至鄰座泳池……

　　莊小姐和平凡在停車場則無發現，之後到事發現場配合警方調查。搜索了近兩個小時，警方無功收隊，剩下不甘心的甘峰和平凡仍在找尋。

　　莊瑾再次致電他，說梁小姐向警方提供的線索很有價值，神器山莊也即時展開追查，她以堅定的語調向甘峰表示：「我們絲毫不會怪責你！要與你共面對、同承擔！」

魔蟲封幫

． ． ． ． ． 一 ． ． ． ．

　　獅子山麓九龍皇子行宮。位處神器殿旁的辦公室，門楣掛上了新招牌——「魔蟲幫」。

　　崔水訓練魔鼠成績顯著，搶劫神器有功，被委任為新成立的魔蟲幫幫主，九龍皇子親自為他選配了四名助手。

　　今天是崔水被任命為魔蟲幫幫主後首日辦公，首次坐大班椅的他，得意地望着桌上的五面銅鑼法器，悠然轉動着座椅。以魔法掌控害蟲是他如魚得水的工作，此前十多年的滅蟲工作經驗更是大派用場；他慶幸投奔九龍皇子，慶幸拜師法器法師！

　　四名助理不約而同地早到，依次高呼「崔幫主早晨！」後列隊站立他的辦公桌前。

　　「大家早。」

　　辦公桌上除了他那刻着「魔蟲幫幫主」的銅鑼法器單列，其餘四面法器呈一字形排放，每一面的中心位置分別刻字「魔鼠、魔蟑、魔蠅、魔虱」。

　　崔水：「你們從左至右依次拿去！」

　　「遵命！」四人取過法器，捧在胸前。

　　「魔蟲法器正式授權你們使用！」

　　「感謝幫主！」

　　「不了！你們應該感恩九龍皇子和法器法師！」

　　「感恩九龍皇子！感恩法器法師！」

　　「從這一刻起，你們被封魔蟲幫四偏將，封號分別是『魔鼠』、『魔蟑』、『魔蠅』、『魔虱』。」

　　「感謝幫主賜封！」四人激動地說。

　　「魔蟲幫的首項任務是將香港的害蟲訓練成魔蟲，上頭接納了本幫主建議，毋須從海外引進蛑虱、蟑螂等害蟲，因為本幫主我對香港蟲鼠狀況瞭如指掌，外來害蟲早已深入民間，本幫主

有十足把握，能夠帶領你們將香港蟲鼠訓練成魔！」

「幫主高明！小的候教。」

崔水博士自顧轉了幾回座椅，突然大聲叫道：「魔鼠之將！」

「魔鼠之將在！」

「你負責老鼠！」「魔鼠之將明白！」

「魔蟑之將！」「魔蟑之將在！」

「你負責蟑螂！」「魔蟑之將明白！」

「魔蠅之將！」「魔蠅之將在！」

「你負責蠅蟲！」「魔蠅之將明白！」

「魔虱之將！」「魔虱之將在！」

「你負責虱蟲！」「魔虱之將明白！」

「本幫主主攻魔蚊和魔性白蟻，統領所有魔性蟲鼠！」

崔水繼續訓話，吐氣揚眉那威風定格於大班椅上，跟他當年從事滅蟲工作相比，實在不可同日而語。

‧　‧　‧　‧　‧　‧　二　‧　‧　‧　‧　‧　‧

幾乎同一時間，風格迥異的一個辦公室，牆壁一面布幕投影着數幅崔水的相片。他或是手提滅蟲器具，或手指夾着幾乎燃至燙手的香煙，他在每幅照片都是鬍渣滿臉、低頭望地的樣子，相貌比現在更顯老態。

這是某警署刑事調查隊的辦公室，兩男一女共三位穿着制服的警察在觀看PPT幻燈片研究着。

接連發生的「神器」案件，複雜又玄幻，多區不可控的鼠患嚴重影響公共衛生，驚擾了市民的正常生活，警方專門成立「神器鼠患偵查組」，簡稱「神鼠組」。由曾經偵破多宗「鬼屋案」、居臨榮休的徐沙展出任組長，副手是兩個年輕人，外號「黑妹」的女警和外號「海豹」的男警。

女警黑妹正在解說：「崔水當時的上司對他的工作評價正面，不過他經常自嘲滅蟲是低技術工種，外行人不了解才濫封『滅蟲專家』，常常抱怨懷才不遇。」

影片快進到「海景廣場錄影」。

黑妹：「這是海景廣場管理處提供的近十天閉路電視片段。」

黑妹：「這是梁小姐家的上層、即大廈頂層的機房門口。這個蒙面男子，在這十天錄影中，現身八天，他左手提一面銅鑼，右手握木槌，盤膝而坐，時而用木槌敲擊銅鑼。」

「他每次敲銅鑼的時間，與梁小姐講述老鼠出現的時間完全吻合。」

「徐沙展，真有馭鼠神器？」海豹問。

徐沙展笑道：「有，也是魔法。」

黑妹：「經電腦分析，崔水的身形與蒙面人的身形相似度為百分之八十五，與搶劫者和接應人的身形的相似度則均不到百分之三十。事發十天前海景廣場的錄影所見，多處有他，惟停車場和電梯錄影片段均找不到他，他是怎樣來到這個天台的？」

徐沙展：「也許他為此住進了海景廣場。海豹，說說平凡。」

黑妹按停 PPT。

「平凡白天和晚上都在工作，港九新界穿梭不停。兒子與老婆住在峰蝶堂中醫館樓上，他自己則一個人住；兒子是他與前妻所生，四年前與現任妻子文蝶結婚。文蝶，內地新來港人士，以傳統醫學研究員身分在港工作，今年初獲批單程證。」

「我對平凡調查至今，可以做出階段性結論：他除了涉嫌盜竊宋皇閣銅鑼，沒有其他可疑之處。」

徐沙展：「甘峰呢？」

「甘峰近日沒有應診，晚上也沒住在自己家裏，日夜都在莊家大院，未見外出。更奇怪的是，平凡的兒子和另外一男一

女，仁少年放學後會被接到莊家，估計他們都住在莊家了，因為早上莊家傭人會分別送仁少年上學。學校假日，三人就整天留在莊家，我多次通過望遠鏡發現甘峰似是對三個小孩授課。」

　　徐沙展：「召集小孩開班授課？梁小姐說她女兒彈結他時啟動了甘峰的神器，難道在教授……」

　　這時有警員敲門進入，遞給徐沙展一「急件」。

　　趁着徐沙展拆閱「急件」，讓我們聚焦莊家大宅。

神氣少年團成立

莊家花園內，甘峰正傳授開發神器的祕技。

「通」字神器被截奪，「明」字神器被明搶，促使甘峰急速召集紫荊少女、龍獎少年和雞蛋仔，教授開發神器祕技。

從《銅鑼密語》記載、先師文蜓公主和嚴慈師太堅信，只有童聲奏樂才是開發神器真道；甘峰心急借助神氣童聲尋回「通」、「明」兩面神器，乾脆攜同首席神器駐紮莊家，恨不得一刻間將畢生所學傾囊相授仨少年……

首課日是個星期六，文蝶未吃完早餐就被興奮的雞蛋仔急催出發。雞蛋仔最早到達莊家，紫荊少女跟着也到了。

寄住莊家的龍獎少年充當東道主，熱情接待兩位隊友，首先帶兩人來到專為神氣少年安排的居室，位於三樓的三房兩廳。

雞蛋仔和龍獎少年同房，彈力十足的牀褥印着神器圖案，雞蛋仔俯臥仰臥依戀不捨。文蝶看在眼裏，閃過一刻失落。她叮囑他：「午間休息要保持清潔衛生，別失禮於人，蝶姨傍晚來接你。」

「蝶姨放心，雞蛋仔會聽話，努力學習神器技能，不會讓蝶姨失望。」

近日住在莊家的甘峰，與莊瑾一道到三樓參觀完神氣少年宿舍後，送文蝶出門。兩人緩慢並肩走着、交流着……

剛吃完早餐走出玻璃屋的莊老太見此情景，問身邊女兒：「兩人是情侶？」莊瑾：「不，文蝶是雞蛋仔後媽。」

莊瑾向母親告辭：「今晚有會議在外晚餐……」「瑾兒放心，我會照顧他們。」

莊老太叫來管家連姐，當面吩咐甘峰和神氣少年的飲食安排，一雙眼睛卻關注着玻璃屋外準備外出的女兒，和正在與女兒隔着車窗交頭接耳的甘峰……

莊老太若有所思。

八時，甘峰走進花園涼亭。

「甘醫師好。」在此恭候的龍槳少年、紫荊少女和雞蛋仔起立行禮。

「大家好！大家可繼續稱呼我為甘醫師，不必改叫師傅。可我怎樣稱呼大家呢？你們將肩負偉大的使命，要起一個響噹噹的團隊名稱。我與神器山莊擬出了兩個名稱，由你們二選一。」

「甘醫師，我昨晚夢到我們的團名叫『小食團』。」雞蛋仔認真地說。

大家笑起來。

甘峰續道：「香港小食文化可有助你開發神器，這是後話。你們要在『神氣團』和『神氣少年』這兩個名稱選出一個。」

大家最終選定「神氣少年」，後來兩個團名通用。

甘峰莊重宣告「神氣少年」正式成立。

仨少年選出龍槳少年為團長。

甘峰開始正式授課。

．　．　．　．　．　．　二　．　．　．　．　．　．

「大家都親眼見過我用銀針奏響神器音樂，其實開發神器不限於用銀針，雞蛋仔和龍槳少年在我以銀針奏樂時不經意的歌唱，也能夠激發神器；紫荊少女用綠葉奏樂，所激發的神器能量更比我大得多，說明激發神器方法的多樣性。具體是依據自身情況摸索而成。

「紫荊少女在神器山莊的幫助下找到了綠葉，而我找到了銀針，龍槳少年和雞蛋仔也一定能夠找到稱手合意的武器。」甘峰說。

紫荊少女舉手提問：「雞蛋仔和龍槳少年唱歌就能激發神器，是否意味他們將來的武器是樂器？毋須直接敲擊神器，像我一樣？」

甘醫師：「應該是。但是你目前用綠葉奏樂激發的神器能量只限於力度，未能激發神器博大精深之泉。激發神器力量的同時，開發神器之泉造福人類，就要修煉『五恒神氣』，利用神器發展個人神氣。我能夠教授你們的只限於「五恒神氣」修煉入門，因為入門之後的精進因人而異。」

龍槳少年舉手提問：「甘醫師，您吩咐我為每人準備的五樽純淨水，關係到『五恒神氣』嗎？」

雞蛋仔好奇地盯住各人面前的五樽純淨水。都是市面上普通的樽裝水。

甘峰停頓片刻，鄭重地說：「『五恒神氣』的五恒，對應五面銅鑼神器：通、明、愛、放、和，既是獨立又是統一的體系。而純淨水、特別是純水結晶體，是連結『五恒神氣』的介質。修煉駕馭神器的能力必須借助純淨水。

「所以第一項練習是如何飲水！」

甘峰面對仨少年好奇的眼睛，說：「我現在示範飲水，大家認真看。」

甘峰盤膝而坐，拿起自己面前一瓶水並撐開蓋，往嘴裏輕輕注水，嘴唇閉合，含着水而不吞下；雙目微閉，緩緩地吞下水，用了近五分鐘才完全喝完一口水。

「大家有什麼提問？」

龍槳少年：「我盤膝坐不穩。」

雞蛋仔：「笑噴怎麼辦？」

紫荊少女：「咽水過程需放空思想嗎？」

甘峰：「初練盤膝，坐不穩很正常，怎樣舒服怎樣坐；笑噴了重新再來；咽水過程是冥想過程，稍後講。我再飲水，大家先從動作形式上模仿我；可以注滿口腔，也可注入八成左右容量，不急於即時吞咽，靜坐十數秒，然後緩緩吞咽，吞咽過程盡量拖長。」

仨少年模仿甘峰：盤膝、閉目、飲水……

警署。「神鼠組」辦公室出更前的例行早會。

PPT幻燈片正在播放九龍皇子建築材料有限公司工場的畫面。

海豹：「崔水已經在此工作三年。這間公司有四十多年歷史，老闆姓曾，三十多歲，自稱『九龍皇子』，坊間傳聞他是『九龍皇帝』曾金財的遠房侄子。」

畫面出現「九龍皇子行宮」。

正在喝水的徐沙展笑噴了，噴濕了海豹鞋面。

海豹：「這個工場位處曾家祖地，依山而建，外人難以進入，是有點皇宮的神秘感。」

海豹：「裏面大多數職員年輕力壯，排查至今，沒發現與海景廣場案有關聯的人士。」

海豹停頓片刻續道：「前日傍晚，道地書院陳院長進入皇宮，子夜才離開。」

徐沙展：「八鄉人士相聚至深夜是常有的事。好了，重點監視崔水，深度調查『九龍皇子』背景。」

海豹、黑妹齊聲：「Yes, sir.」

陳校長最近頻繁進出九龍皇子行宮。他主導的道地書院與九龍皇子和法器寺結盟後，他不經意間成了聯盟軍師，今晚他又要進去開會，開會前他約了平凡。

放學後陳校長就匆匆離開學校。他近來不喜歡駕車，改乘公共小巴前往；他切身體會到，相對於地鐵和巴士，紅、綠小巴仍然保留着香港氛圍——港人乘客安靜有禮：「唔該橋頭有落。」司機揚手：「收到。」陳校長感到被親切和友愛包圍。

但是他今天很失望，乘車中途上來了幾位一路大聲喧嘩、

旁若無人的同胞，他不明白這鄉郊小巴有何值得他們大駕光臨、貢獻經濟。他好不容易忍耐到站，他喊出：「唔該橋頭有落。」

司機：「收到。」

下車後的陳校長舒氣展臂。

「陳校長，我在這。」平凡的聲音。

平凡在橋下，加快了腳步上橋，會合陳校長後下橋。

兩人在馬路邊等綠燈。

陳校長：「過了馬路，沿貨場邊的小路走一小段，就到那新開張的酒樓，這老闆還經營多間日式餐廳，現時做着的滅蟲合約都快到期，你若做好這間酒樓，相信其他分店也會給你的。」

「多謝陳校長！」

此時馬路左右沒有來車，但是紅燈還未轉綠，有一名成年男子衝過馬路。隨即，一個小女孩掙脫外傭姐姐的手，學着成年男子衝燈，對面馬路有一個女人大聲制止：「亞因，別衝！回去！」女人滿臉關切、驚慌失措。

女孩還是衝過了馬路，撲入驚魂未定的媽媽懷抱。媽媽推開她：「媽媽不要不遵守交通規則的孩子！你不乖，你為什麼不聽媽媽的教導？為什麼不聽老師的教導……」

帶頭衝燈的男子尷尬離去；交通燈轉綠了，外傭跑過來，抱起被媽媽罵哭的女孩。

陳校長向這位母親伸出大拇指，對平凡說：「我看得出雞蛋仔有禮守規、文明誠實，不愧平凡你教導有方；記得你讀書時屢獲『思德獎』，那時我真心以你為傲。」

「我讀書成績差，沒能為校長爭光。」

「求學不是求分數，你在學生時代養成的好品格，以致你在社會也兢兢業業地工作，成功創業並經營出聲譽良好的公司……」

平凡忽然低下頭，落在陳校長身後，緩緩而行。陳校長配

合他放緩步速，教誨着：「雞蛋仔還小，品格育成還要一段歷程，做父親的一定要樹立誠實榜樣。」

陳校長停下腳步，右手搭着平凡肩膀，語重心長說道：「做錯事，敢認敢擔當，也不失為好父親榜樣！」

平凡停下腳步捉住陳校長雙手，如同孩子捉緊父親，吞吞吐吐地說：「老師，我、錯、了。」

• • • • • • 五 • • • • • •

「神氣少年」開課多日，基本領會「五恒神氣」原理。今天甘醫師將正式傳授駕馭神器的方法。工作繁忙的莊瑾特別安排一整天時間協助。莊老太的細緻周到，連旁人都看在眼裏，紫荊少女的素食，令雞蛋仔垂涎的雞蛋仔加菠蘿包、龍獎少年鍾愛的珍珠奶茶，她再三叮囑連姐準備。最令連姐詫異的是，受不了榴槤味的老太太獲知甘醫師喜食榴槤，竟親自前往超市選購。

與女兒莊瑾、甘峰和神氣少年一起吃完早餐後，莊老太吩咐菲傭司機載她到了山下商場。她要去一家專賣外國食品的超市取榴槤。她昨天來選購時，請教了店員如何把榴槤保鮮，得到的建議是選購後在超市保鮮，翌日即取即食。所以她現在去取貨了。

距離超市開門尚有一段較長時間，她走進了一間咖啡廳，找了個角落位置。這是一張兩人座的餐桌，她將隨身攜帶的佛教經書放於餐桌另一邊，明顯是留位等人，然後買了一杯熱咖啡。

沒等多久，一個男生裝扮的女青年走進咖啡廳，莊老太第一眼就看見她，但她未舉手迎接，而是從手提包取出榴槤訂購單平放桌上。

「莊姨早晨。」男裝女子落座莊老太對面。

「早晨。」莊老太淡淡的，沒有正眼看她，自顧品嘗着咖啡，場面有點尷尬。

「莊姨要吃點什麼？」

「不了，我說幾句就走，去取榴槤。」莊老太揚起榴槤訂購單：「甘醫師喜歡吃！甘醫師你認識吧，多好的男生！年輕有為，跟莊家淵源深着呢，與莊瑾可謂天生一對。」

男裝女子禮貌傾聽着，看了一眼榴槤訂購單。

「我希望你以後別到莊家來！」

「自您吩咐工人扔掉我的衣服用品，我就再也沒去了。」

「莊姨知道你是明白人，但我更知道你還在聯絡莊瑾。」

男裝女子低頭看地，莊老太品一口咖啡，慢悠悠地說：「我旅行回來沒幾天，你父親就打電話給我幾次，說感謝莊家幫了他的公司，我說以我們兩家的交情就別客套，但是若妨礙瑾兒的幸福，就……所以我現在正式跟你說清楚，以後別再聯絡莊瑾！」

「莊姨您放心，我已經答應父親去外國開始新生活。」

莊老太即時笑逐顏開：「芯兒，莊姨祝願你平安順景，其實你是個漂亮可愛的女孩，你的中學畢業相我還存着呢，如果那時去選美，三甲必入！」

「多謝莊姨讚美。莊姨還要一份芝士蛋糕嗎？」

「謝了，莊姨要去取榴槤了，甘醫師很早吃過早餐，是時候帶榴槤回去了。」

莊老太告別男裝女子，在菲傭司機的幫助下到超市取了幾個大榴槤，興高采烈回家。

．　．　．　．　．　六　．　．　．　．　．

莊家大門敞開，門前停着兩輛警車！

莊老太心神不安，急忙下車問過究竟。管家連姐迎上來，數名警察押着鎖上手扣的甘峰從花園走出來！

原來平凡昨天深夜到警署自首坦白了。警方以涉嫌教唆盜竊公共財產的罪名，逮捕甘峰。

上警車前，帶隊的徐沙展答應了莊老太的要求，讓甘峰吃

上莊老太親手送上的肉肥味美的榴槤。

莊瑾以堅定的眼神望着甘峰：「請放心，我會和文蝶合力協助神氣少年。我的律師團隊會全力為你辯護。」

給甘峰遞上了榴槤的莊老太，為了讓女兒與甘峰有更多單獨時間，依依不捨的退到一旁關注兩人。

甘峰湊近莊瑾耳朵，說：「我發現神器有《政壇猛進大法》，我研究出開啟之道後再傳你。」莊瑾被這個突然的驚喜弄得難以掩飾表情。

會錯意的莊老太泛起欣慰神情，走近警車，滿目慈愛地對徐沙展說：「香港現在很需要銅鑼神器。」

徐沙展不置可否，文明有序地指揮下屬，將甘峰帶上警車。

· · · · · · 　七　 · · · · · ·

九龍皇子行宮今晚舉行慶功宴。雖然沒有三方結盟那晚般彩旗招展，但各方赴宴人員高漲的心情仍然熱爆了宴會廳。

主宴席坐着三人，九龍皇子居中，左右當然是法器法師和陳校長，三人獨佔的餐桌上放着三面銅鑼。

法器法師肅然起立，全場安靜。

「今晚設宴，為慶祝九龍皇子再添神器！」

掌聲雷動，幾乎將宴會廳震翻！

「值此嘉許崔水主導的魔蟲幫！」法器法師單手指向左邊第一桌，崔水率領四魔將起立，先向皇子、後向法器法師和陳校長鞠躬，眾人的眼神盯着掛在五人胸口的小銅鑼和斜掛腰間鼓脹鼓脹的黑布袋。

法器法師：「崔水，向皇子匯報演練！」

崔水：「是！請皇子檢閱！」

崔水領着四魔將，齊刷刷的左手平托小銅鑼，右手木槌擊打銅鑼中央，幾隻巨鼠、一堆牀虱、一隊蟑螂、一群果蠅，分別

從四魔將的黑布袋竄出飛現，跳落地上集結五人腳前。

大驚失色的與會同門呈狼狽狀，活像被即時撞翻於地的瓢盆碗碟！

九龍皇子紋絲不動地坐着，最後用一下掌聲壓場。

隨着崔水五人再擊銅鑼，蟲鼠飛竄回黑布袋。

法器法師：「為了便於散播魔蟲魔鼠，我們將會註冊成立滅蟲公司！」

宴會廳再次掌聲雷動……

．　　．　　．　　．　　．　　．　　八　　．　　．　　．　　．　　．

警方「神鼠組」辦公室。PPT幻燈片投影着九龍皇子建築材料有限公司的外觀。

對此影片只能聽到雷鳴掌聲，沒有任何宴會廳內的畫面，海豹以自責的語氣解釋道：「很遺憾，我只能找到新入職員工做線人，這是什麼主題的宴會、具體參加者的名單，均查不出來。」

警方決定加大偵查力度，因此今天多了兩名高官階督察與會。原因是老鼠襲擊市民事件持續發生，其中兩人受襲時聽到銅鑼的聲音，更加嚴重的是海景廣場梁小姐家再次出現「魔鼠」，梁小姐因此被確診患上精神病。

女警黑妹點開「九龍皇子」檔案：曾祖傳，男，三十六歲，已婚，有兩個兒子；本港土生土長的客家人，自幼習武，中學畢業後在其家族的木材工場工作。十年前接手經營，將公司改名為「九龍皇子建築材料有限公司」，公司網站簡介也自稱「九龍皇子」，是「神器家族」的唯一傳人，擁有一面「護國神器」，誓言奪回全部五面神器，以助建功立業；他還宣稱自己是「九龍皇帝」曾金財侄子，擁有九龍最純正的皇家血統，網站齊集「九龍皇帝」在九龍各處塗鴉墨寶。自曾祖傳接手生意後，公司快速壯大，港九新界設有建材店，現有三百多個員工。除了參加某些大機構的慈善活動，平日深居簡出。

黑妹接着講述她搜索到的有關銅鑼神器起源、發展、神器與宋端帝的趣聞軼事⋯⋯

「據甘峰和莊瑾所言，宋端帝當年在宋皇閣的原址，向五名親兵家將頒授護國神器，保管承傳。這護國神器是五面銅鑼，甘峰確信神器銅鑼是史前文明留下的超智慧電腦，他從神器獲得招蜂引蝶的治病方法。他說甘氏、雲南哈尼宗寨、莊瑾和九龍皇子的祖先都是宋端帝的神器受託人，至於最後一名受託人他則沒有透露。明尼草堂，又稱神器山莊，則是宋端帝設立的節制五神器承傳的機構。我們試圖向明尼草堂了解，但未有回應。」

九

甘峰在被捕次日被正式起訴，莊瑾為他準備的律師團隊預料未能令他脫罪，勢將獲刑。

平凡則被判罰社會服務令。

甘醫師被捕令神氣少年心理受創，神器山莊派出兩位師太進駐莊家協助，文蝶一旦有空，也會前來代替甘峰指導，仨少年很快重新投入訓練。

候判中的甘醫師交予莊瑾幾個錦囊。一個是給莊瑾的，其餘是給神氣少年的。

給神氣少年的第一個錦囊，是要邀請粵歌公主加入團隊。

神氣少年致電粵歌公主，方知她家幾天前再現魔鼠，梁媽媽其後被確診患上精神病住院。當知道是甘醫師及其徒弟們邀約，粵歌公主即時答應見面。

午間的海景廣場，仨少年引頸舉目，在約會地點Ｅ世茶飲店，看見一個紅衣少女站在店門外向仨人招手。

見面時雖還未找到四座位的餐桌，雞蛋仔即着各人自報喜好飲食，好讓他排隊購買。他看上的是「冰火相容」雞蛋仔雪糕，紫荊少女要新茶品「紫荊花魂飲」，粵歌公主和龍槃少年跟點。粵歌公主的家在商場樓上，早到取個好位置本是輕而易

舉的，但香港的孩子普遍沒有霸着餐位等待親友的習慣，更何況她是個文明有禮的女孩。之後，有兩位大哥哥主動轉坐小餐桌，給四人讓出大餐桌，過程沒有大人們的互相客套的話語，只有雙方會意微笑。

粵歌公主說了魔鼠再現的情形。

「上星期的爸爸忌日，媽媽在神壇上香時，魔鼠突然竄出來！撞翻媽媽和爸爸的遺像。我衝過去，魔鼠雙眼看着我，媽媽顫抖着抱我雙腿，不讓我扶她起來。我抓起雞毛掃作驅趕狀，魔鼠紋絲不動，我想起那天甘醫師帶神器來驅鼠，我的不經意彈唱嚇暈了魔鼠。於是抓起一把結他，彈唱《英雄樹》，魔鼠就逃走了。媽媽之後致電甘醫師，才知道甘醫師他⋯⋯

「接着媽媽找來平凡師傅，他在佛堂和家裏所有窗戶佈置了黏鼠板，怎料到了晚上，佛堂又傳出魔鼠聲音。我再彈唱《英雄樹》，魔鼠消聲，我停下，鼠竄動，如此爭戰至天亮。媽媽笑了，又哭了，我叫來了舅父，舅父叫了救護車。醫生說，媽媽得了精神病。」

「姨姨現在怎麼樣？」龍槳少年關切地問。

「她要住院治療，兩個表哥現暫住我家陪我。」

「昨晚可有魔鼠動靜？」紫荊少女問。

「有，求你們幫助消滅它！」

「我們一定會消滅魔鼠，這是神氣少年的使命！」龍槳少年和紫荊少女堅定答應。

此時排隊買茶的人龍突然傳來騷亂聲。有顧客投訴被天花板上的漏水滴到臉孔，店長解釋是冷氣槽滲水，給客人遞上濕紙巾。不料客人擦着擦着，擦出了一陣惡臭，大聲驚叫⋯⋯

排隊下單的雞蛋仔抬頭，用手指向天花板的活動開口，說：「這是死老鼠的氣味，上面有死老鼠！」

人龍在驚呼聲中散開。

有人擔心滴水會傳播鼠疫，建議叫救護車和報警。被漏水

滴中的女子蹲下，「哇」的哭喊起來，店長一邊安慰顧客一邊叫來了商場經理。

店長質問商場經理：「我們投訴臭味多少次了？我們是明明白白聽到、見到老鼠亂竄！你們不是說已經聘請滅蟲公司解決鼠患了嗎！？」

一切都明白了，客人逃離。逃離之前或用語言或以眼神向受害女子表示着關切，更有顧客待商場經理叫了白車才離開。

沒能買到食物的雞蛋仔心有不甘，但大人們紛紛向他豎起拇指稱讚，又令他頗為得意的搖擺着身子回到神氣少年團隊。

「果然出身捉蟲世家！」龍獎少年向粵歌公主介紹：「雞蛋仔是平凡師傅的兒子。」

粵歌公主向雞蛋仔抱拳道：「原來是平凡叔叔的兒子，失敬！」

雞蛋仔：「自己人別客氣，歡迎你加入神氣少年！」

粵歌公主面露稚氣式的愕然。

龍獎少年和紫荊少女一起向她發出邀請：「我們遵照甘醫師的囑咐，邀請你加入神氣少年！有黑暗勢力訓練了魔蟲魔鼠，散發負能量危害香港，神器家族依照神器的啟示，組織五個少年成立神氣少年，是要凝聚正能量殲滅魔蟲魔鼠，甘醫師慧眼發現你是五員之一，請與我們一起肩負神聖使命！」

「太好了，為媽媽、為香港，我都義不容辭！」

粵歌公主次日就被接到莊家，與神氣少年同住，與紫荊少女同房。

・　・　・　・　・　・　　十　　・　・　・　・　・　・

這天早上，在莊家花園涼亭，神氣少年團長龍獎少年宣布開課，紫荊少女帶領開練。

四位神氣少年面前各有五樽純淨水，與以前不同的是，每樽水貼上了一個字，分別是通、明、愛、放、和。

紫荊少女：「通、明、愛、放、和，分別是五面神器的名稱，也是我們的五個訓練主題，五個主題融合了人、自然和社會三位一體的能量。在盤膝打坐的過程中以品嘗純水連結五主題，最終將五面神器主題融會貫通，練就駕馭、開發神器的能力。下面我依次講解通、明、愛、放、和的修習原理。首先請大家拿起『通』字樽裝水。」

　　粵歌公主拿起貼有「通」字的樽裝水，問：「這只是普通的蒸餾水，有那麼強大的功能？」

　　紫荊少女：「人的身體每寸肌膚、骨骼都有水，醫學分析人體至少百分之八十由水構成，這是我們以水作介質訓練的原因。我之前在神器山莊修煉，飲的可是從日本直送的水。」

　　仨少年詫異地望着紫荊少女。紫荊少女繼續講解：「水是有生命的，水愈純生命力愈豐富，日本已有實驗證實，水的結晶體能夠體驗人的喜怒哀樂，有治病功能。請大家撐開『通』字樽蓋。」

　　雞蛋仔焦急舉手道：「不是應該先與粵歌公主練習飲水方法嗎？」

　　紫荊少女：「昨晚睡覺之前我已經教她了，粵歌公主與雞蛋仔一樣超級聰明，很快就掌握了。」

　　粵歌公主：「多謝紫荊師姐犧牲早睡習慣，認真教導！」

　　紫荊少女：「別客氣，我們是團隊，要互相幫助、共同進步。」

　　龍槳少年：「紫荊師姐、粵歌師妹稱呼得很好，我建議大家日後互相以師兄妹相稱，按照出生年月排序紫荊、龍槳、粵歌、雞蛋仔。」

　　紫荊少女和粵歌公主表示贊同，雞蛋仔搔着頭皮沒說話。

　　粵歌公主：「我粵歌才是小師妹。」

　　雞蛋仔：「我才沒那麼小氣，我是在想師姐師兄都有一個文雅的名字，我要改名！」

紫荊少女：「神器山莊早有結論：少年兒童一定要依托香港特色文化，才能開啟神器秘密和激發能量，這是我們四人被神器選中的其中一個重要原因。雞蛋仔代表的並非只是小食中的雞蛋仔，更是香港地道小食，包括絲襪奶茶、菠蘿包等等，我提議你改名為『小食王子』，喜歡嗎？」

「喜歡！」

「小食王子！」仨少年齊呼。

小食王子：「在！」

龍槳少年：「請紫荊師姐繼續。」

紫荊少女：「大家含滿一口『通』字水。一、二、三、四、五，開始緩緩咽下，意念將水向口腔前後左右滲透，貫通每個細胞。保持閉目屏息，緩緩將水咽下，盡量堅持，拉長整個咽水過程。最後用意念將水從腳掌底下逼出。修煉『通』字主題，顧名思義，就是用水貫通身體。」

四人一遍又一遍地喝水修煉，粵歌公主眼見「通」字樽裝水將要喝完，問道：「接下來喝『明』字水？」

龍槳少年連忙掏出手機：「不是。我大意了，沒有備足『通』字水，多謝提醒，我馬上叫工人姐姐送『通』字水來。」

紫荊少女：「將水樽貼上『五恒』主題字，是為了方便大家了解『五恒神氣』的理論概要。所有水都是相同的純淨水，只是我為了提高大家修習的專注度，貼上主題字以加強內心提示。」

「明白……」粵歌公主話未說完，忽然一聲驚叫：「哎呀！有蚊！」

盤坐她旁邊的龍槳少年轉過頭來：「哪裏有蚊？我常住莊家，沒怎麼見過蚊，莊家每個月有兩個晚上，會請滅蟲公司來專門滅蚊。」

盤坐她另一邊的小食王子：「有！牠們在水樽旁，不過不是蚊，而是果蠅。」

「果蠅？會咬人嗎？會傳播病毒嗎？」仨人驚問連連。

小食王子：「別怕，果蠅不咬人。」

送來「通」字純水的工人見此情景，也頗為驚奇地自言自語：「莊家從未見過這些蟲，我剛才經過神器石室時也看見這蟲，比這裏還多。」

莊家神器室現在存放着首席神器。

甘峰留下的第二個錦囊，是要神氣少年完成修習「五恒」主題後，就要借助首席神器實戰。

首席神器繼續存放在莊家，不但基於安全考慮，更是方便神氣少年訓練。

神氣少年暫停訓練，來到神器室門前……

果然看見許多果蠅！比蚊子身形稍短，如蒼蠅的雙翼，大多黏附在石門上，有幾隻在門前遊蕩。

小食王子：「休想鑽進去！」邊說邊箭步上前，揮掌拍打石門上的果蠅。

果蠅傾刻間或被拍死或被驅逐，小食王子雙掌黏着點點果蠅血迹，嚇得粵歌公主轉身掩面。

龍槳少年道：「果蠅不咬人，怎會有血？」

神氣少年將事件報告給莊瑾和文蝶。

莊瑾一直忙於甘峰的案件，連續數天早出晚歸。文蝶很快趕到，緊隨在她的車後，是一輛滅蟲車，原來平凡也來了。

神氣少年回到花園涼亭繼續訓練。

平凡在管家連姐和文蝶的陪同下，首先察看了神器室石門，認定這些蟲子是果蠅。然後詳細地檢查莊家內外，特別是廚房、垃圾房、花園。

檢查完畢，平凡正要向連姐詳細匯報，連姐道：「太太要了解情況，請兩位到會客廳。」

莊老太已經在會客廳等候。簡單互致問候之後，平凡開始了專業匯報：

「果蠅故名思義是蠅，喜歡在殘腐水果繁殖而得名，體形只有蚊子般大小，不會咬人，掌拍而沾染的血迹是果蠅身體的血，而非人血。近十年，本港果蠅多發現於食肆餐廳，以中式酒樓最為嚴重。每年四至六月份是果蠅高度繁殖季節，甚至波及各區民居。」

　　連姐插話說她居住的新界公屋也有果蠅，超市殺蟲水也殺不死。

　　平凡回應說：「超市賣的殺蟲水是可以殺死果蠅，只是家居用家非專業人士，不知道果蠅在哪裏下蛋，所以只殺滅了看得見的果蠅。關鍵的問題是果蠅一個夜晚就可以繁殖成蟲，所以就算專業人士操作，也不能夠完全殲滅某處果蠅，解決繁殖源頭才能達到良好效果。

　　「家居果蠅的滋生源之一是破損的水果，包括沒有及時清理的果皮及吃剩的水果部分；其二是垃圾桶的垃圾在家中放着過夜；另一個原因是廚房去水位附近的衛生欠佳。如果家居距公共垃圾房較近，也有可能是屋外侵入。

　　「我檢查了莊家大院裏裏外外，沒有發現果蠅滋生的衛生隱患。現在將近八月，食肆果蠅雖然還多，但家居果蠅不多見，所以我認為神器室的果蠅是從外面飛來的。如果附近有中式酒樓，周圍就有可能有果蠅，因為現時香港的酒樓一年四季，就算是大冬天都有果蠅滋生。但莊家大院附近沒酒樓，我想也許是垃圾車進來收垃圾時，車廂內的果蠅飛了出來。」

　　文蝶道：「那為什麼果蠅飛往神器室石門？」

　　平凡：「也許是神器室門前殘留水果味。」

　　連姐：「昨天傍晚神氣少年在那邊吃蘋果邊討論。」

　　文蝶：「殘留水果味招來果蠅的概率很低吧？」

　　平凡：「實在不多見。」

　　連姐：「平凡師傅，請教你，我們要怎樣做？」

　　平凡：「當然最好是交給滅蟲公司處理，我知道莊家與香

江殺蟲公司簽了滅蟲合約，我不便處理。建議你們以後加強門窗清潔，其他找不出毛病了。」

莊老太全程認真聽着，聽出了文蝶的憂慮，最後果斷說道：「多謝平凡師傅！給老太婆長知識了，從今天起請您的公司為我莊家做害蟲管理。連姐與上家滅蟲公司做好斷約手續，按合同辦，該怎樣就怎樣。」

平凡：「多謝莊老太太。」

連姐：「是，太太。」繼而轉向平凡：「平凡師傅需要怎樣配合，請儘管告知我。」

文蝶向莊老太告辭，平凡則留下與連姐商討滅蟲細節。

平凡建議保留莊家現時簽約的三個滅蟲服務 A、B、C 項目。A 是每月一次室內針對蟑螂為主的防治；B 是每月兩個晚上於室外針對蚊蠅、老鼠的滅蟲工程；C 是每兩個月一次的室內外的白蟻防治。行業慣例 C 項於客戶存有工作紀錄，內容包括白蟻監察點及白蟻活動的情況，平凡翻看莊家的白蟻防治紀錄時，看到主理的滅蟲師傅是與他關係要好的師弟，直接致電了解。

師弟第一時間告知他香江殺蟲賣盤了，買家是九龍皇子建築材料有限公司，崔水是技術總監。

平凡也知道人稱「博士」的崔水，他之前在滅蟲界是號人物。

· · · · · · · 十一 · · · · · · ·

崔水在九龍皇子行宮愈來愈紅，被九龍皇子委任成為前身是香江殺蟲管理有限公司──現已更名為「皇子滅蟲公司」的技術總監。皇子滅蟲的辦公室位於觀塘工業區，魔蟲幫大本營則設在皇子行宮，因為要兩邊跑，九龍皇子給他配備了一輛滅蟲工程車。

今天上午崔水處理完滅蟲事務，駕車回行宮參加三盟匯報會，途中接到滅蟲事務助理的電話，報告莊家已經單方面終止滅蟲合約。可是，今天崔水準備匯報的主題圍繞莊家！這突如其來

的變故令他慌了神，他找了個露天停車場，下車連抽三支煙，構思完應變策略，繼續開車回行宮。

三盟會雖然由九龍皇子行宮、法器寺、道地書院組成，但運作完全由九龍皇子主導。重要會議由三方參與，但匯報的唯一對象是九龍皇子。

今天的恒常匯報會，由於莊家突然終止合約，改為三盟高層會議。陳校長抽空趕到，法器法師前往法器教總壇參加法會，由咕嚕代表出席，其他與會者不是皇子的左右手，就是集團公司及子公司的高層，包括新上任的皇子滅蟲公司 CEO。崔水首次參加高層會議。他進入會議室後不知所措，所有人都就座了，只剩下他尷尬的站着。空座位還有一個，在九龍皇姑下首。

九龍皇姑主持會議：「會議要開始了，崔水坐到我下首來。」

崔水戰戰兢兢走過去，小心翼翼坐下來。

九龍皇姑：「我們奪取首席神器行動計劃受阻，上午莊家單方終止滅蟲服務合約，這個會議你們一定要拿出替代方案！」

崔水此時已經回過神來，與會者很快開始議論；這與他以往的會議經歷截然不同——主持或老闆一般拋出問題後，會議就常常陷於長時間冷場，這裏的高層十分踴躍發言。

九龍皇子和陳校長認真聽着。崔水也不敢怠慢，認真地聽。聽了一會，內心竊喜：所有發言都無關痛癢、不切實際？九龍皇姑的不滿表情印證了他的判斷。

九龍皇姑道：「別過多研判莊家斷約原因，要發動頭腦風暴，拿出對策！」

會場靜下來。靜了許久，崔水知道會議陷入冷場了，該他出場了，他輕輕舉起左手示意發言。九龍皇姑向他點了一下頭。

崔水：「我在皇子的親自指導下，實施着陳校長的策略：採集、訓練果蠅；感謝法器法師的點撥，重點採集中式酒樓負能量果蠅，以便加快培殖魔性果蠅；早前，將酒樓廚房爐底食物垃圾滋生的果蠅訓練成魔，更成功地驅使魔蠅鑽進莊家神器室；昨晚我們魔蟲幫兵分五路，在五家酒樓的洗碗房採集了大量果蠅，

現正培殖，預計最遲今晚成魔。」

九龍皇子鼓掌，一眾高層跟着鼓掌。

掌聲停後，崔水繼續：「第一批果蠅能成魔，是因為果蠅採自幾年未清潔過的酒樓廚房，其中一家自開張至今已近六年，爐具和爐底卻從未清潔過，爐下的食物垃圾堆積成小山，是多種害蟲理想之家，可知其負能量之強大。正在培殖的果蠅有更高負能量，因為這五間酒樓的洗碗房，未清洗的碗盤筷和殘留食物均在洗碗房留過夜。

「其實現時香港除了五星級酒店和幾個大商場內的酒樓，其他酒樓的洗碗部都與這五家酒樓一樣，一方面因為洗碗人手嚴重不足，另一原因是酒樓老闆不肯額外安排夜班洗碗，洗碗工到了晚上酒樓關門時間，放下手上的工作下班回家是天經地義的。洗碗房聚集了衛生環境惡劣元素和員工怨氣衝天的負能量，果蠅特別多。」

崔水稍微停頓，繼續說：「基於我們培育的魔性果蠅源自上述的負能量環境，魔力甚大，我提議皇子以『真神器』，驅動魔蠅直入莊家神器室探查。」

全場鴉雀無聲，陳校長與九龍皇子對視了一眼。

九龍皇子再次鼓掌，眾人跟着鼓掌。陳校長站起來說：「崔水的提議跟我與皇子的意向一致。明天晚上十二時行動，魔蟲幫全員出動，大家候命。」

會議接下來是其他與會者輪流匯報工作。處於興奮狀態的崔水沒留心聆聽他人發言，當皇子滅蟲公司 CEO 匯報時，九龍皇姑插話吩咐要「全力支持崔水工作」，更使他的興奮延續到散會。

在莊家進行封閉式訓練的神氣少年，繼完成「通」字主題練習，今天開始了「明」字主題練習。

莊瑾回到家後，召集少年回屋裏了解訓練進度，傳達甘醫生的相關技術指導。神氣少年四人之中，龍槳少年相對老成，從大人們近日的言談，和此時莊瑾的神情中，猜測到即將到來的法院裁決會對甘醫師不利。莊瑾與神氣少年逐一擊掌加油，叮囑他們早睡早起。

將近零時。龍槳少年沒有睡意，想外出練習，他腰掛龍舟槳，手拿一樽純淨水，躡手躡腳地往外走。他出了玻璃屋要往花園去，見花園光線暗淡，停下思考之間，聽到小食王子壓低喉嚨叫他，回頭看見小食王子手挽環保袋跟了出來。小食王子扒開環保袋，給他看袋內的點心拼盤和一樽純水，兩人會心地笑了。

修習「五恒神氣」其中一個大目標，是藉着神器練出對付魔性蟲鼠的武器，紫荊少女早已經在神器山莊練成以紫荊葉開啟神器能量，粵歌公主也漸漸能以奏響經典粵語歌曲開啟神器。而他們兩人，雖然分別量身選出龍舟槳和道地小食作目標武器，但至今未能驅動自己的武器與神器能量匹配。兩人日間訓練時互相吐露心急情緒，所以決定深夜加練。

兩人在神器室門口開練「明」字訣。

「明」字訣修煉與「通」字訣大同小異，不同的是意念內容。

盤坐、直腰挺胸、雙眼微閉，滿含一口純水，緩緩咽下，意念使身體透明，意念用水貫徹骨肉皮膚……

夜色漸深，龍槳少年和小食王子還在一遍又一遍的練習。

莊家屋後一棟大樓的最高層，幾雙眼睛，幾部相機居高臨下地對準兩人。

這棟位於山邊僻路邊上的大屋，屬南亞風格建築，樓高五層，正門修築一堵弧形高牆，構成私家內院。大屋地勢比莊家高幾個樓層，寬度完全遮蔽莊家，因外牆全是藍色，故稱「藍屋」。

今天入夜時分，三輛轎車駛進藍屋大院。首輛車走下咕嚕、九龍皇子，幾個身形彪悍、以黑布蒙住雙眼的大漢從第二輛車走下來，而從第三輛車率先走下的是魔蟲幫幫主崔水，其後的魔蟲四將均黑布蒙眼，肩上斜掛黑布袋，各拉一件行李箱，所有黑布蒙眼者依次手拉着手，由大院內的一個南亞保安引領，進入藍屋。

進屋後保安離開，咕嚕指示蒙眼同伙摘下黑布。

咕嚕畢恭畢敬將九龍皇子請進升降電梯，其他人緩緩跟進。

從透明電梯內，也能看得見大屋概貌，是長方形的中空老宅，近似北京四合院，屋頂是透明玻璃，各層走廊圍築的高欄，雕刻無數大象圖案。玻璃層頂上，吊下兩盞大如餐桌的塔型燈，燃燒着的廟香一圈一圈繚繞整個中庭。

五樓到，電梯門開，濃烈廟香撲鼻而來，有人打響噴嚏。

咕嚕帶領一行人進入一個有着寬闊客廳的兩房單位。咕嚕推開客廳窗戶，讓出中間位置給九龍皇子，莊家大院盡收眾人眼底。

咕嚕在九龍皇子授權下發號施令：「下面就是莊家大院。玻璃屋後的小石屋就是莊家神器室。狗仔隊聽令：全程監視，向皇子直播莊家神器室情況！

兩名手持長短相機的隨員迅速於窗戶開架設施。

咕嚕：「魔蟲幫進二號房，做好魔蠅襲擊戰前準備！」崔水率魔蟲四將齊聲：「遵命！」

咕嚕：「皇龍隊聽令！」五個彪形大漢齊聲：「皇龍隊候命！」

咕嚕：「準備飛躍莊家大院，勾索候命！」「皇龍隊遵命！」

咕嚕傳令完畢，與九龍皇子一同進入一號房。

臨近子夜，守候了幾個小時的九龍皇子一行人，集結大廳。魔蟲幫幫主及四將手提法器銅鑼，列隊候命，斜掛肩膀的黑布袋內的魔蟲拱跳不斷。五名皇龍隊員均勾索在手……

九龍皇子手提銅鑼神器，在咕嚕陪同下走出客廳。

他將神器安放桌上，吩咐崔水：「你可要全神貫注本皇子擊鑼奏樂，待咕嚕喊『放』，即放出魔蠅！」

崔水大聲：「遵命！」

眾聲：「皇子親征、馬到功成！」

應聲剛落，負責於窗前監視的狗仔隊員急轉身報告：「有情況！」

．　．　．　．　．　．　十三　．　．　．　．　．　．　．

深夜了，竟然有兩個小孩來到莊家神器室門前打坐。

九龍皇子只好命令繼續監視。魔蟲幫和皇龍隊焦急等待着⋯⋯

凌晨一時已過，兩個打坐的小男孩絲毫未有離開的迹象，一眾下屬看向九龍皇子，等待他的命令。

九龍皇子：「崔水，以你們的銅鑼法器發出魔蠅干擾，使他們不能打坐。」

「遵命！」崔水走近窗邊，奏響他的銅鑼法器，一股魔蠅從他的銅鑼內圈飛出窗外，向莊家大院神器室撲去。

不料，魔蠅卻在神器室上空停滯不前。崔水加力彈奏，魔蠅不但不聽令前進，反而後退。崔水滿頭滴汗，命魔蟲四將齊奏魔樂，驅蟲增援。四股魔蟲頃刻從四人的黑布袋搶出窗外，飛插而下，助力幫主的先鋒魔蠅，展開二度進攻。

眼看攻至神器室門楣，兩股勁道十足的氣流衝散了魔蟲隊形！崔水通過法器銅鑼看到，兩股氣流分別由一支龍舟槳和若干菠蘿包和乾蒸燒賣發動，成百上千來不及撤退的魔蠅或被龍舟槳拍打，或被菠蘿包和乾蒸燒賣擊中，支離破碎得如塵埃墜落！崔水頓感不妙，如不收兵，恐致全軍覆沒，但九龍皇子未下達新命令，他只好強撐。

九龍皇子和咕嚕正在向法器法師視像求教。法器法師指

出：法器銅鑼的魔力足夠，是魔蠅的負能量未達標。他建議皇子趁此機會試用神器，只試驗、不強攻。

九龍皇子彈響家傳的「放」字神器，哼唱：「我係九龍皇帝，港九新界我睇晒！今日我出巡，嚟畀你哋朝拜！」五隊魔蟲即時回復隊形，九龍皇子奏第二遍，魔蟲前進了！

九龍皇子興奮起來，一遍又一遍擊奏……可惜的是魔蟲隊伍只是略比剛才崔水的發動推前了些許。

九龍皇子從「放」字神器的內圈看到，一面氣體織成的牆，阻擋了魔蟲，氣體牆上跳動的蝦餃、燒賣等各式點心，將無數魔蠅吸於無形，一支龍舟槳在牆前上下翻飛，拍打魔蠅。他及時停奏，並命令魔蟲幫收回魔蟲。

法器法師分析今晚失敗的原因，是首席神器得到兩個少年助力。他建議九龍皇子暫緩搶奪，明晚開始輪番以「放」、「通」、「明」神器連繫首席神器，再探查首席神器和兩少年的互動方式。

法器法師最後把崔水叫到熒幕前，聽取了匯報，並指示他要重點採集與人有密切關係的負能量果蠅。

九龍皇子站到窗邊，看着莊家的兩個小男孩，問咕嚕：「這打坐喝水有何玄機？」咕嚕思考作答：「應該是來自日本的修煉方法，叫『融水禪修』。」

九龍皇子：「說說。」

咕嚕面有難色：「師傅對於『融水禪修』有成見……」

九龍皇子：「但是效果擺在眼前！」他吩咐其他人收隊離開，留下咕嚕講解「融水禪修」。

咕嚕還是有些許見識的，知道一點皮毛。甘峰傳予神氣少年的「五恒神氣」修煉法當真是參考了「融水禪修」，結合《銅鑼密語》所創的。

咕嚕：「『融水禪修』的理論，啟發自一本名叫《生命的意義水知道》的書，這書是由日本一名專門研究水分子的科學家寫

的，是作者幾十年對水結晶體的研究總結。他採集地下岩層水，分離出結晶體，發現了水結晶體是獨立的生命個體，具有人的喜怒哀樂特性，並且與人的喜怒哀樂息息相關。他每天與研究樣本的生活互動，年復一年，不知不覺與水結晶體互為家人，常常忘記它們是研究樣本。三十年過去了，他已經老態龍鍾，身體機能衰退，但水結晶體仍然保持與三十年前一樣的體貌和活力。」

九龍皇子一邊聽一邊觀察在莊家神器室門前打坐的兩個少年，看見兩人站起來，各自撿起空水樽，若無其事回屋裏去。兩人完全沒有經歷過惡鬥的樣子。

是的。龍槳少年和小食王子完全不知道剛才發生在他們頭頂上空的戰爭。不過兩人感到修煉過程暢快，表現興奮！兩人既驚且喜地分享剛才的經驗。

小食王子對龍槳少年道：「練習時我清晰看到一面『放』字銅鑼。」

「我也看見了！整個修煉過程通明暢快。」龍槳少年道。

練至半程，感覺一股溫和能量自神器室湧出，包圍全身，似雲似霧似氣流似陽光。龍槳少年成功以意念指揮龍舟槳配合源自首席神器的能量，隨他的意念在空中舞動。小食王子清晰看見，來自首席神器的能量，配合他的意念激發出各式點心，讓他能夠將點心收發自如。

小食王子意猶未盡，想要叫醒紫荊少女和粵歌公主，不過龍槳少年阻止了他，但他上牀後仍興奮難眠。

藍屋五樓，咕嚕繼續：「該日本科學家有一位意念修煉大師朋友，兩人合作創立『融水禪修』。雖然以禪修立門，但與佛教無直接關係，也不屬於任何宗教。」

九龍皇子：「我更喜歡不隸屬任何宗教的門派。」他吩咐明晚繼續研究後，兩人離開藍屋。

第二天早上，莊家餐廳。莊老太和女兒莊瑾正等候神氣少年共進早餐。

紫荊少女和粵歌公主匆匆趕到，兩人入座時仍未見龍槳少年和小食王子。未等莊老太詢問，紫荊少女歉意報告：「他倆睡過頭了，很快會到。」

莊老太：「不急，我們等他倆。」

莊老太關切拉着粵歌公主坐到她身邊，說：「昨天我跟着你舅父探望你的媽媽，媽媽精神很好，醫生說她康復進度很快。你媽媽讓我告訴你，你安心在這裏住，她很放心。」

粵歌公主：「謝謝莊婆婆，我好想媽媽……」粵歌公主一下子眼淚盈眶，莊老太心痛地擁抱她。

龍槳少年和小食王子剛好進來。「粵歌公主，誰欺負你？小食王子為你主持公道，我快要練成『小食神功』了！」

他與龍槳少年向大家講述了昨晚在神器室門前練習的意外收穫。莊瑾聽後，計劃盡快申請面見甘峰，徵求他對神氣少年的修煉指導。

紫荊少女則致電向嚴慈師太求教。嚴慈師太恭喜龍槳少年和小食王子練出了自己的武器，建議神氣少年定期到神器室門前訓練，最重要是要充實自身武器的正能量，以達到駕馭神器能力。

小食王子當然不會忘記向蝶姨報喜……

神氣少年大受鼓舞，早餐後即到花園涼亭開練。

餐廳剩下莊家母女，偌大的餐廳回復既往的寧靜，竟讓兩人感到窒息。

「甘峰今早宣判？」

「是。」

「兩年？」

「最少二十八個月。」

「你為什麼不幫他？」

「……」

「你怪媽媽趕走芯兒嗎？」

「當然不是。女兒已經盡全力。」

「你要參選立法會？」

「有此打算。」

「瑾兒，你為什麼想要開啟神器的《政壇猛進大法》？」

「……」

「媽媽無意中看到了甘峰給你的錦囊。」

莊瑾仍然一言不發，心想還是自己大意，媽媽果然看到了。那天她錯將甘峰給她的錦囊，當作甘峰給神氣少年的錦囊，交給媽媽讓她宣讀，媽媽在她出門前追上她換回，媽媽強調未宣布，看了題頭是給女兒的就追出來了。

莊老太繼續質問女兒：「你要利用神氣少年？所以你刻意忘了可能勝訴的物證：港英政府借用甘家銅鑼神器的借據？」

「媽咪你說什麼話！為了幫甘峰，我丟失了家傳神器；為了光大神器，女兒全力輔助神氣少年。就算我有丁點私心也是人之常情。」

「媽媽不忍心看到甘峰受牢獄之苦。瑾兒你相信媽媽，他可是你天造地設的夫婿。」

「別說了，媽咪，那借據來歷不明……請相信女兒！」

莊瑾吻了吻莊老太的前額，告辭出門。

莊老太看着女兒走出玻璃屋的背影，眼神有點迷惘，WhatsApp信息提示音響起，是神器山莊在「神氣少年支援隊」群組發給她、莊瑾和文蝶的新信息：

「神器山莊：暫時不便讓神氣少年知道，我們判斷昨晚是

首席神器與某一面子神器溝通，激活了龍獎少年和小食王子的訓練，即是說昨晚有人用子銅鑼神器搜索首席神器，而且地點就在莊家附近，望莊家加強警惕。神器山莊將派出明識和唯識師太駐紮莊家。」

莊瑾即時回應：「多謝提醒，拜託師太！」

莊老太早已將家中大小事放手給女兒，唯一放心不下的就是神器。家傳神器被搶，神器山莊和警方的搜尋均無進展，代甘峰保管的首席神器更不容有失。她致電女兒，問會否尋求警方協助？女兒安慰說，她會有安排請母親放心；但是她就是忐忑不安，叫上連姐和唔喀裔保安主任，一起對家裏的保安系統巡視一遍。莊家的保安與香港許多傳統豪宅一樣，由一家頗有歷史的香港皇家保衛公司負責，整個保安系統由皇家保衛公司設置，廿四小時派駐清一色南亞裔護衛。

她在神器室門前停下，保安主任報告她電子監測系統正常。最後來到後花園，叮囑連姐和保安主任要時刻關注神氣少年的需要，但不要干擾，兩人唯唯點頭：「請放心」，莊老太獨自走回書房。

她從保險箱取出一張 A4 紙，紙上印着一張陳年借據⋯⋯

她戴上老花眼鏡翻查 WhatsApp 內神器山莊輪值住持師太與她的私密對話：「莊老太您好，神器山莊收到來歷不明信件，可能有利甘峰的官司？現在傳給您，請轉交給莊瑾。」

莊老太守着電話，一遍又一遍看借據上的文字，等到了她不願意但又無法改變的消息：甘峰獲判刑二十八個月，即時還押。

她將 A4 紙借據放回保險箱，自言自語道：「是假的，是惡作劇，既然瑾兒判斷是惡作劇，那就是惡作劇罷了。」

陳校長的神器夢

陳校長與文蝶一起到法庭旁聽甘峰的判決，出發前文蝶已經開始哭，他安排了自家的菲傭駕車以策安全。

載着甘峰的囚車遠去，文蝶還俯伏於車門外抽泣，陳校長與菲傭一起攙扶她到後座獨坐，好讓她無拘無束地盡情哭喊發泄。坐在副駕的陳校長聽着文蝶低聲抽泣，他內心難受之餘，也掀起萬千思緒，憶起他與文蝶的相遇。

三十年前，他的紅河哈尼之行。那時甘家私生子甘峰已獲認祖歸宗，明顯威脅到他承繼甘家的地位，他決心最後一搏，求哈尼公主指點《銅鑼密語》。他在昆明汽車站被設棋局團伙圍毆後，慶幸及時逃上開往紅河的汽車。車行半程，胸骨隱隱作痛，掀開上衣赫見胸口瘀黑！

在愈來愈痛的狀況下，陳校長終於捱到紅河終點站。下車後他的胸口腫得厲害，他明白當下之急是求醫。鄰座一起下車的哈尼族漢子是個熱心人，途中陳校長曾向他請教有關哈尼宗寨的事情，哈尼漢子滔滔不絕，說哈尼宗寨昔日的地位猶如哈尼族的皇室，解放後當然實行國家的行政制度，但是族內仍然保留王族似的封號——現時是文蟶公主年代，但是公主醉心中醫學術，不善族務，宗寨事務由四名長老共管。

哈尼漢子一路自顧自說，下車時才發現這個「小香港」身受重傷。

哈尼漢子道：「我帶你去哈尼公主那裏求醫！公主可是我表親！」

陳校長痛苦地說：「太感謝你！但我怕自己走不動了。」

哈尼漢子：「過幾條馬路就行，公主連『半死人』都能治，何況你這小傷！」

哈尼漢子帶他到了一間名叫「神器醫館」的全科中醫診所。哈尼公主今天沒坐診，一位中年女醫師為他治療。

女醫師問診檢查後，問陳校長是否接受蜂療。他不假思索答應，這讓醫師頗感意外，他對醫師說因為自小在家見慣蜂療，見慣不怪，這瞬間拉近了醫患關係。

女醫師神乎其技，經過蜂針、藥洗，然後敷藥，陳校長身體便感輕鬆了。女醫師說要治療七天，於是陳校長在診所附近找了家賓館入住。

第五天，他改上午到診時間為傍晚，因為他從中年女醫師得知文蜓公主正在孕期，較少坐診，今天午後回診所。

紅河城的傍晚美麗靜逸，聊石街道兩邊錯落有致的商戶、民居均敞開門戶。石木結合的屋子是這條街道的特色。他今天心情好了，才發現「神器醫館」是上木下石結構，分前中後三堂，似客家圍屋。

他走進醫館，前堂門診部沒人在，他再走進中堂的治療室，也沒人在，後堂是飯廳，昨天他獲招待喝哈尼老火粥時坐了一會，於是坦然進去，但仍然不見人。正想開聲問詢之際，他聽到左邊房間傳出男人聲音，他循聲望去，房門敞開，一對男女臉貼臉，男人的雙手撫摸着女人的巨肚。

男說：「娘子，我想好了女兒的名字，叫文蝶。」

女說：「相公，為何她不跟你姓錢？」

男說：「我希望她將來繼承神器。我錢家神器因公主才得以開啟，我要錢家永記公主之恩。」

女說：「相公折煞娘子了，是相公的福緣開了錢家神器，娘子只盼嫁入錢家門下，其他都不重要。」

男說：「娘子，等相公回港後的好消息！」

男子操港普口音，陳校長看着男子的臉龐：是錢滿山！

陳校長屏息退出，回到賓館退房，連夜離開紅河城，自此放棄他爭奪神器的計劃。

將到峰蝶堂醫館，文蝶止住哭泣。下車分別時，陳校長對文蝶說：「你想辦法告訴甘峰，有個未經證實傳聞，宋皇閣那銅鑼神器乃甘家借給港英政府，讓莊瑾的團隊找找借據，或許可以上訴成功。因為傳聞未經證實，不要透露是我說的。」文蝶雖有疑惑，但仍頻頻點着頭，走回醫館。

正邪

戰前競賽

．　．　．　．　．　．　一　．　．　．　．　．　．

　　今天的時鐘走得特別慢，用來比擬文蝶的心境尤為貼切，莊家的神氣少年更是恨不得馬上天黑，好讓他們盡快到神器室門前練習。

　　九龍皇子在入黑前帶領咕嚕和魔蠅魔虱兩將，來到藍屋五樓。

　　崔水則率領魔鼠魔蟑兩將，以滅蟲作掩飾在港九新界採集魔蟲。

　　九龍皇子所收購的現成滅蟲公司，給了魔蟲幫發揮的平台，崔水對陳校長的謀略佩服得五體投地。

　　崔水調出滅蟲公司的晚間工作表，看到今晚安排到兩間麵包工場、三間日式餐廳和五間中式酒樓滅蟲；他深知日式餐廳內果蠅和蟑螂極少；麵包工場害蟲雖多，但適逢這兩家大工場都正在趕製月餅，不便他操作；所以他還是選擇去「皇食飲食集團」旗下的中式酒樓採集魔蟲。

　　向夜班員工了解後，他對位於中環的皇食婚宴酒樓深感興趣，決定帶領兩魔將替代恒常安排的滅蟲師傅，去該酒樓滅蟲。

　　商場保安嚴密，需要滅蟲公司預報工作人員名單，酒樓確認後登記進入。

　　酒樓已經打烊，看更是一位年近七十的伯伯，他預先獲通知今晚會換滅蟲師傅，開門時將崔水由頭至腳打量一番，明眉銳目尤勝年輕人。

　　崔水：「Simon 哥係『皇食老巨子』啦，記得以前在皇食九龍老店滅蟲，只認 Simon 哥的簽名！」

　　保安：「你認識我？你是……」

　　崔水：「我叫崔水，以前在『歐洲無蟲』帶隊，我還請Simon 哥多多關照！」

　　保安：「你們『香江殺蟲』向我交代了，你都做總監了，一定識分寸。」

崔水：「Simon 哥請放心，我們仁是同道中人，間中玩幾手，不急，等他們散場。對了，『香江』已改名『皇子滅蟲』。」

保安：「我明白，改頭換面還是原來一樣，就像酒樓改名！」

三人獲保安放行，進入酒樓放下滅蟲工具。各人腰掛着魔蟲銅鑼法器的背包，走向廚房。

廚房傳出雜亂人聲：嘆息、驚喜、怒罵、大笑……一個穿西裝制服的中年男人在廚房門口接應三人，其上衣佩戴着經理工牌。

酒樓經理：「隨便，玩三公，簡單、快，玩幾手好過捱夜滅蟲！之前的滅蟲師傅都喜歡玩兩手，不想玩的可以做廚房以外的滅蟲工作準備。唔賭點知時運高！」

崔水：「謝謝經理！我們明白，會自行安排的，您請繼續發財。」

三人跟隨經理來到賭博現場。廚房的長方形工作台圍着數十人，有男有女，大部分穿着廚師或侍應制服；地上一盆一盆浸泡中的肉食乾品漂着煙蒂，幾個專注的賭徒，鞋襪已浸入盆中，數十蟑螂在食物和臭鞋襪之間來來回回。

崔水示意魔鼠魔蟑兩將掩護，他則躲在近後門的雪櫃一側，輕輕敲響魔蟲法器，將這數十蟑螂收編。

崔水聽到後門一側通道遠處有微弱人聲，招來魔鼠將，二人輕身躡腳循聲探究。

通道擺放一車車待清洗的餐具，地上堆滿骯髒桌布，沿途充滿蟑螂和果蠅；魔鼠欲收編，卻被幫主阻止。通道兩旁有一排雜物房，人聲出自最後那房間。

破爛的房門半開，傳來一男一女的喘息聲，男人穿着廚師服，女人穿着侍應裝。兩人正在地上打滾，幾隻老鼠睜開鼠眼淡定觀察，一隻蹲在房間頂的破爛冷氣槽，一隻蹲在陳舊的雜物架，還有一隻吊掛在朽腐的門楣。

崔水後退數步，輕敲魔蟲法器，三響鼠聲竄動，全投入了崔水的布袋。被驚動的狗男女，浪聲戲說：「老鼠也懂得欣賞！」繼續打滾。

回到後門的崔水喜形於色：「負能量爆棚！負能量爆棚！」

．　．　．　．　．　．　二　．　．　．　．　．　．

與此同時，在藍屋五樓監視莊家神器室的九龍皇子一行人，如昨晚一樣等到了少年出現，且是四人，多了兩個小女孩。四少年正對神器室，開始進行咕嚕所說的「融水禪修」。腰掛魔蟲法器的魔蠅魔虱兩將，與兩名行宮狗仔站在窗前監視。九龍皇子與咕嚕則俯伏在廳中桌上，緊盯直播現場，意圖偷師「融水禪修」。

夜色深沉，莊家裏外透着微光。莊瑾今晚不回家，文蝶與神器山莊特派守護神氣少年的明識和唯識師太，環繞着玻璃屋巡視。明識師太身材高躯，唯識師太身材矮小，兩人自從來到莊家，為了更好更快融入少年人，分別自稱高、矮師太。文蝶自收到神器山莊懷疑有人窺探首席神器的情報，就經常來到莊家，希望出一分力守護屬於哈尼宗寨的首席神器。

相對市區的嚴重光污染，半山給文蝶找到些許鄉間感覺，兩位師太雖為尼姑，但如凡塵女子一樣閒聊，她與小食王子的繼母子關係竟被兩尼姑愈拉愈近……但依然掩蓋不了甘峰獲刑所帶來的傷感。

文蝶腳步放緩，沒有跟上兩位師太巡視保安控制室，玻璃屋周遭開始顯現出文蝶一圈又一圈落寞剪影。

神氣少年於神器室門前練習，她看着神氣少年練習「愛」字訣。

「五恒神氣」的「愛」字主題修煉程序與「通」、「明」相同，不同的是意念內容。

盤坐，直腰挺胸，雙眼微閉，滿含一口「愛」字純淨水，緩緩咽下，意念愛之水撫摸全身，流經身體每個部位、每寸骨頭、每個細胞……

九龍皇子親到窗前觀察：「坐在左二位置的少女似乎在哪見過。」

咕嚕：「皇子，我也有同感。」

九龍皇子：「她口中念念有詞，另外三人一直嘴唇微閉。」

咕嚕：「看狀態她應有禪修經驗，另外三人似是初學，未熟稔經文口訣。」

九龍皇子與咕嚕回到電腦熒幕前，說：「她不是念口訣，像在歌唱。我的『放』字神器好像接收到她的旋律。」

咕嚕認真察看神器銅鑼好一會，看不出頭緒……

九龍皇子站起身，彈響「放」字神器，哼唱：「我係九龍皇帝，港九新界我睇晒！今日我出巡，嚟畀你哋朝拜……」

隨着皇子一聲「放蟲！」待命多時的魔蠅魔虱催動魔蟲法器，兩股魔蠅飛出窗外。

莊家保安控制室內的明識和唯識師太，從監控熒幕看到兩股果蠅直撲而下，大驚失色，隨即飛身往外。兩尼看到四少年紋絲不動，沒有打擾，轉而全神貫注神器室上空，但在昏暗夜色下什麼也沒有見到。

兩人於是折返控制室，在監控熒幕看見兩股果蠅在神器室上空一次又一次進攻，均無寸進。

「阿彌陀佛！」兩師太合掌念起佛經。

藍屋五樓，九龍皇子眼見魔蠅如昨晚一樣敗陣，正要收兵，忽見「放」字神器現出幾行文字，即令助手錄影……

文蝶接到信息，進入保安控制室，三人一起目睹四名神氣少年分別祭出龍舟槳、香港小食、粵語歌譜、紫荊葉，在神器室上空將兩股魔蠅殺得落花流水。

神氣少年完成今晚的練習，各自練成啟動神器能量、驅動各自武器擊殺魔蟲的本領，於是起立互相擊掌擁抱，文蝶如孩童般快跑而出加入慶祝。

得知喜訊的莊瑾，決定次日召開特別會議。

次日上午，莊家會議廳，一邊坐着主人莊瑾、文蝶和師太等成年人，另一邊是四名神氣少年。

令神氣少年驚奇的是，會議桌上放着首席神器。那是莊瑾為了這個特別會議，與文蝶一起到神器室將首席神器請出來的。

莊瑾：「恭喜神氣少年！你們各自練出武器的時間，比甘醫師的預期提早了許多，我現在公布甘醫師給你們的最後一個錦囊。」

莊瑾從桌上一個精美木盒子裏面取出一封信，朗讀起來：

「神氣少年們，大家好，當莊瑾向你們讀出這封信，即是代表你們已經各自練出神氣武器。下個階段是給武器聚集正能量，究竟多大正能量才能隨時隨地啟動神器？這沒有固定標準，但肯定的是，武器的正能量程度與啟動神器後所能獲得的能量成正比。正能量是可以量化的，每個人都有如溫度計或濕度計似的正能量計，人自身看不見，但別人可以感覺到，神器更是知道得清清楚楚。

「怎樣給武器聚集正能量？你們可以從工作、生活、學習等等領域採集，我主要從我的中醫師工作採集正能量，例如參加義診、贈藥等，為我的奏樂銀針積聚正能量。你們處於少年兒童階段，走不了從工作中採集之路，也沒有多少生活與學習經歷，但是別擔心，既然神器設定了要以童聲開啟，必有安排！

「我給你們的建議是：結合你們的武器領域，採集人在社

會生活中面對害蟲的正能量。相信大家都知道了黑暗勢力利用神器，採集並馴化害蟲成魔蟲，我們可以將計就計，以蟲攻蟲！我委託了平凡協助你們，莊瑾則全權代表我幫助你們。

「至於你們成功達到隨意開啟神器之後的路向，我也不知道，因為到那一天你們已經深得神器之道，成熟獨立成團了！」

莊瑾讀完，神氣少年興奮之餘也有些許失落。

小食王子：「我想去探望甘醫師！」說完依偎文蝶身邊。

紫荊少女：「請問莊瑾姐姐，甘醫師曾經說過『五恒神氣』是對應五面神器，神氣少年是五位成員，甘醫師可有尋找第五位成員的指引？」

莊瑾：「甘醫師曾很明確說過：『不知道如何尋找』，但他肯定的是應由神氣少年自行尋找，他也強調未滿員不影響修煉『五恒神氣』。」

莊瑾催促神氣少年抓緊時間訓練，然後留下文蝶和兩位師太商討協助神氣少年的方案。

文蝶自莊瑾讀完峰哥寫的錦囊，若有所失，數次偷瞄莊瑾已經放回木盒的書信，小食王子跟她說拜拜，她也沒有反應；莊瑾看在眼裏，將書信交給她。

眼下的白紙黑字令她更失落：峰哥隻字沒提她！

文蝶神不守舍，一言不發。

兩位師太分享了神器山莊掌握的最新情報：九龍皇子利用近期收購的滅蟲公司作平台加快魔蟲計劃，她們在多間酒樓、麵包工場追蹤到「通」字和「明」字神器發出的信號……

最後，莊瑾宣布由神器山莊護航，透過借助平凡的滅蟲工作，追蹤「通」字和「明」字兩面神器，協助神氣少年聚集正能量。

九龍皇子連續第三晚來到藍屋五樓，只召咕嚕一人陪同，他不得不接受法器法師「等待魔蟲幫訓練出超級魔蟲魔鼠後動手」的勸說。今晚他的目的純粹是偷師「融水禪修」，可是一直等到凌晨二、三時，莊家的少年們均沒有現身。他唯有悶聲回宮。

原來神器山莊發現了刺探首席神器者來自莊家鄰屋，建議神氣少年晚上將首席神器請到屋內書房，兩位師太則寸步不離守護四少年訓練。

神氣少年依通、明、愛、放、和順序，開始「放」字訣的訓練。

訓練「放」字訣毋需盤坐。雙腳自然站立，挺胸直腰，雙目微閉；含一口水，雙手下垂的同時快速將水吞下！意念將純水豪邁流放身體每個毛孔。

熟練通、明、愛、放之後，神氣少年開練「和」字訣。

和字訣的訓練，站、坐、盤膝皆可，調整至自然舒服姿勢即可。例如雙腿平坐，雙目微閉，含一口純水，將通、明、愛、放四訣訓練要領依順序默念，將水緩緩咽下，愈緩慢愈好，意將四訣一貫融和。

四名少年第三晚訓練「和」字訣的時候，在旁守護的明識和唯識師太看到首席神器現出四少年名號的文字和數字——「神氣少年能量標杆：紫荊少女 35、龍獎少年 30、粵歌公主 30、小食王子 30」，並即時拍攝下來。

神氣少年雖然不清楚標杆以百分比還是實數作單位，但千真萬確肯定的是：自己是被神器揀選的神氣少年！他們決心不斷努力增加自身正能量，不負使命！

魔蟲佈局

　　九龍一個工業區，一座靠山的工廠大廈。「滿福飲食集團大廈」的巨幅大字，由上而下，每字一層地書寫在這座八層樓高的工廠大廈正面。

　　工廈第一至七層是倉庫和食品製作工場，第八層是寫字樓。

　　還未到下班時間，品控部助理小姐在行政部助理協助下，以軟硬兼施的言語請所有人離開。雖然昨天行政部已經發出緊急滅虱通告：今天下午五時前要清場，然而遲遲不肯下班是滿福員工的習慣。

　　參與清場的還有制服背面印着「皇子滅蟲」的幾個師傅，帶隊師傅左右手背均有跳虱紋身，是魔蟲幫的魔虱之將。

　　中餐部、點心部等大部門都清場了，公司高層也離開了；在西餅部辦公區，西餅總廚及其助手仍然在工作，絲毫沒有下班的意思。

　　兩位清場小姐完全沒有像在其他部門那樣放聲清場，先後尊稱一聲「徐總廚」，就沒再多言，微笑地站立門邊。

　　魔虱之將看在眼裏，吩咐滅蟲同事先做準備工作。

　　過了許久，西餅總廚才背對門口兩位小姐姐回應道：「全人類都知道趕做月餅上市，你上司沒事幹？」

　　品控部小姐保持微笑。

　　徐總廚：「換滅蟲公司了？」

　　品控部小姐笑答：「是的，徐老大，暫時寫字樓和中式酒樓各店的滅蟲公司都換了。」

　　徐總廚：「這間新公司的技術勝過平凡師傅？」

　　品控部小姐：「我也不太清楚。」

　　徐總廚：「告訴你上司，西餅部不換！非平凡滅蟲公司的滅蟲師傅，不得進入餅部工場和門市！」

徐總廚說完便帶着助理離開，還不忘補上：「我還要下工場，哪有品控部清閒。」

兩位小姐姐禮貌道：「謝謝，徐總廚，明天見。」

兩位皇子滅蟲的師傅提着滅蟲器具來了，向魔虱之將匯報說已經全場巡視一遍，確定沒人逗留，並緊閉了門窗，隨時可以開始滅蟲。

品控部小姐對魔虱之將道：「別急，麻煩你們的師傅帶我全場走一圈，現場解釋蟲情，這是我上司的臨時要求。」

魔虱之將指示兩位師傅，品控部小姐拿出筆記本記錄。

師傅Ａ抓起一台辦公桌上的固定電話：「看見了吧，電話線連接插孔處有蟑螂！」

兩女驚呼：「怎會這樣！」

「寫字樓員工習慣自帶食物，就會誘來蟑螂，辦公桌下的電腦主機往往有更多蟑螂匿藏，原因是被電腦主機暖熱吸引。」

品控小姐：「快滅了牠，師傅。」

師傅Ａ：「剛才我全檢查了，多數辦公卡位有蟑螂，今天焗霧滅虱，可以順帶殺滅表面的蟑螂，完全殲滅蟑螂，還需數天後逐一施放蟑螂藥餌。」

師傅領眾人來到臨近露台的窗邊，整排辦公桌靠窗位置擺放着綠色小盆栽，兩位師傅分別撥開植物泥土，幾隻針頭大小的黑蟲子在盆栽內彈跳。

師傅Ａ：「這是樹虱，香港本土叫『飛屎』，喜咬人手腳、頸脖。」

行政部小姐：「我明白了，怪不得坐在這附近的同事總是不明不白的出現手腳紅腫。」

品控部小姐：「怎樣解決呀？師傅。」

師傅Ａ：「待會往盆栽噴少許滅蟲劑，不會損傷植物，連帶着滅虱焗霧，暫時可以解決。但過些日子又會有樹虱飛入滋生。」

品控部小姐：「如此看來，撤走盆栽才能真正解決樹虱？」

師傅A猶豫一下，笑道：「讓我們頻密些來檢查就保證沒蟲咬。但這樹虱在熱天才活躍，天氣轉涼就不用擔心。」

師傅A小結道：「整個寫字樓就只兩類蟲患最嚴重，至於今次主力對付的牀虱，主要集中在幾個經理辦公室，我同事是滅虱專家……」

接着由師傅B帶領，依次進入各經理辦公室。

師傅B在兩個經理辦公室的沙發夾縫挑出幾隻如黑米大小的牀虱，在兩位小姐姐被嚇得花容失色的情形下，簡略說了諸如牀虱行動遲緩不會跳、繁殖快等事宜，緊接快速返回辦公大廳。

魔虱之將預先吩咐兩位師傅不可詳細解說虱患，這是幫主的指示，這滅虱項目是在幫主策劃下談成的，大有深意……

魔虱之將拿出滅蟲工作單，請品控部小姐簽署後，就送兩位小姐姐出門，之後就關上了寫字樓的玻璃大門。他吩咐兩位師傅集中於辦公大廳工作，毋須理會他。

魔虱之將逕直走進董事長辦公室，從他的隨身工具箱取出一面魔蟲法器……

．　．　．　．　．　．　二　．　．　．　．　．　．

滿福飲食集團大廈所在的工業區緊鄰繁華商住區，正確地說，是周邊快速興旺將這個小型舊式工廠區擠成一角，也因此格外顯眼。

神氣少年的紫荊少女走出地鐵站，抬頭就看見滿福飲食集團大廈。她走進工業區露天停車場，找到平凡的滅蟲工程車。

平凡拉開車門。

紫荊少女：「平凡叔叔好。」

平凡：「紫荊少女真讚，直接找來！你們聊，我在車外給你們站崗。」

紫荊少女：「辛苦叔叔！」

平凡的滅蟲工程車是嶄新的豐田貨車，神器山莊借出，作為神氣少年行動專用車。

車廂經過改裝，高度足可令少年人挺胸站立，前後兩排椅子圍着一個固定鋼箱，箱裏安放的是首席神器。全神貫注於神器的龍槳少年、粵歌公主和小食王子給紫荊少女讓開正對神器的中間座位。

小食王子：「五時三十分，神器開始振動，持續三十分鐘。」

龍槳少年：「小食王子和我先後發出地道小食和龍舟槳來開啟神器，神器正中顯現攝影鏡頭。粵歌公主奏響《海闊天空》，鏡頭如移動跟拍，十分清晰，他們依次看見滿福飲食集團大廈－八樓－寫字樓大廳－董事長辦公室，一身穿『皇子滅蟲』工衣、手與肩紋牀虱圖案的男子，用木槌敲打一面小號銅鑼。一隊綠豆大小的黑牀虱相繼從他的工具箱爬出來，鑽進地氈、沙發椅和大班椅的縫隙。」

紫荊少女請粵歌公主再度開啟神器，粵歌公主向同伴謙虛抱拳，再次以結他奏響《海闊天空》。神器果如移動跟拍攝影鏡頭，追蹤到小號銅鑼。見到雙手紋有牀虱的男子，以木槌敲小號銅鑼，牀虱來回進出銅鑼內圈。四少年仔細觀察，明顯看出他的一舉一動出自銅鑼內圈指令。只是《海闊天空》開啟不了他那小號銅鑼內圈的秘密，這是三人急呼紫荊少女增援的原因。

紫荊少女小嘴唇黏貼了一小片紫荊葉，她吹奏古樂《觀音淨水》，粵歌公主則適時彈出了最後一個音符，看着紫荊少女開啟神器。

四少年眼睛隨着移動鏡頭聚焦於小銅鑼內圈，但見豁然洞開一條隧道，隧道曲折而下，來到大廈底層停車場，在一輛「皇子滅蟲」車內的一面銅鑼終止。

「『通』字神器！」四少年都見到了內圈顯示「通」字的銅鑼。操控「通」字神器的是一名身材微胖、滿臉凹凸疤痕的中年男子。他狠狠地抽着香煙，有節奏地敲擊銅鑼神器。

小食王子：「他是誰？滅蟲的竟然會用神器操控牀虱！」

他呼喚父親上車辨識，平凡一眼看出他是皇子滅蟲新任技術總監——崔水！

平凡向神氣少年說崔水是資深滅蟲專家，幾年前離開滅蟲界。神器山莊收集的情報顯示：崔水現時任職的公司就是最近收購了「香江殺蟲」的九龍皇子建材公司。

平凡問道：「他們為何只在董事長辦公室玩牀虱？不對呀，正常牀虱沒那麼大呀！」

龍聚少年疑惑地問平凡叔叔：「滿福的滅蟲不是平凡滅蟲公司負責嗎？」

小食王子搶着代父親回答：「之前是，但最近大部分部門的合約都被皇子滅蟲搶了。」

平凡補充道：「寫字樓、滿福旗下酒樓都被皇子滅蟲搶去，西餅、日式食品工場和日式餐廳仍是我負責。」

今天神氣三少年出動神器隨同平凡到此，是要開始第二階段的正能量採集，鑑於當前的發現頗為古怪，決定取消。神氣少年與支援隊商議後，決定將明晚的會議提前至今晚。

平凡載神氣少年回到莊家大院，然後回自己的滅蟲車，工作去了。

· · · · · · ·　三　· · · · · · ·

今晚的臨時會議由神器山莊主持。莊瑾忙於政黨內選舉，文蝶的診所事務不能任意改動，兩人均通過視訊形式參與。

會議首項議程是神氣少年匯報第一階段正能量採集進度。神氣少年製作了PPT幻燈片叙述採集正能量的過程：

首頁，題目：採集與蟲關聯人和事的正能量

因應九龍皇子集團以神器驅動魔蟲作攻擊武器，神氣少年認為採集與蟲事相關的正能量更能知己知彼，開發神器。

第二頁，標題：小食王子和紫荊少女採集日式餐廳防蟲正能量。附有一組日式食品工場的圖片，圖中兩人由頭至腳穿着防護衣。

紫荊少女手握遙控器依圖解說：「我倆進入工場都要穿着防護衣、頭套、手套和腳套。雙腳浸潤消毒池後，大力推開一扇密實的風壓門。裏面的工人全部穿着防護衣。平凡叔叔檢查蟲情，確認煮食爐底等所有蟑螂喜愛的藏身之處乾淨無垢。平凡叔叔說工場幾乎沒有縫隙讓害蟲藏身繁殖，因為四面牆裝貼不鏽銅板，他每次來只是純粹檢查，從未需要施藥。即使如此，廠方品控人員亦必定全程跟進，發現兩三隻果蠅都要記錄在案。

「我們離開時在隔鄰門口發現一隻蟑螂，平凡叔叔說日式食品工場隔壁的害蟲都較溫順善良，我們在工場公共走廊捉了幾隻蚊子回來做實驗，證實此蚊不咬人。去了三間日式工場，情況類似。」

第三頁，小結：紫荊少女和小食王子的能量值各增加 5 點

明識和唯識師太報以掌聲，莊瑾和文蝶均在視頻中比出拇指。紫荊少女彎腰作揖後回座，龍槳少年接過遙控器出列。

第四頁，標題：龍槳少年和粵歌公主採集日式餐廳正能量。附有一組日式連鎖餐廳廚房和店面的照片，圖中只有平凡、龍槳少年和粵歌公主三人。粵歌公主專心觀摩開着手電的平凡叔叔檢查蟲情，龍槳少年與平凡叔叔一起俯身鑽入爐底。

龍槳少年說：「我和粵歌公主跟隨平凡叔叔去了港島多間日式餐廳檢查蟲情，只在員工衣物櫃和廚房爐底發現少許果蠅和蟑螂，平凡叔叔只需要在其中一間餐廳施藥。平凡叔叔說日式餐廳控制害蟲效果良好，原因主要有：一是廚房設施組合簡單高效，二是店舖衛生管理嚴格，營業前後必清潔且容易清潔，不像中式廚房大而雜亂難清潔。最後那圖片是送食材的，原來日式餐廳的廚房雪櫃極少剩餘食材，都是每天開廚前新鮮直送，與中式酒樓不同。平凡叔叔也說日式餐廳的蟲子較溫順，我們捉了幾隻蟑螂回來玩，遠沒其他蟑螂恐怖，很可愛，未知是否受環境影響？」

第五頁，小結：龍槳少年和粵歌公主的能量值各增加 5 點

第六頁，神氣少年能量值：紫荊少女 40，龍獎少年、粵歌公主和小食王子均是 30。

龍獎少年以團長身分總結：「能量值達到 30 可以心隨意念亮出武器，大家無數次驗證了，但受限距離為首席神器方圓一百米內。紫荊少女的數據顯示，能量值 31 至 35 階段，每增加一點，擴增方圓一百米，現在已擴增至一公里。」

兩位師太、莊瑾和文蝶紛紛祝賀神氣少年。

接下來仍然由龍獎少年講述了今天傍晚的發現。

兩位師太聽畢，判斷對方正在訓練魔虱，大家均表認同。

神氣少年決定接下來嚴密監察「皇子滅蟲」在滿福飲食集團大廈的行動，神器山莊則加快調查「九龍皇子集團」的魔蟲行動。

一連數日監察，神氣少年未有特別發現，平凡說滿福寫字樓向來每月一次滅蟲，但神氣少年分析，認為崔水一伙在非自家場地訓練魔蟲，必然心急求成，很快會再來。

· · · · · · 　四　 · · · · · ·

九龍皇子行宮內，崔水向九龍皇子的工作匯報，驗證了神氣少年的分析。

崔水帶領魔蟲四將規行矩步走進九龍皇子行宮，五人呈一字形站在廳中，這是魔蟲幫全體高層首次獲九龍皇子在辦公室接見。

陳校長坐於九龍皇子左下方。

九龍皇子：「大家坐，坐着聊。」

魔蟲幫五人更感恩寵，各自找位置坐下來。

陳校長：「剛才皇子給我看了你們錄影的魔鼠訓練業績，看你們操控魔鼠的能力，香港人一定以為是虛擬魔幻，恭喜你們！」

崔水抱拳作揖道：「這都是皇子英明！皇子的神器威力成就了我們五面魔蝨法器。」

陳校長：「滿福董事長辦公室的魔蝨進展如何？魔蝨肯定能夠潛入他的衣物進到他家中？」

崔水先讓魔蝨之將出列。魔蝨之將敲響他的魔蝨法器，然後畢恭畢敬地將法器安放皇子桌上，說：「這是我於滿福董事長辦公室安裝的監控鏡頭。皇子、陳校長請看。」

魔蝨法器恍如電腦，投射出一間豪華辦公室。隨着魔蝨之將的敲擊導引，聚焦大型沙發和大班椅底下，一串串黑米似的蟲子在蠕動。崔水說：「以我十數年與害蟲打交道的經驗，可以肯定，坐在大班椅兩至三次，普通牀蝨都可能爬進人的衣褲鞋襪，因為蝨嗅到人的血氣就要來吸血，更何況是被我們訓練成魔的牀蝨？但凡人在這個辦公室逗留，即被蝨附身。」

陳校長：「魔蝨幫果然不負皇子所望，請回座。」

魔蝨之將道：「請問陳校長，滿福董事長家住在哪？好讓我們追蹤蝨蹤。」

陳校長忽然嚴肅起來：「該讓你們知道的時候，你們就會知道！」

崔水急忙道：「是的，是的，我們會聽命行事。」

接下來魔蝨幫其他成員匯報述職⋯⋯

會議完結後，陳校長沒有留在九龍皇子行宮晚餐，他今早吩咐了家傭準備晚餐，獨請文蝶。

• • • • • 五 • • • • •

隨着甘醫師判刑消息傳開，新聘請的醫師接診人數日漸減少，但以針灸治療痛症見長的文蝶，獲益於政府向老人家發放醫療券，接診量增。

醫館拉閘關門近一小時後，文蝶終於完成最後一位病人診症，陳校長的家傭早已走下來等她；雖然兩家相鄰，後花園相

通，此前陳校長邀請甘峰和她吃飯，都是由這位工人姐姐來接。峰哥說這是表叔家多年的習慣，開始時她總覺不自然，現在的她已經很自然的要對方稍等，自己上房梳洗後才前往陳校長的家。

陳校長今晚將餐桌搬到屋後的向海露台，兩名家傭合作擺上酒菜，回屋內等待主人進一步的指示。

中秋前月的十五，月亮當然的圓，天也藍，海風向文蝶推送着中秋的氣息。

陳校長：「我太太和子女今年回港過中秋，你與我們一起過節，如何？」

文蝶：「謝謝，我忽然想回哈尼宗寨，這幾天特想。」

陳校長：「也許預兆將與至親團圓……」

文蝶驚愕起來，眼睛盯着陳校長不緊不慢將紅酒斟滿他自己的酒杯。「文蝶你自便，我知道你只喝純水不喝酒，特別為你準備了日本純水。」

文蝶等不及，追問：「校長？」

陳校長：「今晚是想告訴你好消息的，我終於幫你找到親生父親！」

「真的？」

「千真萬確！」

陳校長從衣袋掏出一張照片，遞給文蝶。

「他就是你生父！」

一波隨着小海浪拍岸而來的輕風，將文蝶手上的照片吹落桌面，他就是錢滿山！

香港人熟知的立法會議員、滿福飲食集團大老闆──錢滿山！

文蝶輕輕拿起照片，故作平靜地端詳……

陳校長：「你不喜歡有個在香港呼風喚雨的父親？」

文蝶：「他世襲神器，更得母親傳予開發神器政經能量，建樹非凡是意料中事。」

這段關於神器政經能量的話，刺激了陳校長的神經，他將杯中物一飲而盡。

陳校長：「你平靜得讓人不敢相信，可是我甘冒身敗名裂之險助你『假結婚』來香港，只是為了你與父親團聚！」

文蝶感動起來，手中照片又飄落桌上，她站起來倒掉自己杯中的純水，給陳校長和自己斟酒。

文蝶：「陳校長對文蝶的恩情，文蝶銘記在心。乾杯！」

陳校長連忙搶過她滿溢的酒杯，叫來家傭為她換回純水。

文蝶望着照片中的錢滿山，回復平靜語調：「我猜到是他⋯⋯」

她抿了一口純水：「他要找我，其實不難⋯⋯」

陳校長：「你看看相片的背面。」

文蝶翻過來看，相片背面寫着：「文蝶姑娘，我期待你的來電！」以及一個手提電話號碼，署名「錢梁依莉」。

陳校長：「你既然早就關注錢滿山，應當知道他的太太錢梁依莉。她是基督教普愛協會會長，我確認錢滿山是你生父後，與你同樣認為他不會主動找你，甚至拒絕認你。但錢太主理的機構致力樹立道德高地，所以我從她入手⋯⋯」

陳校長品一下紅酒，續道：「她聽了我的叙述後，當然是驚疑，我圍繞神器深入佐證，才終於相信。她是虔誠基督徒，不會相信銅鑼神器，這樣更好，排除了她會為神器而襄助。」

文蝶抿一口純水：「其實我只是想完成母親的臨終遺願，親傳他完整的口訣。」

陳校長：「哈尼公主傳的口訣定必關乎神器了，不過這與你和我都沒多大關係，我早已脫離神器事，你也不在乎吧。」

文蝶獨自沉思，沒有回應陳校長的話。

文蝶忽然說：「現在致電她可恰當？」

陳校長：「別急。」然後換了嚴肅態度：「你要答應我，從現在起，直到你們父女相認之前，不可以跟任何人透露你倆的身分，我甘峰表侄也不宜知道，這關乎你生父掌握的神器安全，別橫生枝節，讓你生父誤會你圖謀他的神器。」

文蝶思考了一會，道：「謝謝校長提醒，我不會向任何人透露。」

晚餐接近尾聲，文蝶還要參加一個中醫師協會舉辦的網上論壇，文蝶和陳校長商議好約見錢梁依莉的安排，陳校長吩咐家傭送文蝶回家。

陳校長端着酒杯，望着走在後花園的文蝶背影，將杯中酒乾盡。

陳校長回到屋內，到書房拿出幾頁 A4 文件，一邊繼續品酒，一邊拿起筆推敲修改。

月光映照下，可見三盟協議初稿。他用筆勾起其中一行，那是劃了紅線的「九龍皇子一方負責奪取『愛』字神器並交給陳校長永久擁有。」

他喃喃自語：「你不同意？我用得着你同意嗎？我可以策劃你成為甘峰背後的黃雀，難不成我又不可以成為你背後的黃雀？」

　　　•　　•　　•　　•　　•　　六　　•　　•　　•　　•　　•

傍晚六時放工高峰時段，相隔滿福飲食集團大廈兩條街道的露天停車場，平凡滅蟲公司的豐田工程車內，當值監控的是龍獎少年和粵歌公主。兩人手機 WhatsApp 同時響起新消息提示，正在滿福西餅工場滅蟲的平凡，在「神氣少年支援隊」發出「西餅工場發現魔性蟑螂！」的信息。

神氣少年商議後，決定由龍獎少年和粵歌公主進入現場。

停泊在滅蟲工程車旁邊的小轎車，走下穿着便裝的明識和

唯識師太，兩尼快速上了滅蟲車；不一會，平凡回到停車場，上了滅蟲工程車司機位。這裏相距滿福飲食集團大廈超過一千米，平凡駕車載着龍槳少年、粵歌公主還有兩位師太，開入大廈的地下停車場，以符合神氣少年開啟首席神器的距離範圍。

滿福停車場閘口保安亭，保安大叔熟絡地與平凡打招呼放行，提高音量跟了一句「收徒嗎？我報名。」

「不是，是配合學生校外功課，兩位老師留在車上不上去。我這與蟑螂老鼠打交道的，哪有資格收大叔你為徒？」

平凡帶上滅蟲工具箱，龍槳少年和粵歌公主背着藍布袋，包內有龍舟槳和結他，跟隨平凡快步走入貨運電梯。現在是製作工場日夜班交接間隙，電梯內沒有其他人。

西餅工場在二樓，剛出電梯，粵歌公主「啊！」的驚叫起來，平凡急問何事？

粵歌公主：「雜物到處堵塞通道，怎麼走？」

平凡笑道：「香港的大牌麵包製餅工場都這樣，貨箱、成品存放走火通道是很正常的，跟日式食品工場沒得比吧？別擔心，跟着叔叔就有路。」

三人跨跳側閃地繞過幾道走廊，聞到烘焙香氣。

工場門口寬闊，門前沒雜物，一個穿着保安制服的大叔從工場內走出來，對平凡說：「現在讀書真好，什麼行業都可實習玩玩。不過為何偏要學捉蟑螂老鼠？這裏交給你了，平凡師傅，完工告知我，再見。」

平凡笑臉以對，龍槳少年和粵歌公主禮貌地向保安點頭說再見。

平凡確定保安遠去後說：「我在烘焙車間發現魔性蟑螂的。烘焙車間靠近工場的另一出入口，從這裏過去要經過打粉、製作、包裝三個車間，現在工場是無人工作的時間，蟑螂會自動爬出來，你們不必驚慌。」

粵歌公主臉溢稚氣地問：「平凡叔叔主理的地方也多蟑螂？」

平凡苦笑，邊走邊對她說：「別隨便跟同學仔說，香港的大型麵包製餅工場，蟑螂果蠅老鼠多的是！你看這幾張工作枱，蟑螂正從枱底爬出，看看這木枱底板，沾着厚厚變黃的發酵麵粉，沒蟑螂果蠅才怪呢。」

龍槃少年：「我明白了，日本食品工場的工作台是鋼製的，所以少有蟑螂。」

平凡：「龍槃少年真聰明，鋼製工作台易清洗不沾垢，是一個主要原因。」

平凡在一排打粉機和攪拌機前停下，三人目睹蟑螂游行於每部機械的各個部件。如果在加入神氣少年前目睹此景，粵歌公主一定會被嚇個魂飛魄散，此刻她鎮定自若的看平凡叔叔蹲下彎腰用地上拾撿的筷子，往攪拌機撩出一堆黃垢麵粉，上百蟑螂隨之湧出來。

「早該淘汰的破機器，小發動機內壁是蟑螂巢穴。」

到了包裝車間，感覺較為整潔。但平凡叔叔突然以手電筒照指滅蠅燈，粉碎了兩少年的觀感。

包裝車間牆壁安裝了滅蠅燈，難以數計的果蠅佈滿燈內，幾乎遮蔽了光源。兩人不約而同想起日式食品工場那光潔明亮的滅蠅燈，蟲蠅難覓的情景。

「為什麼會這樣？」兩人同問。

「因為幾個車間相通，下班後要節能，不但關冷氣還關風扇，水果沒有嚴格在雪櫃存放過夜。」

平凡解釋原因後，換成了嚴峻語調：「就要到烘焙房，請兩位少年英雄幫助消滅魔性蟑螂！」

粵歌公主清脆應道：「遵命！平凡叔叔才是真正的滅蟲英雄。」

後面的龍槃少年沒應聲，粵歌公主回頭看見他專注看牆上的《五常法》，她喊他後才醒覺跟上。

烘焙房一股焦味！兩少年不由得用手捂鼻。

裏面溫度之高讓三人立時冒汗，兩台大如飯桌的牛角風扇同時開動，使空氣更流通，而不致讓人受不了。

　　平凡：「聞到焦味了嗎？」

　　兩人同時回應：「太刺鼻了！」

　　平凡：「眼睛請跟着我的電筒光走，你就知道是什麼味了。」

　　電筒光緩慢移動，「這是輸送帶，這是焗爐入口，入口邊緣沾着什麼？黏結在麵粉表面的，看清楚了嗎？像綠豆般大小的是什麼呢？牠們有腳的。」

　　龍槳少年：「難道是死蟑螂？」

　　平凡：「對，就是死蟑螂。再看焗爐外壁，見到了嗎？有手有腳有頭，全沾滿死蟑螂！裏面兩台烘烤爐都是同樣的情況。」

　　龍槳少年：「平凡叔叔，這焦味難不成是烤蟑螂之味？」

　　粵歌公主躲在平凡叔叔與龍槳少年之間，緊閉雙眼，一動不動。平凡拍拍她肩膀，說：「是的，烤麵包的同時烤自投羅網的蟑螂。我首先讓你們了解這個爆烈內情是為了處理魔性蟑螂。」

　　粵歌公主聽到魔性蟑螂，精神立振。

　　平凡：「焗爐溫度幾百度，但凡開機，外壁的蟑螂都必死無疑，爐內絕無可能有活蟑螂，但是就在兩天前，烘焙師傅開機烘焙，發現爐內竟然有蟑螂走動！我被急召到此，親眼目睹，三台烘烤爐都有活蟑螂，每台十多隻。我即時施放了蟑螂藥餌。剛才我來跟進，發現這些蟑螂依然活着！這是我滅蟲生涯從未有過的失敗，烘焙師傅更是嚇破膽提早下班了。」

　　平凡的手電筒往烘烤爐內搜索。「兩位請看，一樣的德國蟑螂，在鋼盆邊游走，他們爬過我剛才添加的強效藥餌，毫無反應──真正的德國蟑螂必定會被引誘盡情吸食藥餌。」

　　平凡熄了手電筒，說：「我剛才還用必殺的滅蟲氣霧對住它們狂噴，卻傷不到它們分毫！」

　　平凡將其餘兩台烘烤爐內的魔性蟑螂也照給兩少年看，完

了說道：「之前多虧了甘醫師幫助驅殺魔鼠使我保住了客戶，今天要拜託兩位了！」

「別客氣，平凡叔叔！」粵歌公主少有的以豪邁語氣回應，轉而謙虛的對龍槳少年道：「且看我一曲《光輝歲月》試彈。」

粵歌公主取出結他掛於胸前，心口意念「五恒神氣」，彈響《光輝歲月》……

樂聲中，龍槳少年雙目緊跟平凡手電筒光，觀察烘烤爐內魔蟑動態。

魔蟑行走變得遲緩了，沒了方向，直至全體停止前行，十多隻魔蟑擺動着長在前額的兩條長鬚，像是探測周邊環境。

龍槳少年對粵歌公主道：「音調提升 1／2。」

隨着《光輝歲月》漸漸高揚，魔蟑長鬚從軟弱變成不能動。

龍槳少年：「再升 1／2，魔蟑不死即傷。」

他話音剛落，接到兩位師太來電，報告首席神器顯示出烘烤爐內魔蟑的兩條長鬚延伸成兩條線狀電波，通向八樓董事長辦公室。

龍槳少年叫停粵歌公主。兩人商議認為魔蟑與魔鼠是同一陣線，為免打草驚蛇，不致破壞追蹤魔鼠的行動計劃，應回車上去集體商議對策。

兩少年徵求平凡叔叔意見。

平凡：「真沒想到你倆竟如此年少成熟，雞蛋仔能與你們一起，有幸！有幸！」

三人回到車上，兩師太對少年合掌稱讚，即時牽頭召開網絡會議。

平凡這時接到滿福西餅總廚的來電，說港島區多間麵包門市發現拍打不死的蟑螂，警告他搞不定就終止合約。

平凡茫然地望着兩少年。師太和少年均面色沉重，龍槳少年道：「平凡叔叔，對不起！在你接電話的時候，莊瑾姐姐指示

會議延開，叫我們回去，等候她的指示。」

平凡無奈的點點頭：「沒事，我上去簽工作單後就送你們回去。」

第二天，平凡跟進滿福西餅港島幾間麵包店的蟑螂問題，毫無意外的發現魔性蟑螂，他明知施放藥餌毫無作用，還是做足滅蟲程序，以圖暫時釋除店方疑慮。對於滿福西餅總廚和品控經理的輪番施壓，他唯有編造專業難度應對，因為今早莊瑾明確的告知他：「現時不適宜動用神器殲滅滿福的魔性蟑螂，神氣少年將放長線策劃大行動。」

利用午飯時間，平凡想出了對應之策。他判斷滿福不會即時與他解約，他了解西餅總廚和品控經理等滿福高層十分尊重滿福的老闆娘，而他們都知道老闆娘頗為讚賞平凡——西餅總廚曾經試探問平凡：「你常去老闆家？」他笑笑點頭，故意沒說去老闆家只是例行的防蟲滅蟲。

為了確保神氣少年出手之前，與滿福的合約不生變數，平凡撥通了滿福老闆錢宅管家的電話，謊稱錢宅大宅周邊近日蟲情鼠蹤嚴重，想明天前去錢宅檢查檢查。聽到錢宅管家連聲多謝，他寬下心來。

· · · · · · 七 · · · · ·

第二天是星期六，平凡駕駛他老舊的滅蟲車，首先送兒子去莊家大宅，然後往山頂駛去。

錢家大宅建築在一座獨立的小山上，背向海灣，正面俯看山腳交通迴旋處。

進入錢宅要過兩道鐵閘。第一道鐵閘門打開，是一條上斜的車道。輕車熟路的平凡，在第一道閘門邊下車，彎腰臉向視訊裝置，禮貌地請求打開第一道鐵門。平凡的滅蟲工程車緩緩駛到第二道鐵閘前面，大門自動打開，車完全駛入後大門自動關閉。他在保安指揮下，暫時停靠車子在路邊的一個臨時車位。這樣的情況代表錢宅有家庭成員正在出車。

果然，一輛寶馬駛出，車停，司機下車等候，未幾看見錢

太出現大宅門口，富態信步而來。

平凡見此情景連忙下車，快步趕上，期望及時向她請安問候。但錢太卻裝着沒看見他似的上了車和關上車門；這，這是從未有過的，令平凡很是泄氣，他多次來錢宅防蟲滅蟲，但凡有幸碰見錢太，她均給予噓寒問暖的問候。

平凡目送載着錢太的寶馬緩緩下山，直至 HK1398 的車牌號碼變得朦朧⋯⋯

．　．　．　．　．　．　八　．　．　．　．　．　．

大約兩個小時後，HK1398 駛上尖沙咀海旁的五星級酒店大堂門前的貴賓上落處，停下。酒店門童上前開車門，錢太錢梁依莉走下車，舉止謙讓的微笑着進入大堂，並走向咖啡廳。

侍應笑容可掬地上前：「錢太，早晨，您預訂了十一時的房間嗎？」

「是十一時，現時還早，我先在大廳坐坐。」「請便，房間可以提前開，需要嗎？」

「我還是先在大廳坐坐，方便等人，請來一杯暖水。」

「您先坐下，暖水就到。」侍應很快用托盤送來一杯暖水，見到錢太手上拿着一袋西藥。

「錢太，你手背怎麼了？」

錢太左手背有着如同一元硬幣形狀的紅色腫塊。「皮膚過敏，剛看了醫生。」「真讓人心痛，求天父醫治您過敏的手背。」「真乖，阿們！求主祝福你！」侍應看錢太取藥不太利索，問：「我可以幫您什麼嗎？」

兩人對話之間，咖啡廳來了一位客人，是年輕女子——文蝶！

文蝶在近門口面向大堂的位置坐下。

面對門口的錢太看到文蝶後說：「客人來了，我可以的。」

侍應回了一聲「有需要叫我。」就到了文蝶桌前。

「早晨，小姐，有什麼需要的嗎？」文蝶站起，「我看看。」走到食物櫃前。

錢太定睛打量她，從智能電話翻出一張相片。

文蝶：「麻煩來一瓶日本純水。」「需要點吃的嗎？」「還沒想好。」

錢太在文蝶付款轉身回座前，故意低頭看自己手上藥袋子的說明文字。待文蝶回座後又認真觀察起她來。

文蝶從紅色背包取出一條有綠樹圖案的披肩，這個動作也使錢太感受到冷氣侵襲，也取出隨身攜帶的披肩。

綠樹披肩的寬度遮蓋不了文蝶垂直及腰的長辮，一幅構圖在錢太腦海顯現：中醫粗黑的長辮垂在椅背，正在望聞問切，這在西醫診所是絕無可能見到的景致。

另一幅構圖在腦海閃過：滿山面對着她，盯住她的粗辮，問她母親的往事⋯⋯

又一幅構圖：粗黑的辮子垂在滿山書房的椅背後，她正在為滿山診脈！

又一幅構圖：粗黑的長辮在滿福寫字樓搖曳，她出入了董事辦公室！

「阿們！求主清除我的罪念，奉主名求，阿們！」錢太默禱。或許她禱告得太投入，傳出聲來。

文蝶回頭看了一眼，剛完成禱告的錢太，與她四目相對。

錢太笑問：「是文小姐嗎？」

文蝶站起身：「錢太？」

錢太也站起來，用手機撥響了文蝶的手機。

錢太：「來，我們進房。」

目睹了過程的侍應手腳麻利地協助兩人執拾，送入貴賓房。

「有需要請按鈴。」侍應退出後文蝶起立躬身說:「感謝錢太願意見我,十分感謝!」

「別拘禮,坐下聊,你我相見是我主的安排,感謝主的奇妙大能!你在娘胎的時候,我主安排了陳校長作見證人,就是為了三十年後的今天你我相見。」

文蝶感動流淚,連聲「謝謝您!」

「我的家庭你應該已經知道了?先說說你的家庭狀況?」

文蝶輕拭激動的淚,說:「我們先叫吃的,邊吃邊聊。」錢太:「很好。」

侍應很快端上食物,錢太要了藍莓芝士蛋糕、櫻花餅和日本純水,文蝶要了沙律、櫻花餅和日本純水,兩份都是貴賓房限定套餐。

文蝶說了聲「請」,錢太閉目開始餐前禱告:「慈愛的天父,感恩祢安排了我與文蝶姑娘今天的相聚,求祢作工,讓我們之間有心靈交通。我們地上所有食物,都是主的恩賜,求主潔淨這枱上食物,使文蝶姑娘和我食得健康愉悅。禱告奉我主耶穌基督聖名,阿們!」

文蝶被錢太的餐前禱告驚到了,雙手抓着的刀叉不知如何擺弄。

禱告完畢的錢太拿起刀叉:「吃,邊吃邊聊。」

文蝶斷斷續續自述:

「我是雲南哈尼族人,傳統聚居地是紅河兩岸的山寨,多年的山坡農耕形成現在獨特的梯田風景。部分族人下到平原鎮上安家了。我們有自己的語言,但沒有文字。哈尼族是漢朝羌族的分支,逐漸形成類王權為中心的部落族群,唐初獲朝廷承認,得以壯大,哈尼王權所在地稱作哈尼宗寨,但我們不曾建立王權行政體系,權力僅限於宗族事務,現時宗族王權早已不存在,但宗寨及宗寨文化仍有承傳。

「我母親是哈尼王族承傳人,她還是嬰孩時,就被宗寨長

老推舉，立為『哈尼公主』。但是母親直至去世都未曾參與宗族事務，她是中醫師，診所開在縣城，後來又兼任大學中醫學教授，鮮有回宗寨居住，『公主』純粹是名字。」

錢太：「聽說你母親哈尼公主是名醫，醫德名播於外。你現在也擁有口碑，可知所傳不虛。」

文蝶：「錢太過獎了，文蝶慚愧。」

文蝶看着錢太停頓了一會，續說：「無論醫技和人品，我也無法與母親比。母親告訴我，她是在紅河岸邊偶遇父親……」文蝶以憂怨的語態切入正題。

錢太幽幽的說：「女人在青春時期都迷信浪漫，應該是滿山製造的偶遇。」說完她自顧自笑了。

文蝶：「母親後來是明白的，雖然我出生前父親已經回港，但父親陪伴了她整整一年，母親臨終前曾說過，那一年她才是真正的『公主』。」

錢太閉目禱告：「主啊，求祢赦免滿山當初逃避責任的過犯，阿們！」

文蝶：「我的成長過程雖然缺了父親，但哈尼宗寨的長老、叔叔們給了我充足的愛，我也是真正的『小公主』呢。讀大學時，母親的師兄弟給了我各方面的幫助。我很佩服母親斷然拒絕長老們立我繼承『公主』虛名，她堅信我以醫立世足矣。我這樣說，想過可能會被認為是自負，但我的心意是想向您表明：我尋父目的純粹，更無奪神器企圖。」

錢太：「我相信。我從來不相信所謂『神器』，我丈夫和我家的福分唯一來自我主耶穌的恩賜！」

接下來錢太介紹了主賜的幸福家庭，夫婦倆生養了三個男孩，自幼受洗成為基督徒，老大博士畢業、老二是在讀醫學生、小兒子十歲，就讀基督教小學。

說到婚姻家庭，文蝶別扭而快速地介紹了「丈夫」，轉而關切地看着錢太紅腫的左手背，問：「您被蟲咬了？」

錢太先是驚愕，隨後反應過來：「哦，你是中醫師！我看了西醫，第一次說是過敏，今早看第二次，說應該是蟲咬。」

　　「中西醫師都沒有把握斷定蟲咬，我丈夫是防蟲滅蟲專家，我聽過他在同樣的情況下，判斷客戶是被蟲咬，準確地說是被牀虱咬的。」

　　開始聽得津津有味的錢太急問：「如何見得？」

　　文蝶：「大小、形狀像硬幣，紅腫深淺分佈如樹木年輪一樣規則，正中米大的圓點開始時深紅，漸次會變白，變白表明化膿了，你那圓點未變白，目前在痕癢階段。」

　　「真的如樹木年輪耶！」錢太細看自己左手背，問：「中醫應該有法？」

　　文蝶：「當然，可有時間去我醫館？」

　　「有時間，現在去？」兩人結帳離開。

　　錢太的司機接了兩人上車，兩人同坐後排，駛往新界。臨近峰蝶堂中醫館的一處農地，文蝶要求司機稍停，下車去農地路邊採摘了兩把草藥，向錢太介紹說：「尖葉帶白花的叫白花蛇舌草，那坨褐色的軟泥是水芋根腐，回去加入乾藥配製，敷患處八小時，中間圓點會變白化膿，隔天再敷一服就基本痊癒了。」

　　回到醫館的文蝶進入繁忙模式，錢太觀摩了她搗藥配藥煮藥全程，然後隨她進治療室。

　　文蝶：「調製了兩服，您明天來換藥？沒時間來也可以把藥帶回去，讓家人幫助換敷。當然我更希望您明天來。」

　　文蝶邊說邊為錢太敷藥，「八個小時後，即是晚上八時可以卸除，卸除後沖涼也不必擔心沾水，沒事的。」

　　錢太：「都說敷中藥礙眼，文蝶你包得挺美觀。明天同樣時間，我會前來。我現在到哪付診金和藥費？」

　　文蝶：「謝謝誇獎，我帶您出去付費，順便送您。」

　　錢太：「外面一排病人在等候，不用送。稍後我安排你們

父女驗 DNA，你可同意？」

文蝶並不感意外，爽快答應：「有勞您了！明天見。」

錢太走後，文蝶忙裏偷閒查看手機消息，「神氣少年支援隊」有二則新信息，第一則來自平凡：「剛才在滿福大老闆的家裏檢查蟲情，發現魔性牀虱，大小、形態與從首席神器看到董事長辦公室的牀虱甚為相似，我詢問排查了錢家工人，未發現其他來源，我認為較大機會是錢老闆從辦公室傳帶回家。」

第二則由莊瑾發出：「請神器山莊調配，支援神氣少年明天前往偵查。」

神器山莊和神氣少年先後回覆「OK！」。小食王子則多發了幾個字：「今晚最好！」

過了一會，莊瑾在群裏問平凡，能否提前入錢宅滅蟲，探查魔虱。平凡未有回覆。

文蝶則致電平凡，約他父子倆今晚來峰蝶堂吃飯。

自雞蛋仔成為神氣少年住進莊家，這還是他們三人第一次一起晚餐，雞蛋仔很雀躍，滅蟲車剛停泊在甘家車位，他就搶下車把父親撇在後面，一邊大聲喊着：「神氣少年小食王子到。」一邊跳步上樓。

文蝶開門迎接：「歡迎神氣少年成員大駕光臨！」

文蝶正要抱他進屋，雞蛋仔閃避，自己邁開大步進屋，回頭對呆在門口的文蝶一本正經地說：「蝶姨，我長大了，是滿有能量的神氣少年。」

文蝶笑了。平凡這時也上來了。

屋內溢出煲湯味道；雞蛋仔也自覺進書房做功課，文蝶在飯桌前坐下，與平凡面對而坐。

文蝶：「你還未回覆莊小姐。」

平凡：「我對付不了魔虱，主要是未到恒常的蟲害檢查日期，還未想好以什麼藉口進入錢宅。」

文蝶：「你給錢宅滅蟲服務多少年了？」

平凡：「在歐洲公司工作時，我主力跟了十年，自己開公司沒多久就簽約了。」

文蝶：「你覺得錢生怎樣？」

平凡：「錢老闆？我很少有機會見到他，我每年到錢宅工作近十次，十多年來大約只碰見過四五次吧，在滿福飲食集團大廈就更難見到。印象最深的那次，是在錢宅大門口內車位遇到，他給了我一包瑞士白朱古力，條形的，同事羨慕了好一段日子呢。」

文蝶：「錢太呢？」

平凡聲線放開：「錢太人很好，但凡見到我都說『願主祝福你』，包裹有好食的必塞給我。我唯一那套西裝就是她送的！她大公子穿得不合身，簇新，絕對未穿過。」

文蝶：「他們三個兒子呢？你可有接觸？」

平凡：「錢大少是大博士，錢二少是未來大醫生，我是什麼身分？就算偶爾碰到他們在家，我也迴避，待他們外出後才進房間檢查。三少則文明有禮，讀小學。」

文蝶：「你不問我為何打聽錢宅眾人？」

平凡：「你應該是為了神氣少年的行動吧？」

文蝶：「神氣少年由莊小姐主導。」她嚴肅起來：「我要你答應我的要求。」

平凡：「什麼事？文蝶你儘管吩咐，我一定照做。」

文蝶舒眉，說：「錢家與哈尼宗寨淵源頗深，錢宅內藏神器銅鑼。九龍皇子集團引魔虱入錢宅，目的是錢家神器。我要你聽我指揮，協助錢家保護神器！」

平凡：「我一定聽你的。」

文蝶：「我要你所做的，絕不會與神氣少年行動有衝突，也不會與神氣少年互為關聯，僅限於你我兩人秘密進行。」

平凡：「好，聽你的。」

晚飯後文蝶送走平凡父子，回憶今天與錢太見面，愈感興奮。沖涼後她取出父親的相片，端詳良久，揣在懷內上牀睡覺。

第二天早晨，煮着早餐的文蝶接到錢太的來電。錢太稱讚文蝶醫術高超，一服草藥令她感覺好了九成，但她醒來發現了新情況，頸部、肚臍兩處均被牀虱咬得紅腫，心急想要即時前來。文蝶安撫一番，說現在就去採鮮藥！

文蝶熄火停煮早餐，匆匆換衣服下樓。

她採藥回來後正要開始調製，錢太來電告知已經到了醫館門口。

未到醫館開門時間，文蝶帶錢太從中門梯間轉入醫館。

「太恐怖了！」還未踏入醫館，錢太迫不及待道：「親眼見到牀虱！好大隻，嚇死我了！」

文蝶：「別怕，您先躺上治療牀，慢慢，別急，讓我看看。」

錢太躺下，掀開衣服讓文蝶檢查。牀虱新傷處起了綠豆大的紅腫。文蝶用藥棉輕壓出了些許濕液。

「第一天就能夠擠出毒液，多是南亞牀虱所致。」

「對，應該不是本地虱，記得小時候的牀虱如芝麻一樣細，今早見到的像大米一樣大。」

這時平凡來電，報告文蝶：「錢宅的家人已經發現有虱」，急呼他前去滅虱。文蝶安靜聽完說了一句：「會盡快覆你。」掛斷。

文蝶微笑着為錢太診療，「手背虱傷結痂了，比預期的快。請起，您可有興趣觀看調藥？」

「當然有興趣，中醫調製不是秘密嗎？」

文蝶笑道：「那要看對象。」

文蝶領着錢太一道進入調藥房，補充道：「中藥秘製被過分渲染，更多是民間郎中的故弄玄虛。」

文蝶往藥櫃抓藥之時，WhatsApp 發信息給平凡：「先按你自己一貫做法處理，有變動我會通知你。另外，有否其他方法幫錢家解除虱患？」

平凡即時回覆她「只有神器才能搞定」。平凡隨後在「神氣少年支援隊」群組發布了他今天將去錢宅滅虱的消息。

錢太看到文蝶從藥櫃抓來三小包藥粉，文蝶耐心給錢太講解了三種中藥的功效。

文蝶續說：「找專業人士滅虱才能除根呀！」

錢太：「管家會辦的，一直有固定的滅蟲公司跟進。這藥味好清涼。」

文蝶：「現在擠出的是白花蛇舌草氣味，這塊是紅糖，混合兩味鮮藥搗至滲出汁液，加三味乾藥粉拌勻。」

錢太笑：「最難以想像那坨爛芋泥卻是靈丹妙藥。」

文蝶也笑：「放少許米酒，最後工序是用瓷瓦片蒸煮。」

錢太看着文蝶專心致志地煮藥。

文蝶：「冒起小泡泡就可以了，過熟藥就老，失了年輕生機，煮中藥要盡可能接近自然界生物的生命共性。」

錢太：「好奧妙，又好簡單。文蝶你令我知識增值了，感謝主的安排。阿們！」

面對面的首戰

　　魔蟲幫醉翁之意在錢宅，幫助神器山莊明確了最後一面神器的下落，促使莊瑾構想出一系列行動計劃。

　　從中環往半山方向開去，左轉右拐，神器山莊唯識師太駕駛着內藏首席神器的七人車，明識師太則在後座陪着紫荊少女和小食王子。

　　紫荊少女今天穿着神器山莊手工縫製的套裝運動服，底色淺綠，印有紫荊和少許木棉花葉圖案，花與葉間隔有致，這運動服是甘峰入獄之前，委託莊瑾轉交神氣少年的其中一個錦囊，是名叫「神氣初成」的練習法門。

　　小食王子一如以往戰意十足，聚精會神看着放在車中央鋼箱的首席神器。

　　從一側車窗向外望，見到海了，導航顯示即將到達目的地，小食王子道：「有情況，感應到其他神器！」

　　紫荊少女加入了觀察。小食王子閉目念動「五恒神氣」：通、明、愛、放、和。數款地道小食包括菠蘿包、雞蛋仔等等剎那間升騰於神器上空。

　　紫荊少女：「『通』字神器在前方目的地，還有，另一枚未知名號的神器也在附近。」

　　紫荊少女提出改變泊車位置，以免被對方發現。

　　坐在身邊的明識師太一邊對兩少年豎起拇指，一邊致電平凡，問：「距離錢宅方圓千米可有停車位？」

　　已經進入錢宅的平凡，建議他們轉去錢宅右邊山下的英歐國際學校旁邊，那裏的露天停車場，與錢宅上下和橫向距離都是大約五百米。

　　這個方圓距離，在兩少年駕馭神器範圍之內，唯識師太駕車轉往英歐國際學校，由於是非上學或放學時段，他們輕易找到泊車位。

　　話說平凡被急召到了錢宅，從管家到保安到家傭如進入緊

急狀態般配合平凡開展工作。

錢宅管家是個三十多歲的女子，名叫 Pauline，是前管家的侄女，去年上任，管轄着三個尼泊爾裔保安員、幾個本地廚師和花王及五個菲籍女傭。

從外表看錢宅是一棟三層半建築，其實還有兩層地庫，負一層有一條通道通往山腳大門附近，通道出口是一排平房，分別是男職員宿舍、工人廚房、雜物房和車房，錢家專車泊於內門（第二道鐵閘）小車庫，其他如貨車等還有外來車輛均停泊外門的大車庫。

平凡於錢家的服務合約項目包含白蟻、蟑螂等一切蟲類和老鼠。十數年來平凡巡遍錢宅室內外每寸地方。

管家喚來一個胖菲傭，協助平凡，三人首先去主人房。管家雙手捂住胸口，小聲對平凡說：「你來了，我心就不慌了。今早親眼見到牀虱，好恐怖！」

平凡笑：「除了主人房，其他房可有發現？」

管家：「應該沒有吧？靠平凡師傅你檢查了。」

胖菲傭低聲說：「我們工人房有。」

管家：「啊！真的？為什麼不向我報告？」

胖菲傭：「剛才在太太牀上見到，知道是牀虱，才想起我們工人房也看到過。」

平凡：「一間房出現牀虱，其他房間也很大機會會有牀虱，因牀虱隨人和衣物的流動傳得很快。」

管家：「頭痛！」

錢家主人房頗為氣派，由三間並列的房間組成，中房稍大，特大的雙人牀上放着兩個枕頭，牀頭牆壁刻着一幅壁畫，乃錢生錢太婚紗照復刻，對面牆壁安裝特大電視熒幕，左右兩面門半開放，與兩間面積稍小的房間相通，左右兩房分別是錢生和錢太的個人房間。

胖菲傭帶着管家和平凡師傅逕直走到右房，這是錢太的個人房間。房門口豎立一個大十字架，房內兩邊是衣櫃，中央放置大牀，牀頭附近古色古香西式梳妝桌上擺放一部特大精裝聖經，牀上用品以天藍色為主調;四面牆，除了門邊一幅小型電視熒幕，其餘均間隔有致掛着聖經金句的字畫。

　　胖菲傭正要伸手抖開被單讓平凡查看，遭到平凡急聲阻止。平凡:「Pauline姐，你們站我身後，所有牀上用品，我必須親自動手才能夠看出究竟。」

　　平凡從腰包掏出手電筒，問:「我在電話叮囑不要動太太昨晚用過的枕頭被褥，有照辦吧?」胖菲傭:「按照吩咐沒有移動。」平凡首先翻開枕頭套，開着電筒，用他的長指甲逐毫米翻開查看。管家和胖菲傭屏氣凝神等候。

　　平凡:「人睡着後，外露的頭肩頸最易吸引牀虱，而枕頭隨處是隱蔽藏身的隙縫，牀虱吸飽人血懶得回巢，乾脆在此安家。」

　　平凡指着一串褐色絲串狀的污物，「看到了嗎?褐色，芝麻粒大小連結成串，就是牀虱蛋!再過幾天就會長成吸血的虱蟲。」

　　在管家驚悸之際，平凡用手機攝下他的發現，然後叫胖菲傭拿幾個黑色大號垃圾膠袋。

　　平凡開始檢查被套，「若是虱患嚴重，被套有成年牀虱，但牠們不大可能匿藏，因為被套較常移動，不像枕頭長時間靜止;但是在安老院裏面的長期臥牀老人家的被套，成虱和虱蛋都有可能同時存在。」

　　胖菲傭拿來垃圾袋時，平凡檢查完被套，沒有發現成虱。他將枕頭和被套塞入一個黑膠袋，打上死結後才交給對胖菲傭:「待會拿出屋外垃圾房處理。」

　　平凡再彎腰檢查牀褥。檢查到黏在牀褥外側的品牌標貼時，他站起來，對管家說:「標貼內有活虱，我要即時處理，你們先迴避。」

管家和胖菲傭退入中間大房，平凡取出小噴壺，他判斷標貼內有數隻牀蝨潛伏，他覺察到這些非普通牀蝨，乃是滅蝨劑殺不死的魔蝨。他計劃驅逐魔蝨至牀外或房外，但為免管家目睹他無能，所以將兩人支離現場。

　　小噴壺接連噴出數束液體，四隻黑魔蝨湧出，衝入衣櫃。平凡拆了標貼，塞入黑膠袋，打上死結後，再叫管家、胖菲傭回到牀前。

　　平凡：「標貼內牀蝨已經處理。我已經清楚這個房間的牀蝨情況，全屋檢查完畢，再詳細解說滅蝨程序。中間大房和錢生私房暫不檢查，現在先去看看發現牀蝨的工人房。」

　　胖菲傭叫來一個年輕菲傭帶平凡和管家上樓，自己按照平凡吩咐將黑色垃圾袋提出屋外垃圾房。

　　錢宅的工人房設在頂層，一半是屋頂露台，一半是鐵架搭建房，這還是不錯的。半層面積間有五個睡房、一個洗手間，室外露台一角搭有簡單煮食台讓菲傭開小炊。

　　平凡很快從睡房把一個陳舊行李箱拿出室外，一堆牀蝨跌落地，嚇得管家退到梯間。平凡判斷這些是目前香港泛濫的牀蝨，並非魔蝨，說這行李箱就是蝨巢，然後問出了這箱屬於胖菲傭。接着他在三間工人房的牀褥和兩把塵封雨傘抖出了牀蝨，然後退出露台。

　　管家：「這是源頭？」

　　平凡：「全屋檢查完畢，才敢下定論。」

　　他問年輕菲傭：「你有被蝨咬過嗎？」「有。」

　　「什麼時候開始被咬？」「我從鄉下回來才十天，大約一星期前被咬。」

　　管家訓斥她：「為什麼不說？常聽說外地傭工傳入牀蝨，原來是真的！」

　　年輕菲傭雙眼泛着淚水，委屈地看着平凡：「牀蝨不是我帶回來的。」

平凡對管家說：「不是她帶來的，請幫我詢問還有哪些菲傭被虱咬過。」

管家下樓去了，平凡和年輕菲傭則在露台等候，菲傭輕聲對平凡說了聲「多謝」。平凡專注看 WhatsApp 信息，沒有在意她的多謝。

紫荊少女在群組留言：「發現錢宅的魔虱在操控下，向下爬入負一層。」

文蝶給他的私訊：「收工後來醫館找我，有要事商量。」

年輕菲傭趁着平凡看電話，背靠牆角左右摩擦抓癢，平凡瞄見忍住笑，說：「晚上怎麼可能睡得好？為什麼不說？」

年輕菲傭遲疑一會正要說話，管家上來了。

管家：「都問了，並且讓解衣看過了，除了胖菲傭，都被虱咬過，說已有一個多月了，他們都隱瞞我！」

平凡：「我明白了。」

平凡讓管家支走年輕菲傭，以肯定的語氣道：「這類型牀虱是由胖菲傭帶回來的！」之後又嚴肅地說：「你千萬別指摘她，我經驗太多了，這類事情容易鬧出不愉快，嚴重的更會引發歧視風波。」

管家：「我當然聽從平凡師傅指揮安排！請問為什麼肯定牀虱是由胖菲傭帶回來？」

平凡：「你別驚疑，我不是說故事。這種牀虱具人性，誰人帶回來讓其安家，誰就是其宿主，牀虱不咬主人，只咬同屋其他人。」

管家聽後彈開數米，面對敞開的工人房門，雙手拍打並抖動自身衣服。對平凡說：「豈止驚疑？是驚悚！」

平凡：「裏面五個房間，胖菲傭房間的牀虱最多，潛藏在包箱、牀底繁殖，是總巢穴，但是她的牀褥和被褥卻沒有虱，她本人更沒有被咬過，因為這裏的牀虱奉她為主人。」

管家：「胖菲傭專管錢生錢太房間，是她將虱帶進去主人房？」

平凡：「這就未敢肯定，因為錢太房間發現的虱與這裏的，屬不同種類。」

管家：「網上說滅虱要徹底，一定要找出源頭。那麼錢太房間的虱源自哪？」

平凡：「嗯、嗯，需要再找找，現在去姑婆那處看看，她的住處也可能被菲傭從這裏將虱帶過去。」

姑婆是錢老闆的姑媽，宅內所有人都叫她「姑婆」。平凡十多年前第一次來滅蟲，姑婆已是坐在輪椅上的老人家。姑婆住在 G 樓的一角，固定由年近五十的錢家資深菲傭照顧。

年長菲傭正推着輪椅上的姑婆出房。管家、平凡相繼俯身問候姑婆……

閉着雙眼的姑婆，對眾人問候沒有多少反應，只是右手掌微弱反握了一下管家握着她的手。年長菲傭：「姑婆曬太陽去。」

管家：「姑婆真乖！要慢推穩行，帶上葵扇了吧，專心看顧別讓蚊蟲飛近姑婆。」年長菲傭頻頻點頭應是。

平凡問年長菲傭：「姑婆可有被牀虱咬過？」

年長菲傭：「沒有，管家剛才問了之後，我立即給姑婆查看了全身，沒有被牀虱咬的迹象。」

平凡：「姑婆房間可有發現牀虱？」

年長菲傭：「沒看見過。」

管家：「不用關門了，平凡師傅要詳細檢查。」

管家和平凡關切目送姑婆的輪椅進入電梯，才轉身走進姑婆房間。

房間寬闊，內置洗手間。屏風、衣櫃、梳妝枱、古木大牀，瀰漫古色古香。

平凡站在房間中心用手電筒照了一圈，說：「古木大牀精

工密實，沒有供牀虱藏身的縫隙，工人房出現牀虱才個多月，不大可能傳入別房的衣櫃，唯一可能有虱的，是這張墊腳軟凳。」

平凡掀翻墊腳凳，在軟墊布夾縫挑出兩隻牀虱。

管家：「煩，頭痛……」

平凡：「別擔心，這虱與工人房的屬同種類，剛傳入來，還未波及其他位置。」

平凡檢查完整個房間，果然沒再發現虱蹤。

平凡：「輪椅與墊腳凳緊挨着，姑婆的輪椅可能有虱，我們現在出屋外找姑婆去，牀虱在陽光下會被曬暈跌落地。」

每個太陽露臉的上午，姑婆都要到屋外花園曬太陽，這是連外來維修師傅、送貨司機都知道的錢家軼事。

錢家花園建在後山小斜坡，面對海灣。花園入口古老木棉樹下，姑婆的輪椅搖曳着；木棉樹幹掛上了一部舊式錄音機，從遠處走來的管家和平凡聽出正在播放《何日君再來》。

近秋的香港海邊，陽光溫暖又清爽，管家被姑婆的投入表情感染，駐足花園外。平凡輕聲走近輪椅，蹲下身觀察輪椅下的地面。

錄音機接着播放的是《在水一方》。

「我願順流而下，尋找他的方向……」

管家看着姑婆眼泛淚光，也受感觸，雙眼泛淚。

大家都知道《在水一方》是姑婆曬太陽的最後一首曲目，曲終她就回屋去。

姑婆的輪椅離開花園，平凡招手叫來管家。木棉樹下的地面，三五隻牀虱癱倒太陽光之下。

平凡：「太陽照射是最環保而又有效的滅蟲方式，正是因為姑婆曬太陽的習慣，減慢了牀虱在房間蔓延的速度。我判斷，錢家少爺房間的牀虱之患，必然比姑婆房的嚴重。」

平凡用了將近三個小時，才檢查完錢宅獨立屋主體建築的

三層半和地下的負一層。負二層是要錢生親自開門才能進去的，滅蟲合約訂明「負二層以檢查白蟻為主，每兩個月一次」。

管家領着平凡到她的辦公室商討滅虱工作。

• • • • • • 二 • • • • •

此時錢宅山下馬路交匯處的泊車位來了一輛「皇子滅蟲1號」車，停泊於「皇子滅蟲2號」車旁。

「皇子滅蟲2號」車連續幾天一大早開來，停泊一會，然後圍着錢宅繞圈，繞繞停停，至傍晚才離開。車上人輪流下車如廁或吸煙，正是魔蟲幫的蟑虱蠅鼠四將。

1號車尚未停穩，副座車門打開，崔水迫不及待掏出香煙，魔蟑之將趕緊過來，湊上前給崔水點火，駕駛座上的咕嚕瞟了一眼，忍住沒笑出聲來。

崔水連續抽完兩支煙，和咕嚕上了2號車。2號車除了原本就在的魔虱之將，其餘鼠、蟑、蠅三魔將則上了1號車。

2號車內，魔虱之將全神貫注於一面銅鑼，銅鑼安裝在一個鋼箱內，有別於神氣少年車內的臥式安全鋼箱，這是豎立式，對監控者而言視線相對直觀。

「報告幫主、咕嚕師兄，我們的魔虱已經侵入錢宅地下密室！」魔虱之將邊說邊往靠窗位置挪，騰出中間座位給崔水和咕嚕。

崔水和咕嚕四目注視銅鑼。

這面是「通」字神器，銅鑼頂端內側漆一個黑色「通」字。

「通」字銅鑼如同電腦熒幕，顯示一串串黑色巨虱爬入廚房的去水道和洗手間廁盆，沿着管壁向下，轉入曲喉爬往窗邊另一廁盆和簡易酒吧間。

兩隊黑虱分別爬出洗手間和酒吧間，向廳向房快速侵襲。其中一隊來到一輛古舊的木構戰車底下。

「嘩嘩嘩，戰車！大開眼界。」魔虱之將看得合不攏嘴。

「大驚小怪，地下室更可以挖湖存放鐵達尼號，我縱橫滅蟲界幾十年，什麼豪宅沒見識過！」

「幫主見多識廣，小的見笑了。」魔虱之將仍然詫異。

咕嚕：「戰車軒轅掛着一面銅鑼，看那個紅布包裹物。」

崔水：「活脫銅鑼形狀，應該就是神器！」

咕嚕興奮起來，從掛包拿出一把木槌，輕點「通」字神器，重複念咒：「喃嘸法器陀佛⋯⋯」

紅包裹晃動！

咕嚕：「是神器！」繼續輕奏，樂聲突然變弱，直至奏不出聲音。

崔水察覺咕嚕臉色低沉，問：「遭遇對抗？我感受到了抗力。」

咕嚕停奏，答：「恭喜崔幫主功力超越小僧，是遭遇抗力，與那晚莊家大宅內少年的抗力相同。」

崔水：「他們在監視我們！」

咕嚕：「對，應該就在附近。」

崔水：「錢宅周邊，除了此處可以停車，就是另一邊山下國際學校外的停車場。去會會他們，試試他們的實力。」

咕嚕：「同意，遲早要正面對戰，先會會，好知己知彼。」

崔水吩咐四魔將原地繼續以魔虱侵略，他駕駛１號車，咕嚕坐在後座，打開安裝在鋼箱內被漆上「明」字的神器，很快到了停車場。

露天停車場內，東南西北疏落有序的停泊着十多輛清一色小轎車。崔水在停車場轉了兩圈，難以判別目標車輛。咕嚕用木槌敲響「明」字神器，感受到強大的反擊能力，卻辨認不出抗力來自哪輛車。

崔水逐一駛近私家車，確認都不是目標車輛。狐疑之間，

接到魔鼠之將的求救電話：「通」字神器被一輛車發出的音樂攻擊！

崔水急忙掉頭支援。

話說紫荊少女和小食王子一行人，車泊英歐國際學校對面的停車場，開啟首席神器發現了「通」字和「明」字神器。小食王子接着開啟神器追蹤鏡頭，看見錢宅外停泊的皇子滅蟲2號車，車內一個手臂紋有黑虱的男子，用一把金屬槌，使勁刮劃「通」字神器，發出令人寒顫的聲音。

小食王子一時疏忽，被殘破金屬聲響侵襲，顫抖數下，連忙閉目打坐，念動「五恒神氣」口訣。紫荊少女見狀以綠葉吹奏《觀音淨水》，「通明愛放和」一個循環後，小食王子精神倍振，亮出美食武器，以雞蛋仔、菠蘿包等將首席神器激活出一條時空隧道。他們清晰看見魔虱之將刮劃出的寒顫音響如一束束冷鋒侵入錢宅，一隻隻、一串串黑虱聚集冷峰周圍，緊跟冷鋒往地下室鑽。隨後加入的崔水、和尚裝扮的咕嚕，他們的一舉一動也歷歷暴露於首席神器的時空隧道。

神氣少年與支援隊即時召開了網絡會議。文蝶建議馬上阻止魔虱繼續入侵錢宅，神氣少年則躍躍欲試，龍獎少年和粵歌公主要求趕來參戰，莊瑾開始不同意文蝶的建議，認為會打草驚蛇。但文蝶今天出乎意外的十分堅持，平凡更是一再請求神氣少年出手相助，神器山莊認為紫荊少女和小食王子駕馭神器的本領日漸成熟，更有明識和唯識師太守護，足以阻止魔虱繼續入侵錢宅。最終一致決定紫荊少女和小食王子代表神氣少年正式亮相。

唯識師太駕駛技術一流，快穩準到達目的地，停泊在與皇子滅蟲2號車成對角斜線的路邊車位。

皇子滅蟲2號車內，魔蟲四將輪番刮劃神器，一邊召集錢宅內的魔虱入侵負二層地下室，一邊從車裏驅出新的魔虱增援。

一輛豐田工程車快速駛近，正張牙舞爪刮劃魔音的魔鼠之將忽然感到力不從心，負責監察的魔虱之將發現魔虱隊伍駐足不前！

停泊對角的豐田工程車，這時傳出一曲佛樂，從開始的清澈灌頂漸進強力蕩漾，擊落了魔鼠之將手中的金屬片。魔鼠之將執起金屬片，左劃右刮，銅鑼毫無反應，就如電腦「死機」，回復為一面普通銅鑼。

佛樂停止，豐田工程車走下一位男童，兩魔將分別搖下左右車窗，看到一個年約十歲、滿臉稚氣的男童，他曾在藍屋監視莊家神器室時出現過，當時正在「融水禪修」的其中一個孩童。

男童禮貌地對兩人說：「兩位不用猜測了，自我介紹，我是『小食王子』，今年十歲，在讀小學，是神氣少年之一！神氣少年建立的宗旨是開發神器銅鑼能量，聚集社會正能量服務社群。我們發現了你們利用神器訓練魔性蟲鼠，驅使魔蟲魔鼠侵入安老院、酒樓等場所，甚至民居；我小食王子代表神氣少年奉勸你們，立即停止魔蟲行動！」

魔鼠之將：「小孩子好大口氣，剛才只是被你們突襲得逞，有種別走，待我們援軍趕到，就知道厲害！」

「我們不走，取回『通』字神器才走！」小食王子忽然霸氣外露，收腹挺胸，意念「通明愛放和」，數杯熱氣騰騰的絲襪奶茶從車窗飛出落在他雙掌，一道綠色能量也從車內緊隨而至。

小食王子清朗一聲「奶茶到！」左手一揮，兩杯飄溢茶香奶味的絲襪奶茶直奔皇子滅蟲2號車。

恰在此時，飛駛而至的皇子滅蟲1號響起詭異之樂，將絲襪奶茶定格於魔鼠座位的窗外。

「小食王子，撤回武器。」紫荊少女緩慢說着，走下車來。

小食王子一聲「收」，兩杯奶茶無影無蹤，消失之快令人摸不清奶茶去了哪裏。

1號車緊靠2號車停泊，車裏隨即走下一人，皮笑肉不笑地自我介紹：「我是皇子滅蟲總監、魔蟲幫幫主，姓崔名水，滅蟲界抬舉在下為『滅蟲博士』。」

小食王子：「屁！平凡師傅你知道嗎？我爸在滅蟲界聲譽響噹噹，從不自誇。」

小食王子說完馬上以右手捂嘴，意識到暴露了私隱。

崔水：「小屁孩別遮掩了，你們的來龍去脈，本幫主已經完全掌握了！平凡在滅蟲界是個鶴鶉人物。神氣少年？你們有多少斤兩？竟口出狂言搶神器！」

紫荊少女道：「神氣少年的計劃是將神器交給警方，應由法院判『通』字神器屬誰。」

崔水認真打量起紫荊少女：穿著印有紫荊花葉圖案的套裝運動服，櫻桃小嘴的下唇貼住一片綠葉，卻絲毫不影響銀鈴般的嗓音。

崔水：「我知道你是紫荊少女，自小在神器山莊訓練神器功法，但是不妨告知你，我崔水師承聞名世界的法器法師！我們車上有法器專家，你今日硬闖也討不到好處，驚動警察和錢宅，只會令雙方不便，不如我們各自收兵，你看如何？」

紫荊少女稍作思考：「還不快逃！」

崔水說一聲「後會有期！」隨即命令２號車在前，他隨後，兩輛車下山去了。

小食王子和紫荊少女回到車上。

紫荊少女：「他們怎麼知道這麼多？」

明識師太道：「是我們疏忽了，我們查探他們，他們當然會調查我們，他們的據點緊鄰莊家，有三面神器可用，調查不難。」

紫荊少女：「神氣少年既然有計劃公開亮相，也不在乎魔蟲幫會知道。」

小食王子：「魔蟲幫離開是我們驅趕錢宅魔虱的大好時機，我想幫助我爸……」

紫荊少女：「可以演練，但何時殲滅錢宅魔虱由莊瑾姐姐決定，我們一定要遵守紀律顧全大局。」

小食王子：「遵命！」

兩人先後開啟首席神器……

錢宅管家辦公室裏，平凡給出了滅虱方案。

一：發現兩個種類的牀虱，要分別處理。錢生錢太各自的睡房及中房共三個房間，發現同一種類的牀虱，工人房和姑婆房的是另一類牀虱。

二：錢生錢太要到別的房間暫住，三間房的所有衣服物件均可能附着虱蛋，要全數留下不動；建議暫住二樓客房，今天對客房進行防蟲功能的消毒，以確保無虱。兩人搬到客房前，更換全身新衣，將換下的衣服裝進密封膠袋放入原主人房一併處理。在錢生錢太遷住客房的同日，展開首個滅虱日程。

三：姑婆暫時遷住鄰房，房裏所有衣服物件和輪椅全數留下，入住鄰房前更換全身新衣，將換下的衣服裝進密封膠袋放入原房間，今天對她的鄰房進行滅虱和消毒以確保無虱無蟲。

四：工人毋須遷房，吩咐菲傭洗淨至少三套替換衣服，存放於密封膠袋，用作未來一個月替換，其餘在房間的衣服物品全數留下。天氣預報明天陽光燦爛，有利陽光充足的工人房明天滅虱。

五：三位公子的房間沒發現牀虱，後天進行滅蟲功能的消毒。

六：依次對大宅其他房間和處所，包括廳堂、保安室、倉庫、停車場等進行滅蟲功能的消毒。

七：與錢生溝通後，再確定負三層的害蟲檢查及處理方法。

八：滅蟲功能的消毒工程屬一次性，滅虱工程需實施四次，每星期一次。

平凡與管家訂立滅虱方案後離開，開車下到神氣少年的車旁，小食王子將父親邀請到神氣少年車裏，明識、唯識師太雙手合十向他問好。開動着首席神器的紫荊少女向他微微一笑。

平凡對着她點頭回禮時，忽然驚叫起來，明識和唯識師太和小食王子頓時聚焦看着紫荊少女。

紫荊少女身上的衣服圖案逐一飄出：紫荊葉和花、木棉花，隨着佛樂節奏飄逸而出，圍繞神器上方穿梭飛舞；看首席神器，洞見錢宅內主人房的魔虱從牀褥衣櫃吸出地面，像被催眠般動彈不得。平凡見此情勢，似有話要說，猶豫之間，曲調緩和，葉子花瓣有序回歸紫荊少女身穿的套裝運動服。

曲終。首席神器也如電腦關機。因為未能乘勝殲滅錢宅魔虱的平凡，勉強微笑地看着置身喜出望外的四少年互相擊掌！

明識師太：「甘醫師和嚴慈師太均預期你要幾年時間才能練成『神氣初成』，沒想到，沒想到，阿彌陀佛。」

小食王子：「我要向紫荊師姐學習！」

紫荊少女：「小食王子，待我練至成熟，就傳授你們！」

小食王子：「謝謝紫荊師姐！」

平凡這時才回過神來，向紫荊少女拱手恭喜，然後向大家匯報了錢宅的魔虱情況。

小食王子安慰父親道：「我們一定要遵守紀律顧全大局，莊瑾姐姐的決定一定是對的，蝶姨也是贊同的，神氣少年遲早協助爸爸殲滅錢宅魔虱！」

紫荊少女：「平凡叔叔請放心，殲滅魔蟲是神氣少年的使命！」

平凡謝過，告別大家，忙其他工作去了。

讓我們將視線重新回到新界的峰蝶堂中醫館。

錢太連續經歷着新鮮中草藥治療，還有情感上的美妙體驗，治療完畢仍然躺在牀上。醫館開門以後，文蝶一邊應診，一邊斷斷續續地與錢太交流，直到有病人需用治療室。

錢太：「看來我⋯⋯不該妨礙你應診。」

文蝶：「不礙事，與您聊天，我倍感充實。再坐一會？」

錢太：「謝謝你，我要走了。」整理好行裝的她突然說：「今天午飯時間去採血驗 DNA，如何？」

「您跟錢生說了？」

「未說，你先去採血，我會有序地安排。」

「好！」

「感謝主！求主為滿山與你證實父女血緣。」

錢太在醫館等待文蝶，兩人在午飯前叫了簡餐，同枱吃飯，之後並肩出門，走向錢家司機開來的寶馬轎車。隔壁的陳校長剛好走出自家前門露台，看見並肩而行的兩人，揮着手高聲打招呼。

兩人轉過身來，文蝶揮手，錢太抱掌於胸。文蝶說要去採血驗 DNA，陳校長微笑，揮手指向前面的寶馬車，示意趕緊。陳校長看着寶馬轎車上的錢太將手伸出車門，向他再次致謝，然後速駕遠去。

文蝶提到錢太被牀虱咬傷，前來醫館治療，陳校長即時致電咕嚕。咕嚕報告他今天上午遇上神氣少年一事，令他陷入沉思⋯⋯陳校長致電平凡，假稱家中發現牀虱，約他今日傍晚前來檢查。

文蝶跟隨錢太去到位於中環一商業大廈的醫學檢驗中心，完成採血之後，告別錢太，去了新界一個村屋大牌檔。

平凡已經坐在靠近山邊的餐桌等她了。這家依山望海的大

牌檔是平凡滅蟲的客戶，平凡已帶她和雞蛋仔光顧多次了。

文蝶原本約平凡今晚到醫館，但得知表叔急召平凡今晚去他家檢查牀虱，所以改約下午茶。

她剛落座，平凡心急地問：「莊小姐是因何不讓神器幫忙殲滅魔虱呢？」

文蝶：「開始時我也百思不解，剛才我私下請教她，她告訴我要引誘魔虱幫出動她家的『明』字神器，策劃一舉奪回！」

平凡：「也好，她家神器被搶，我有責任！我太自私了！那錢宅的魔虱唯有盡力而為。」

文蝶：「錢太錢生還要受魔虱之苦到何時？你有避免被虱咬的方法嗎？」

平凡對文蝶的深切關心感到愕然，答道：「我為他們選了一個較為安全的房間，會為這房間做足防蟲措施，入住後，普通牀虱幾個月傳不進去。

「這魔虱，我真捉摸不到。」

文蝶忽然對平凡露出嚴肅神情，平凡每次看到文蝶嚴肅的表情，都知道有大事情發生。

文蝶：「我要你幫忙保護錢家的銅鑼神器！」

平凡張開「O」形嘴，合不攏。

文蝶：「你可以假藉發現負二層有白蟻，增加防治次數。你只要觀察有否異動，向我一人報告！

「因為錢生是我生父，九不離十！剛才採血了。」

過了許久，平凡終於合上嘴。對於文蝶的要求，他依然是那句：「我完全聽你的！」

平凡下午的工作安排得騰不出空檔，只能利用下午茶後的時段去陳校長家檢查虱患，兩人匆匆吃完離開。

陳校長在家等平凡，菲傭下樓開門。大戶人家滅蟲事宜，多由家傭跟進，陳校長家也一樣。這次卻例外，陳校長屏退菲傭，

親自帶平凡進入房間。

平凡：「校長見到牀虱了？」

陳校長：「沒看見。」

平凡：「是身體被蟲咬了？」

陳校長：「沒有。但連續幾個晚上手腳痕癢，白天卻完全沒事，懷疑有牀虱。」

平凡：「校長別擔心，我會仔細撿查。」

平凡亮着手電筒逐一翻開棉被牀褥，陳校長認真觀察⋯⋯

手電筒的光線停在一部書《政商縱橫──錢滿山的傳奇人生》上。一行鋼筆手寫字勾起平凡的專業敏感：「尊敬的陳港生校長垂鑑──錢滿山」。

平凡問道：「這本書是錢生近日送您的嗎？」

陳校長：「有一個多月了，有關係？」

平凡：「一個多月前可以排除虱蛋傳播。」

陳校長：「錢太被虱咬傷，今早找文蝶了，錢宅是讓你給滅蟲？」

平凡：「是我的長期客戶。」

陳校長：「錢宅很多虱嗎？聽說錢太被咬得可嚴重了！但是有平凡你給滅蟲，定可迅速解決。」

平凡吞吞吐吐地說：「嗯、嗯，要較長時間⋯⋯」

陳校長：「你說過最難搞也就四次、需時一個月左右。」

平凡苦笑道：「這次是真難搞⋯⋯」

陳校長：「你有辦法的！」

平凡轉移話題：「這書下的櫃子有棉質夾層，也要打開看看。」

陳校長：「平凡你可以隨便打開，我要走了，你慢慢檢查。若發現虱蟲，麻煩你找我家工人姐姐協助處理。」

平凡：「校長您放心，慢走。」

陳校長驅車外出。

．　．　．　．　．　．　六　．　．　．　．　．　．　．

當天的深夜，咕嚕和崔水的魔虱幫再度驅車停泊錢宅外的停車場，催動銅鑼神器，證實魔虱毫髮無損！

崔水：「陳校長再次神機妙算，我們高估神氣少年了，哈！哈！哈！」他頓笑三聲，敲出九龍皇子傳授的《九龍皇帝出巡曲》：「九龍皇帝聖旨到，港九新界蛇蟲鼠蟻都要速速來報到！」他很快集結了錢宅的魔虱……

錢宅裏面，錢太今晚移步丈夫的房間就寢。白天她回家後，管家第一時間向她匯報了滅蟲專家的檢查情況，她的房間和中房確定有虱，丈夫房還沒發現虱患，專家建議兩人盡快搬往客房，以騰出主人房徹底滅虱。

深夜，時鐘溫柔一響，緊接是房外胖菲傭的聲音：「先生回來了，請更換衣物洗澡。」「謝謝，你去睡吧。」「先生晚安。」

「滿山辛苦了！」「勞你費心！連續二十多個小時的會議真的累了。」錢太接過丈夫手提包，在協助丈夫脫西裝之時轉述了管家報告關於家中虱患的情況。

丈夫走進浴室前回頭問：「你被咬的手怎樣了？」

「感謝主的安排，遇到好中醫，藥到病除！」「是嗎？等會說說。」

在丈夫沖涼的時間，錢太站立十字架前禱告……

錢宅山下公共停車場，崔水重複敲奏《九龍皇帝出巡曲》，將魔虱驅到負二層大門前面。

禱告中的錢太，聽到丈夫牀頭的專用電話響了數下，其後自動轉駁至浴室的固網電話。丈夫及後用毛巾包頭，匆匆走出來。

「老三發現銅鑼神器有異動！」

錢太幫丈夫繫好睡袍帶，搶過毛巾擦拭他頸後的水珠。「你把銅鑼神器保護得嚴嚴密密的。怕你着涼，先讓我幫你吹乾頭髮吧。」

錢滿山在太太找電風筒時，急不可耐走出房間。

錢三少的房間位於二樓靠着後露台，聽到父親腳步適時開門。門開了，是個鬈髮膚白的英俊少年。

錢太手捧聖經，默讀。十多分鐘後丈夫回到了房間。她幫他吹乾頭髮，丈夫雖年過六十，仍然有着滿頭自來鬈黑髮。

錢生：「奇怪，神器似是接收到兄弟神器的信息。」

錢太：「唯有主是萬有之神，阿們！」

錢生：「今天家裏有什麼人來過？」

錢太：「就是那滅蟲師傅。」

錢生：「負二層白蟻檢查日子臨近，告訴管家暫時取消。我頭髮全乾了，謝謝老婆。」

錢太：「謹小慎微是你一貫作風，我這就留信息吩咐管家。」

吹乾頭髮的錢生並不急於上牀休息，等太太寫完信息後，拉着太太相對而坐。

錢生：「老婆有重要事情要說嗎？」

錢太笑：「滿山永遠看透我心事。」

錢生依次輕撫太太被牀虱咬傷的部位，得意地笑出聲來。

錢太：「這位中醫的治療方法很神奇，路邊現採現製草藥！」

錢生：「如果是內地中醫，現採現製草藥治外傷，是很常見。」

錢太：「是嗎？還有更神奇的，她說可以用活蜂幫助排毒！」

錢生突然收起輕撫她的手，問：「真的？哪間醫館？」

錢太：「峰蝶堂醫館，一個年輕的女中醫。」

錢生：「封蝶……哦，姓『封』的……」

錢太：「不是姓封的『封』，是山峰的『峰』，是由一名叫甘峰的男中醫與一個姓文名蝶的女中醫聯合開辦的醫館。」

錢生垂下頭，沉思了一會，抬頭望着太太：「親愛的，我有點口渴……」錢太給丈夫端來一杯暖水，然後平和地坐着，以關切又溫柔的眼神看着丈夫。

錢生：「沒想到香港也有這麼博大精深的傳承。」

錢太：「是的。那個甘峰中醫師是祖傳中醫，後來又去了雲南拜師深造，但文蝶姑娘卻是來自雲南哈尼族的。」

錢生慢喝幾口暖水，故作鎮靜道：「是嗎？我國的少數民族果真藏龍臥虎。親愛的，讓我再看看你手上傷口，是否真的痊癒了。」

錢生重新執住太太的手，關切之情溢於言表，使得太太收住本要往下說的話。

錢生：「記得要去覆診，別怕麻煩。夜深了，親愛的睡吧！」

夫妻倆先後躺臥，剩下靠近房門的落地燈習慣性的亮着微光，映照出地板一串串蠢動的黑虱！魔蟲幫仍在錢宅外操控魔虱。

· · · · · · 七 · · · · ·

次日，早上九龍皇子再次召見魔蟲幫，予以表彰，並指示今晚要加大魔虱進攻力度。下午，崔水、咕嚕率領鼠虱蠅蟑四魔將，分別駕駛裝着「通」字和「明」字神器的滅蟲車，圍繞錢宅，開開停停……

與此同時，與錢宅隔山對望的山頂商場天台，神氣少年借用了天台雜物房，開啟了首席神器，將魔蟲幫的行蹤盡收眼下。

昨天，練成「神氣初成」的紫荊少女，成功驅動衣服圖案的花與葉作武器，神氣少年及其支援隊大受鼓舞，深入研究得出

結論，是錢宅的「愛」字神器與首席神器能量匯合，生成新能量助力所致。小食王子迫不及待提出全員前往練習。莊瑾聽取了神氣少年的匯報，同意了小食王子的提議，但強調不可擅自消滅錢宅的魔虱。

神器山莊的明識師太藏在天台的後樓梯，唯識師太則泊車駐守商場外呼應。莊瑾出人意表地親自駕車在附近巡迴。借用山頂商場天台，也是莊瑾一手促成。

夜深了，錢宅內，主人房。靠近房門落地燈的微光，映照地上一串串魔虱爬向錢氏夫婦大牀。

錢太已經入睡，錢生小心翼翼坐起來，翻看手機 WhatsApp 未看信息。

「莊瑾：錢生，魔虱正向着你爬過來。」

錢滿山掏出手電筒往地板照，赫見一串串一隊隊黑色牀虱緩慢爬向牀邊，隨後黑虱在房門底線兩邊角位緩緩而入。

他回覆莊瑾：「的確如此，請問莊小姐，我該怎樣配合你？」

莊瑾回覆：「完全賦權你小兒子開啟你家『愛』字神器，首席神器就在對面山頂商場，兩神器合作會演化出新力量逼退魔虱。」

錢滿山小心翼翼下牀，避開魔虱隊伍出了房間。他叫上小兒子一起到負二層，來到懸掛戰車上的銅鑼前面⋯⋯

莊瑾今早曾經去監獄探望甘峰，請教了許多關於神器開發問題，得知兩面正能量神器匯合，生出的能量不單可以令神氣少年激發出高智能武器，甚至可以化解魔法操控神器的能量。於是她策劃並親自指揮今晚的行動。

莊瑾收到錢滿山「我們準備好了」的回覆後，指示神氣少年撤離山頂商場，慢速駛近魔蟲幫。她強調要在到達之前，確定「明」字神器所在的車輛，她特別吩咐紫荊少女，當首席神器與「愛」字神器能量匯合時，要立即出其不意襲擊魔蟲幫，奪回「明」字神器。

神氣少年恍然大悟，戰意高昂！唯識師太駕車，明識師太坐最後排，神氣四少年圍座首席神器，進入戰鬥狀態。莊瑾留在原地指揮。

　　神氣少年在山頂天台就搜索到「明」字神器放在皇子滅蟲２號車，神氣少年的車輛緩緩駛近錢宅山下泊車位，紫荊少女肯定地向莊瑾匯報了「明」字神器的位置。

　　神氣少年的車輛內，首席神器愈來愈強烈地感應到來自「愛」字神器的能量，每束能量光線都看見注有章節的聖經金句。

　　錢宅山下泊車處，只有兩輛皇子滅蟲車，２號車是由咕嚕帶隊，魔鼠和魔蠅兩將正在用「明」字神器驅動魔虱。兩魔將發現錢宅魔虱突然間靜止不動，還未來得及報告座的咕嚕，一股磅礴能量衝入車廂，擊翻了座椅，幾個手握電鋸和大鐵槌的黃衣人，從路邊草叢一躍而出，直接撲入２號車。幾乎沒有打鬥聲，只有強烈刺耳的金屬割鋸聲劇響。不消數分鐘，黃衣人提着一面銅鑼上了一輛適時駛至的無牌跑車，絕塵而去。

　　別說１號車上的魔蟲幫幫主崔水，就連剛剛到達的神氣少年們和神器山莊的明識和唯識師太，都被眼前事態驚呆，大家唯一看得清楚的，黃衣人全是尼泊爾裔男子。

　　在山頂商場的莊瑾接了一個簡短電話，隨即指示神氣少年收兵！她一邊驅車回家一邊致電錢滿山，說狙擊魔虱受阻，邀請他明天到她的議員辦公室再議。之後莊瑾駕車回到自家大宅，剛才接應黃衣人的跑車也駛至門口，並跟隨莊瑾的車駛入了莊家大院。

　　黃衣人下車，其中一人捧出一面銅鑼，交給莊瑾。

　　「莊小姐請驗收！」燈光照見，原來是莊家保安主管。

　　莊瑾接過銅鑼，道：「多謝大家！」

　　保安主管吩咐開走跑車，黃衣人隨他回去保安室。

　　莊瑾捧着銅鑼，並沒有去神器室，而是進入玻璃屋內書房。她在太座椅旁彎腰，掀起一塊木地板，開燈，映照出一間地下室。她提着「明」字神器小心翼翼沿木梯下了地下室，將銅鑼放

進一個形似臥式雪櫃的鋼箱。

莊瑾急不可耐找出一串銀針，點擊銅鑼，勉勉強強的奏響《明月》……銅鑼朦朦朧朧地現出「明」字，瞬間消退。

莊瑾皺了眉頭，自言自語：「定是我能力不逮，下次多多請教甘峰。」

‧　‧　‧　‧　‧　　八　　‧　‧　‧　‧　‧

次日早晨，九龍皇子行宮的皇子辦公室外，咕嚕跪地好幾個小時了，他的師傅法器法師前晚才從法器教總壇回港，休息幾個小時就趕早來到，站立他身邊。

崔水來了，傳達了九龍皇子口諭：「皇子不想見咕嚕師兄，你先回寺，師傅請隨我進辦公室等候。」咕嚕戰戰兢兢地離去。

皇子辦公室內，崔水給師傅端來一杯暖水。崔水：「師傅喝杯水暖暖身，別太憂心，我是百分之百如實向皇子描述情況。黃衣人全是咕嚕的同鄉，也難怪讓人起疑。」

法器法師：「多謝，皇子有何指教？」

崔水猶豫一會，正要開口說話，門外響起腳步聲，他趕緊迎出門外，法器法師愣了一下，撲通跪地。

九龍皇子昂然走過，落座他的大班椅。九龍皇子：「法師請起。」

法器法師站起身，擠出滿臉歉意迎接九龍皇子的銳目。法器法師：「我可以擔保咕嚕的忠心……」

九龍皇子揮手阻止他往下說，聲輕語重地問：「法師怎樣問責？」

法器法師：「我有一計，讓莊瑾被沾染了魔蟲的『明』字神器負能量迷惑。」

崔水見狀迴避，九龍皇子讓他留下來。

法器法師走到辦公桌邊，講了他的計謀……

九龍皇子首先問崔水看法，崔水認為整體方向還可以，但還是要請陳校長重新謀劃。九龍皇子聽畢，向崔水鼓掌表示同意。

之後九龍皇子轉換話題，以輕鬆神情對法器法師道：「本皇子事務繁忙，差點忘記恭喜法師。恭喜法師被法器教冊封『魔蟲法師』！祝願魔蟲法師在貴教地位日漸顯赫！」

魔蟲法師：「本座幸得九龍皇子大度，提供神器研發，才有所成就，感激皇子大恩！」

九龍皇子指着崔水，對魔蟲法師臉露威嚴地說道：「他比咕嚕強多了，本皇子認為他是法師不二傳人。」

魔蟲法師和崔水均被皇子突然之舉震驚，不知所措⋯⋯

· · · · · · · 九 · · · · · · ·

莊瑾的區議員辦事處，與其他區議員辦事處的最大分別，是位於租金昂貴的人氣旺地。錢滿山眼盯着她名片上的地址，有進入戰場的預感。司機問他是在門外偷停快下，還是在隔幾個街口的停車位下車？錢滿山教訓了司機要嚴守法例，切勿心存僥倖。

錢滿山在遠處下車步行。他今天沒有帶助手，給他開車門的司機也納悶他的罕有之舉。

立法會議員、滿福飲食集團大老闆錢滿山一個人穿街過市，引來路人側目，不時有陌生人向他微笑打招呼，使他忘記了後頸虱咬而致的痕癢。

莊瑾則帶領着辦事處職員、義工向街坊派發秋季湯料，見到錢滿山來到也沒停下手中活，她大聲為街坊介紹：「立法會錢議員支持來了！」不由分說的塞給錢滿山幾包湯料，拉着他一道派發。

有「政壇泥鰍」之稱的錢滿山瞬間進入角色，參與活動。其間他在莊瑾面前看手表，但莊瑾故作沒當回事。錢滿山預知待會必是場硬仗。

活動結束，莊瑾熱情將錢滿山請進她的辦公室。

莊瑾：「傳說『愛』字神器能量無窮，更是以聖經金句啟動，真滅不了魔虱？」

錢滿山：「『愛』字神器傷不了魔虱分毫，魔虱正逼近神器，我們合作吧！」

莊瑾：「我們不正在合作嗎？再次感謝您引薦入黨，神氣少年畢竟剛成立，能力不足，他們會努力練習，希望盡快助您清除家中魔虱。」

錢滿山：「我決定推薦你入中常委！」

莊瑾：「但我最想要的，是黨內您現時的立法會參選名額。」

錢滿山：「……」

莊瑾：「以您的超級分量，去任何選區都能夠選上——傳說神器深藏《政壇猛進大法》？你開啟了嗎？若真如此，可以單一就《政壇猛進大法》做交易？」

錢滿山：「神器家族都不甘平凡啊！打擾了，世侄女，告辭！」

莊瑾：「不急，世侄女靜候錢世伯佳音。」

錢滿山回到他的賓利，向司機指示目的地是九龍山谷村。

這個名冠九龍，其實位於新界的傳統獨立屋群，他年輕時曾來過，今天感覺更有豪宅氣息。記憶中的公共車輛終點站位置不同了，改到距離屋苑更遠的位置。環保意識日高的香港，有條件的豪宅為了減低噪音，會想方設法讓公交車遠離。

他着司機在公交站附近停泊，戴上醫用口罩後下了車。沿着一條分隔私家車方向的白斑馬線望去，看得見村口。限速的私家車恍如兩邊人行道上的行人，紳士淑女般優悠。

溫和的秋陽灑落周遭，錢滿山來到村口，如警探踩點徘徊峰蝶堂中醫館門前，引起了醫館姑娘的注意。當他再一次偷瞄醫師介紹，姑娘開門禮貌地問：「先生，有什麼可以幫到您嗎？」

「謝謝你，沒什麼，隨便看看。」

「我們的醫師都具碩士學歷，更有國醫大師隔代弟子……」

「看到了，就是這個文蝶醫師？」

「對，她還是雲南省名醫家族後人，單張有詳細介紹，有需要可打上面的電話。」

錢滿山接過姑娘遞給他的綠色單張：「謝謝姑娘。」轉身往村內走。他在保安崗前保安欲詢問時轉身，雙眼上下打量峰蝶堂中醫館整座建築，包括花園……

錢太那天晚上沒有說出口的事，錢滿山第二天就調查清楚。服刑中同屬神器家族的廿峰，來自哈尼宗寨的文蝶，甚至未有答案的文蝶與平凡的關係……唯有鄰屋的陳校長是盲點，沒有出現在調查報告裏面。

然而此時陳校長推開三樓臨街窗戶，看見一個同齡人打量峰蝶堂中醫館，但他只看到背面，直至那人轉身，讓陳校長得以正面看見他：錢滿山！

一位年輕孕婦緩慢從屋苑往外走，吸引了錢滿山目光。一英俊青年從後趕上，牽她的手同行……

高䠷身材造就孕肚形成半月弧線，飄逸的長髮如瀑布，與纖腰平行倒映哈尼銅鑼湖水裏，左右輕搖出小小漣漪。

「娘子，你看，銅鑼湖被你母女美翻了漣漪。」

「那漣漪該是為我的山哥和蝶兒而起，父帥女兒美乃是千古真傳。」

美孕婦在錢滿山面前走過，將他觸景出走的思緒拽回現實，他不由自主注目她走進了峰蝶堂中醫館。

靠窗觀察的陳校長，手中多了一張舊照片：一張年輕英俊白皙的側臉貼在孕肚上，幸福滿溢的少婦輕弄自己的長髮。這是他當年在紅河城「神器醫館」內堂偷拍的照片，如今派上用場了吧？

陳校長稍微分神，樓下的錢滿山已經走到醫館門口。只見

他猶豫一會，掏出電話，邊說邊走，走去馬路迴旋處。陳校長的視線一刻也沒離開錢滿山，直到一部賓利轎車將他接走，慢駛遠去⋯⋯

陳校長急不及待以 WhatsApp 發信息問文蝶：「DNA 有結果了嗎？」然後抓緊手機進出露台，焦急地等待信息音響提示⋯⋯

等待許久，文蝶回覆：「還沒有消息。」

「錢太安排你見錢滿山？」

「沒這回事呀，她跟您說的？」

「沒有，只是隨口問問，看我為你心急的！」

「謝謝陳校長關心，有消息我第一時間與您分享。」

陳校長猜想到是錢太告知了消息，是錢滿山按捺不住前來窺探。

午餐時間，一則電視新聞揪着文蝶的心。滿福旗下分佈港九新界的二十多間酒樓鼠患嚴重，蟑螂擾客！食環署近日收到十多宗投訴⋯⋯

她馬上致電平凡打聽，被告知滿福全線酒樓已經與他終止滅蟲服務合約，所以他也不了解情況。

整個下午，文蝶為此事分神，多次搜尋「滿福酒樓」的新聞，結果都是蟲鼠為患。她 WhatsApp 發信息給錢太，又不敢直接詢問，只好寫下問候句子。錢太秒覆她的主動問候，表示「非常開心！」

下班時間，她驚訝地接到錢滿山的電話，約她秘密會面！

文蝶接管 首席神器

．　．　．　．　．　．　　　一　　　．　．　．　．　．　．

　　第二天，位於屯門的監獄。囚犯甘峰繼幾天前獲莊瑾探監，今天又迎來了文蝶。

　　鐵窗分隔的世界，文蝶直視胖了一圈的他，從前兩人之間，總是他以老大哥身分直視她，她多是若隱若現、含羞答答地回應，今天老大哥首次感受她堅定的目光。

　　還是文蝶首先開腔：「峰哥可好？」

　　甘峰：「還好，可以安靜思考中醫經典。醫館怎樣？」

　　文蝶：「峰哥不在當然有影響，但運營漸趨平穩。」

　　甘峰：「抓緊說說，會面時間不多。」

　　文蝶：「峰哥，我今天主要為首席神器而來的。」

　　甘峰驚訝地看向她。

　　文蝶：「我決定取回首席神器管理權，並請峰哥傳我駕馭首席神器的秘訣。」

　　甘峰：「首席神器是哈尼宗寨的，確切的說你才是首席神器守護人，駕馭神之法是你母親傳我的，我傳予你也是理所當然。」

　　莊瑾與文蝶先後熱中神器，甘峰起了些許疑慮，隔着玻璃窗用獄方提供的電話教授文蝶開啟神器的方法後，說：「莊瑾也來討教開啟『明』字神器。是有什麼事嗎？」

　　文蝶定睛看他，忽然又低頭迴避。

　　甘峰望着低頭思考的文蝶，正要繼續問，文蝶抬起頭對他說：「還請峰哥給我寫下知會神器山莊和莊瑾的書信，好讓我順利取回首席神器。」

　　「難道會有阻礙嗎？」

　　文蝶回答：「不是，只是想參照神器交接傳統。」

　　甘峰向獄警申請後寫下兩封信交給文蝶。

文蝶告辭前對甘峰說：「文蝶決心捧着甘家的『通』字神器，迎接峰哥出來！」

文蝶今天是獨自駕車前來，走出監獄門口，她變得神不守舍，匆匆到停車場把自己關在屬於峰哥的私家車。

文蝶到港伊始辦理各種證件時，甘峰為她連內地駕照也轉辦香港駕照，然而好幾年了，車出車入，司機多是峰哥。多少回尋父，峰哥載着她到港九新界求證，她無數次幻想在這車內與峰哥相擁，慶祝尋父成功！

她點擊電話聯絡簿上的「錢滿山」，點出昨晚錢滿山面對面傳給她的圖片：「DNA血緣關係報告書」。

文蝶在車內放聲地哭，邊哭邊將「錢滿山」更改成「父親」。

她拭乾興奮夾雜遺憾的淚水，點擊 WhatsApp 置頂的「父親」，寫上並傳出：「進展順利，準備開車離開。」

錢滿山即回：「為確保接下來每一步的順利推進，你現在直接去神器山莊，讓神器山莊出面找莊老太。我已經安排好人手沿途護送你。」

文蝶回了句：「謝謝！」

．　　．　　．　　．　　．　　．　　二　　．　　．　　．　　．　　．　　．

神器山莊明識和唯識師太將文蝶接入內堂。

文蝶開門見山說明來意，呈上哈尼宗寨四長老的電郵和甘峰的親筆信。

兩師太請出了代理住持唯心師太。

唯心是嚴慈師太的弟子，年近七十，數十年潛心修行，不通寺務，「代理」也只是掛名，大小事務由五名理事師太分擔。

唯心師太看過文蝶送上的兩封信，接納文蝶的建言和要求，答應盡快與莊家溝通……文蝶再三謝過唯心師太，跟隨明識和唯識師太去視察首席神器的新居所。

神器山莊半山的一排曲尺形平房，是僧尼宿舍。宿舍後院有幾間庫房，庫房與僧尼宿舍之間是開闊的露天場地，中間設有幾組石枱石凳，場地周邊有衣物曬架。庫房中唯一的鐵製門房間，將是首席神器新居。明識和唯識師太分別掏出門匙，先後插入鎖把打開厚重的鐵門。

　　燈光是感應開關系統，房間中央擺放一張八人座的紅木半圓形桌子，正面內牆佇立一個如衣櫃大小的帶鎖鐵櫃。

　　明識：「鐵櫃終於派上用場！」

　　文蝶：「這屋子背後是什麼？」

　　唯識：「大草坪，緊靠這牆壁是一座保安崗哨，24 小時的保安崗哨。」

　　走出庫房，明識和唯識師太為文蝶介紹着周遭環境。最後繞行於屋後草坪。

　　明識：「幾個月前甘醫師就是在這草坪中央奏響銅鑼神器，求見嚴慈師太。」

　　文蝶順着明識師太手指的方向，看到草坪另一邊的塔形建築物，正門上方牌匾刻着：藏經閣。

　　‧　‧　‧　‧　‧　‧　　三　　‧　‧　‧　‧　‧　‧

　　文蝶與明識和唯識師太商議首席神器的保安措施、文蝶的臨時宿舍等事項後，走出神器山莊已是下午茶時間。錢滿山約她在九龍的一間五星酒店的茶室會面。

　　二十分鐘車程，文蝶到了，她在侍應的引領下走進包房。

　　錢滿山與昨天一樣的着裝，西裝革履，坐着喝茶領帶也保持嚴謹，文蝶不由自主進入女兒面對嚴父應有的氣氛。然而就在昨晚的第一次見面相認，全程都是父親的歉意。

　　文蝶：「父——親。」

　　錢滿山：「乖女，坐。」

文蝶聽到「乖女」兩字，尷尬而又充滿溫暖地坐在父親對面。

錢滿山：「從今往後我們兩父女獨處，你可以隨弟弟們的稱呼，直接叫我 Dad。我周詳考慮了，渡過當前難關再公開相認，目前對你弟弟們、甚至我太太，都不適宜公開，這是確保渡過難關的關鍵。雖然我昨晚已經着重說過，請你體諒父親的嘮叨。」

文蝶：「理解父—親—Dad 的思慮，可是 DNA 鑑定不是錢太經手的嗎？」

錢滿山沒有回應文蝶所問：「總之她不知道我已經與你相認。」他馬上轉移到主題：「與神器山莊談得如何？」

文蝶詳細說了一切，既像下級向上級匯報，又像兒女向父親交代。

錢滿山：「乖女辦事果斷又細密，做中醫師屈才了！」

文蝶：「我有信心驅動首席神器，但最終要倚靠神氣少年，紫荊少女師從神器山莊，難蛋仔是我繼子，我應該請得動他們幫助。」

錢滿山臉露一喜一憂：「我調查過你，怎麼嫁給離婚帶着孩子的滅蟲漢？」

文蝶：「是『假結婚』，我純粹為了留港尋找您……」

錢滿山看着幾乎要滴淚的文蝶，感嘆道：「委屈乖女了，Dad 對不起你，對不起你母親！」

文蝶：「您別說了，昨晚回家每每想起您情真意切地說對不起，我都會感動，睡不着，女兒現在不想哭。」話雖如此，文蝶依然湧動着幸福淚水。

莊家大宅。

莊老太想不到女兒會爽快答允轉移首席神器一事。

莊老太哪裏知道家傳的「明」字神器已經失而復得，更想像不到女兒夜以繼日地練習開啟神器。

莊瑾讓人神不知鬼不覺的奪回「明」字神器，在地下室與睽違幾個月的神器面對面，一頓無形之力持續吸引她身心，墜入這個自小接觸的銅鑼。那天她愛不釋手撫摸神器，忽然看見內圈若隱若現《政壇猛進大法》！她對錢滿山在香港政壇的造化恍然大悟。

隔天她就去探監甘峰，請求傳授開發秘訣。回來後立即開始練習，很快成功開啟「明」字神器。父親畢生未能開啟的家傳神器，被她開啟了！喜悅之情無以言狀的時刻，一隊黑蟑螂緩緩出現在神器熒幕，自小害怕蟑螂的她竟然未被驚嚇。接着一串串黑虱湧現，她也視若無睹。隨着練習的深入，幾隻老鼠拱出頭來⋯⋯她如被迷惑，夜以繼日在神器室練習。

這些天，神氣少年一如往常，放學後集中在莊家花園操練。紫荊少女成功驅動衣服紫荊葉圖案作武器，並愈來愈得心應手，羨煞三位同伴，三人躍躍欲試。神器山莊很快為三人分別訂製了神槳、音符和港式小食圖案的服裝。

一個晚上，莊瑾在地下室練習，神氣少年則例行轉至神器室門前操練，四少年同時發動首席神器，能量源源不絕遵從各人指揮穿梭於東南西北，天上地下。小食王子特別心急，想要搶三人之先，驅出衣服圖案中的港式小食，他暗自思考：「將神器能量發到廚房，調出真實的小食，看看效果如何。」他想到就做，雙掌運滿能量循玻璃窗口推向廚房，除了調出小食，更意外看見充斥鼠虱蟑螂的「明」字神器！他大叫一聲，「收功！」然後跌坐在地上。

其餘三人先後收功圍上來，三人聽畢小食王子的話後都臉露疑惑。

莊家地下室與廚房地庫相連，其時莊瑾也在操練，首席神器的能量衝擊了「明」字神器，「明」字神器如電腦被強行關機。

莊瑾走出地下室，走到神氣少年面前，聽完小食王子的匯報，說道：「這不奇怪，神器山莊不是早就偵查到魔蟲幫在莊家附近活動嗎？大家要提高警惕。今晚就練到此，早睡早起。」

神氣少年齊聲應是，收隊回屋。

沖涼之前，小食王子對同伴說道：「莊瑾姐姐這幾天都關在地下室？有什麼事嗎？」

龍槳少年：「我不知道耶。」

小食王子：「我總覺得莊瑾姐姐這幾天怪怪的⋯⋯」紫荊少女止住小食王子的話，說道：「還是我們能力不足，致使到手的『明』字神器被不明人士搶走，我理解莊瑾姐姐的心情。」大家紛紛表示要勤加操練，早日為莊瑾取回家傳神器。

回房的莊瑾輾轉反側睡不著，她操練「明」字神器好幾天，除了穿梭蟲鼠之間，未能有新發現，多次聽到老鼠的要求撤走首席神器的聲音，現在更可能被神氣少年發現自己私藏「明」字神器⋯⋯

第二天早晨，需要早出門的莊瑾與準備上學的神氣少年一同吃早餐。莊老太感覺到氣氛有點怪異。女兒一直在思考，小食王子、龍槳少年和粵歌公主則一改往日的活潑，只有紫荊少女一如既往靜如禪修。女兒匆匆食完出門，神氣少年也離開上學去了。

之前數天，莊老太日間在神器山莊做義工，不知家裏發生什麼事，早餐後她鮮有地向管家連姐詢問女兒近況，被告知女兒近日經常將自己關在地下室，莊老太一臉疑惑⋯⋯

及至午後，神器山莊代理住持唯心致電莊老太，哈尼宗寨決定由文蝶取回首席神器，轉至神器山莊保管，心事才得以寬解：「應該是瑾兒提前知道消息，為此煩惱。」

此時莊瑾正好回家，莊老太小心翼翼地向她轉告文蝶要取回首席神器事宜，不料女兒高興回答：「好！什麼時候？」「明

天。」「很好！我明天等她。」

還未等老莊太反應過來，莊瑾又向地下室走去。

次日是星期六。清晨，莊老太在廚房與飯廳之間來回，管家連姐更是早起，打點廚工做早餐。

神氣少年今天起隨首席神器搬到神器山莊。

晨早起牀張羅，未曾停下來的莊老太，數度從客廳走往少年少女們的房門口，但她沒有按響任何門鈴，只是漫無目的地走。

紫荊少女、粵歌公主、小食王子、龍蔡少年依次進入客廳。莊老太終於露出今天首個笑容，迎上前招呼神氣少年。

紫荊少女和龍蔡少年快步上前，一左一右挽着莊老太走向飯桌。小食王子尖聲高呼「莊婆婆早晨！」的同時，箭步跑到座椅。五人落座後，莊老太慈目停在坐於邊位、一直沒作聲的粵歌公主，見她眼角掛着一滴小淚珠，連忙叫她坐到自己鄰座。

莊老太一邊為粵歌公主拭淚，一邊問道：「什麼事，想媽媽了？」

粵歌公主：「莊婆婆早上好。我上星期看過媽媽，媽媽很好。」

「有什麼心事？告訴莊婆婆。」

粵歌公主依偎於莊老太身旁，哭出聲來：「我捨不得莊婆婆……」

莊老太感動得醞釀着淚水，她強忍不讓淚奪出眼眶，右手環抱粵歌公主小纖腰，說：「好孩子！莊婆婆也不捨得你們，莊婆婆在神器山莊可是有宿舍的，我不會與你們分開。」

粵歌公主和小食王子齊聲道：「真的嗎？」

紫荊少女和龍蔡少年齊聲說：「真的，莊婆婆經常住在神器山莊呢。」

粵歌公主破涕為笑。

莊瑾進入飯廳，神氣少年的笑聲戛然而止。仍然笑着的莊老太嗅到尷尬，吩咐上早餐，將氣氛活躍……

文蝶、明識和唯識師太剛好在莊家早餐結束時來到。莊瑾在前，神氣少年簇擁着莊老太走出玻璃屋，會合文蝶三人，走到神器室。

莊瑾開門前對文蝶說：「請出示甘醫師的親筆信原件。」

文蝶連忙從手提包掏出甘峰和哈尼宗寨的信件：「是我疏忽了，以為電郵附件就完事，對不起。」

莊瑾沒說話，拿過甘峰的書信，看完後說：「這信是峰哥寫給我的。」她疊好書信放入自己的公事包。

文蝶笑道：「是的，是的，請原諒我的大意。」

莊瑾開門，與文蝶一同進入神器室，取下首席神器之前，莊瑾輕聲附在文蝶耳邊說：「想盡量留住峰哥的東西吧？」文蝶無言以對。

兩人很快走出神器室，文蝶雙手捧着首席神器，一邊向莊老太和莊瑾連聲致謝，一邊走向神氣少年的車子。

神器山莊今天首先安排護送首席神器到寺，接着會來接走神氣少年。神氣少年們目送車子離開後，在莊老太和管家連姐的帶領下回房間收拾行裝。

兩位師太再次開車進入莊家大宅時，神氣少年已經收拾完畢，在等待。莊老太原本打算一道去神器山莊，協助少年們安置新居；無意中看見女兒的車子未出門，詢問連姐得知女兒又去地下室了，莊老太很是擔心，決定留在家裏。

神器山莊將臨時神器室左邊連着的三間空置庫房改裝作宿舍，紫荊少女和粵歌公主同住一間、龍獎少年和小食王子同住另一間，文蝶一間。背後大草坪理所當然成為了神氣少年的操練場地。

當晚文蝶和神氣少年開始了神器山莊的第一宿。

這個夜晚，莊家大宅很寂靜。莊老太三番四次在已搬走的神氣少年房門前和地下室入口附近踱步。午飯時間女兒準時出現飯廳，令她懸着半天的心稍為安穩。飯後女兒開車外出了，晚飯前回家，飯後如常回房，莊老太則安心早睡去了。

午夜，身穿運動服而非睡衣的莊瑾走出房門，輕步走到母親房門前，稍稍留步後離開，走下地下室。

莊家大宅內外一樣寧靜，保安崗亭內人影晃動，走出崗亭環繞玻璃屋巡邏的保安，每一步都似悄無聲息。

隔鄰藍屋五樓，崔水率領的魔蟲幫憑窗一覽無遺莊家今晚的寧靜。

魔鼠之將：「幫主，近一時了，神氣少年仍未見影蹤，『通』字神器既沒首席神器信息，連『明』字神器內的魔蟲也聯絡不上？」

崔水：「別急，只要這女人啟動『明』字神器，必有反應！法師在『明』字神器種下的蟲鼠聽我指揮！我要休息一會，有反應叫我。」

魔蟲四將齊聲：「遵命」。

莊家地下室裏面，莊瑾從神器保管箱取出一串銀針，是甘峰開啟神器所用的銀針。她右手五指捏緊其中一根，輕擊銅鑼周邊，一圈一圈的敲向圓心，奏響《光輝歲月》……她那天向甘峰討教，甘峰問她想要從神器獲得什麼，才能針對傳授秘訣，她支支吾吾地沒敢明說，說只要奏樂開啟就可以，甘峰就給她傳授了以粵語歌曲開啟神器的法門。她首次用情歌《偏偏喜歡你》就啟動了神器，然而此後多首情歌都未能激發出她想要的《政壇猛進大法》，反而引出愈來愈多的蟲鼠。她反覆奏響不同類型經典：《紅棉頌》、《風的季節》、《一起走過的日子》，均是只出現蟲鼠；直至奏響《光輝歲月》，蟲鼠堆裏《政壇猛進大法》一閃即逝。遺憾的是每當奏響《光輝歲月》，《政壇猛進大法》都只是短暫閃現。

今晚仍然如此⋯⋯莊瑾陷入苦無寸進之煩惱，隔鄰藍屋五樓的魔蟲幫主崔水在「通」字神器內洞悉了一切，下令收隊。

第二天，崔水向九龍皇子和魔蟲法師匯報意外發現：首席神器昨晚不在莊家神器室。他又呈上一連幾天用「通」字神器探測到，莊家的莊瑾獨自一人操練「明」字神器，數次奏出《政壇猛進大法》一閃即逝的照片。

眾人不得要領，即時連線陳校長召開網絡會議。

陳校長一語道破：「她要效法錢滿山！」

陳校長問魔蟲法師：「法師可否助她開啟《政壇猛進大法》？」

魔蟲法師：「可以。」

陳校長：「我有一計⋯⋯」

陳校長再次「如此這般」一番，眾人依舊「妙計妙計！」

　·　　·　　·　　·　　·　　六　　·　　·　　·　　·　　·

文蝶成功掌管首席神器，並取代莊瑾成為神氣少年支援隊隊長。錢滿山第一時間約她，共同制定了驅除滿福飲食集團旗下酒樓、餐廳、麵包店的魔蟲計劃。

文蝶近日在醫館下班後，即往神器山莊，常常夜不歸宿，引起了隔鄰陳校長的注意，派偵探調查後，他懷疑首席神器已移至神器山莊。

一天，他約了文蝶吃午餐。

這是一間在峰蝶堂中醫館附近的新式餐廳，匯集港式點心和日式套餐元素。陳校長從平凡那獲得認知，此類輕型新式餐廳衛生無蟲，所以自餐廳開張就成為常客，他訂了私隱度較高的餐枱，等待文蝶。

走進餐廳的文蝶，顛覆了陳校長既有對她的感觀：她剪掉了及腰長髮！穿起了牛仔褲！文蝶落座，給他斟茶後，陳校長才確信她是文蝶。

文蝶：「幾日沒見，表叔氣色和而澤沛。」

陳校長：「是你傳的『禪座』功勞。看看我舌象。」

陳校長張嘴伸舌，不用文蝶提點，舌面舌底舌兩側伸展。

文蝶：「胃腸功能都正常了，每天有大便並成形吧？」

陳校長：「是的。文蝶你必定快將成為名中醫。」

文蝶：「表叔抬舉了，香港中醫界藏龍臥虎。」

陳校長品一口茶，一下子回復學究氣質。品着品着，令人猝不及防地問：「在莊家寄存的首席神器轉移至神器山莊了？」未及文蝶回應，他續道：「是雞蛋仔無意中說的。我問清楚，只是因為擔心首席神器安全，不想甘峰表侄有負哈尼長老們重託。」

文蝶：「是轉存神器山莊了，是哈尼長老們知會了峰哥之後，委託神器山莊執行的。」

陳校長：「是由神器山莊代管？」

文蝶不加思索答道：「是的。我應神器山莊要求協管，空餘時間就去。」

午餐結束，道別陳校長回到醫館，文蝶對着牆壁的寬鏡子打量自己，發現自己變了。

每天下班，文蝶都前往神器山莊，時而獨修，時而與神氣少年一起操練。她首先操練甘峰傳授神氣少年的「融水禪修」；她選定與甘峰同款的灸針，以擊鑼奏樂開啟神器，母親教授甘峰《銅鑼密語》的要訣使她突飛猛進，很快被神器山莊稱讚已達到甘峰水平。

紫荊少女已經練至可以隨心所欲聲念「五恒神氣」來驅動衣服上的花葉圖案，龍槳少年、粵歌公主和小食王子也在加緊練習。

這兩天的新聞突然熱炒——滿福飲食集團位於沾冬新開張的酒樓鼠滿為患……

文蝶答應父親以神器幫助消滅魔蟲的同時，推薦了平凡。

平凡雖然不能消滅魔蟲魔鼠，在文蝶的幫助下重新獲得滿福飲食集團部分分店的滅蟲合約。平凡進取地對未發現魔蟲魔鼠的分店開展預防，十分遺憾的是連沽冬新店都失守。

文蝶每天與父親交換信息和意見，父親雖然沒有催促她行動，但她充分的感受到父親焦慮的程度。

文蝶決定行動。她於是召集神氣少年和神器山莊的兩位師太開會。

文蝶：「為了龍槳少年、粵歌公主和小食王子的操練，我請求哈尼長老們查閱了大量哈尼宗寨珍藏典籍，尋獲一法：在對抗魔蟲魔鼠的爭戰中訓練，是成就神氣的大道。當前滿福飲食集團港九新界均有分店被魔蟲魔鼠入侵，正是神氣少年建功惠民的機會！」

兩位師太贊同，神氣少年戰意高漲。

文蝶召來平凡，與兩位師太一起制訂了守護神氣少年出戰魔蟲幫方案。

沾冬

戰魔鼠

根據平凡的專業建議，行動時間選在週一晚上酒樓打烊之後，因為沾冬各大商廈該時段較為人稀。下個星期一，滿福皇家酒樓正好沒有宴席，在文蝶的佈置下，該酒樓接到從滿福總部下達準時打烊的通知。

　　神氣少年趁着星期日放假，由平凡充當嚮導踩點。明識和唯識師太與紫荊少女和小食王子同車，平凡、文蝶、龍槳少年和粵歌公主同乘另一車，開往沾冬。首席神器安放在紫荊少女和小食王子乘坐的車上。平凡是這個時段的主角，他以內部智能通訊，指揮兩車慢駛於沾冬各街道，現場介紹各商場、各大小食肆及橫街後巷，文蝶充當司機。

　　平凡：「沾冬有南北兩道天橋連接兩個不同區域，前方是北天橋，神氣少年探測到的魔鼠其中一個據點，就在這天橋扶手電梯後的地下水道。」

　　龍槳少年：「是平凡叔叔帶領我們找到的。」

　　文蝶補充：「是神氣少年和平凡叔叔共同努力的結果。」

　　平凡繼續：「我們正繞行在沾冬最外圍街道。這裏有兩間酒店，都有嚴重鼠患，由於均是簽約大型滅蟲公司，鼠患尚可控制，但是不免成為了周邊商場食肆老鼠互通的重要處所。」

　　紫荊少女：「『鼠患尚可控制』是什麼意思？平凡叔叔，下個月我家要來這飲喜宴呢！」

　　平凡：「消滅不了酒店內老鼠，也限制不了外來老鼠，只能夠將老鼠控制在廚房天花等暗處，限制老鼠走出客廳等公眾場所擾客。」

　　小食王子：「紫荊師姐別出席，免食得噁心！」

　　一陣笑聲過後，平凡繼續：「現在開始繞行的是『T』型三條短街道，可以理解成沾冬內二環，每街都有一個大型商廈，首三四層是商場，高層是高級寫字樓。商場以時裝和金飾店為主，面向遊客，佈滿中式酒樓、日式料理、各式快餐。大白天也常見

老鼠出沒。」

粵歌公主：「太恐怖！以前我還在這報讀過音樂班，若早知道打死不來。請問平凡叔叔，您說過香港早就引入技術先進歐美跨國滅蟲公司，食環署專門設有蟲鼠組，為何沾冬這都市地標仍然鼠患嚴重？」

平凡：「粵歌公主提出了個大問題。我曾經向某報社記者以四個字回答了這個大問題，是『各自為戰』！」

粵歌公主：「太深奧，還是不明，不想了，過⋯⋯」

兩車開至沾冬中心，平凡繼續講解：「沾冬內環是三條老舊街道，是沾冬老鼠大本營。有一個大商場和兩間酒店，與二環一樣有各式食肆，還有兩個露天停車場。商場地庫、樓頂設施房、商場天花（特別是酒樓）、地下水道均是老鼠巢穴。滿福皇家酒樓位於這座商場地下負一至負三層。內環與二環之間有南北兩個休憩公園。」

平凡專門駛到兩個公園交匯處的垃圾房前街。

小食王子急不及待向大家報告：垃圾房內的下水道是另一個魔鼠巢穴！

載著神氣少年的兩輛車繞行數次，拍下相關地點照片後，回去神器山莊。

．　．　．　．　．　二　．　．　．　．　．

魔蟲法師傳法魔蟲幫，以魔性蟲鼠成功吸引莊瑾沉迷探秘《政壇猛進大法》，又向九龍皇子進言，以幫助莊瑾開啟《政壇猛進大法》，誘其合作，用其神器。經過陳校長的精密策劃，展開行動。

魔蟲幫在這個行動計劃中，除了負責繼續監視莊瑾及其「明」字神器，崔水更被九龍皇子委以重任，代表九龍皇子行宮執掌「通」字神器，參與法器教在港引入「萬年鼠妖」。

魔蟲法師誇言將要引入萬年鼠妖，是《西遊記》中被孫悟

空擊斃的妖魔錦毛鼠的後裔。這是世界法器教今年制定的十年行動計劃，排名第一的項目，今有幸得到九龍皇子借出神器，魔蠱法師信心十足，力爭明年成功將萬年鼠妖引入香港。這意味着崔水將成為魔蠱法師之外，第二個可以駕馭萬年鼠妖的大師級人物。

崔水連續數晚輾轉難眠。他少年時代開始關注法器教，法器教在世界各大洲勢力之強大，他是十分清楚的；九龍皇子則是他的偶像，是他眼中的九龍土皇帝，手握兩面神器，鴻圖大展正當時。

他清楚意識到魔蠱法師和九龍皇子現在的結盟，是互相利用各有所圖，兩人都視擁有全部神器為目標，關係終有一日破裂。他必須選邊，不可能兩邊討好。

崔水現在九龍皇子行宮配有宿舍，一房一廳，經過數晚思考的他決心今晚選定邊。他爬起牀走出客廳，找出一枚硬幣，一面貼上「皇子」，另一面貼上「法師」。他嘴裏叼着香煙，用拇指與食指夾緊硬幣，將它拋向天花板。硬幣在煙霧中跌落地面，轉了幾圈後躺下，正面是「法師」。崔水對住硬幣深吸一口煙，撿起硬幣將「皇子」一面朝天，再次上拋，硬幣跌落地板，「法師」仍然正面面對他。崔水撿起硬幣，在指間數度兩面翻轉，然後雙掌將硬幣合蓋，前後左右搖晃，突然上拋。硬幣跌落，正面是「皇子」！

第二天早上，崔水求見九龍皇子。

皇子辦公室內，九龍皇子安坐大班椅上，崔水隔着辦公桌規矩地站在對面。九龍皇子翻看着智能手機，崔水耐心等待……

九龍皇子：「你建議本皇子親自掌握駕馭萬年鼠妖術？」

崔水：「駕馭萬年鼠妖能成就太多常人無法成就的事，崔水生生世世以皇子馬首是瞻，當然希望皇子掌握最高級的駕馭神器法術。」

九龍皇子：「好建議。」

崔水：「謝謝皇子！我還有一建議，請皇子否決法師在法

器寺引進萬年鼠妖，而是改在港島全球金融廣場進行。」

九龍皇子站起身來，崔水低下頭不敢與之平視。

九龍皇子：「說下去。」

崔水：「在法器寺，我們難以掌控。在全球金融廣場，皇子的掌控能力一定比魔蟲法師高出數倍。」

九龍皇子：「果然沒看錯人，本皇子賜你令牌！」

崔水跪地接過九龍皇子親授的一把銅鑼木槌。

九龍皇子：「令牌有駕馭法器神器咒語：一段九龍皇帝墨寶！」

崔水知道，駕崩已久的九龍皇帝，在九龍各處留下的墨寶，深藏開啟神器的密碼，世人無知才視作塗鴉⋯⋯他站起身在九龍皇子面前振臂大呼效忠。

·　·　·　·　三　·　·　·　·

莊家地下室，沒有了首席神器牽制，莊瑾依然擊敲不出「明」字神器內的《政壇猛進大法》。她致電錢滿山，重提合作，沒想到遭錢滿山斷然拒絕。她想去探望甘峰求助，但如果向甘峰和盤托出取回「明」字神器一事和她的真正目的，甘峰非但不會相助，還會壞了關係，畢竟他與首席神器關係深遠⋯⋯

百思不得其法之下，莊瑾接到了九龍皇子「尋求合作」的電話⋯⋯

·　·　·　·　四　·　·　·　·

沾冬。晚上十一時開始，大小食肆先後熄燈，正確說應該是熄滅大功率 LED 燈，小餐廳會全熄，大酒樓會保留部分小功率燈光。零售商舖已經關門，各家食肆職員邁着疲憊而快速的腳步消失於各個地鐵出入口。

載着神氣少年的兩輛車，分別停泊於兩個魔鼠集結地點附近，監察着魔鼠動態。

紫荊少女、小食王子與文蝶同車，由明識師太駕駛，停在北天橋出入口附近。龍槳少年、粵歌公主與平凡同車，由唯識師太駕駛，守在垃圾房對面。

十一時十五分，平凡一人下車，左穿右插抄近路走到滿福皇家酒樓大門口；背上了掛包在大門外等候的看更大叔，與他短暫交談後，交給他一串鎖匙，兩人揮手再見；看更大叔很快走下地鐵口，平凡回到車上。

接近零時，唯識師太的車開到滿福皇家酒樓門前停車場，明識師太的車撤離北天橋集結處，開到垃圾房對面接崗，因為這個魔鼠集結處與滿福皇家酒樓距離十分的近，以利截擊去滿福皇家酒樓增援的魔鼠。神氣少年這個安排，最重要的原因是首席神器在紫荊少女和小食王子的車上，而到滿福皇家酒樓滅魔鼠的，是龍槳少年和粵歌公主，他們要確保兩人開啟神器距離受限在方圓五百米以內。

零時正點，粵歌公主背着小結他、龍槳少年背上龍舟槳，隨平凡下車。粵歌公主穿一雙迷彩跑鞋，上下身是天藍色運動服，運動服上理所當然的印着音符和樂器。龍槳少年同樣穿着迷彩跑鞋，同樣藍色套裝運動服，不同的是運動服上印着的是龍舟槳。

唯識師太在車上為分頭行動的神氣少年居中聯絡。

滿福皇家酒樓裏面，甫進門，龍槳少年和粵歌少女就看見幾隻老鼠在大廳椅桌上下亂竄，兩人均辨出是普通老鼠，平凡點頭確認。負二層間隔着若干貴賓房，老鼠多得在每間房門口進進出出。

兩人緊跟平凡，跨步通往底層廚房的後樓梯。

粵歌公主雙掌匯合丹田，對龍槳少年說：「我感到了魔鼠氣息。」

龍槳少年眼觀六路，答：「我也感覺到了，沉着，按計劃行動。」

「是！」粵歌公主答。

下到底層，陣陣強烈的老鼠氣味撲鼻而來。平凡推開廚房門，第一時間找到總開關，「劈劈拍拍」按開所有燈光，但見群鼠亂舞！龍槳少年一眼就分辨出了普通鼠和魔鼠：咬食工作枱上肉類食品，鼠竄於大小炒鍋的是普通老鼠，而在一板之隔的點心部覓食的都是魔鼠。雙目微閉，意念「五恒神氣」的粵歌公主也感知了龍槳少年所見。

　　龍槳少年請平凡關上廚房門，然後說：「平凡叔叔，請看粵歌公主關門滅魔鼠！」

　　粵歌公主將小結他從後背轉至胸前，氣沉丹田，鶯聲念出「通明愛放和」彈奏出《英雄樹》，一道銳氣穿牆過壁聚集她的四周。平凡看見一道接着一道的藍色氣體在點心部的空間一圈一圈壯大，形成球體，嚇得退至門邊，他正要開聲稱讚兩少年，粵歌公主曲聲高揚，球形藍氣穿透點心部隔板，裏面即時傳出陣陣老鼠撕裂的慘叫。

　　沽冬垃圾站外的紫荊少女和小食王子，通過車上的首席神器直播，見到點心部的魔鼠屍體紛紛從天花板、點心籠、雜物架、雪櫃頂跌落……

　　緊接着，垃圾房鼠聲四起，無數碩鼠湧出！小食王子見狀，大聲道：「增援？休想！」他念動「通明愛放和」，各式點心彈出！每一件小食都夾帶一股綠色力量，垃圾站頓時鼠屍遍地……

　　魔蟲幫幫主崔水第一時間接收到沽冬魔鼠遇襲的信息。他當時正率領咕嚕和四魔將在港島全球金融廣場，佈局安裝引進萬年鼠妖的法器。他與魔鼠魔虱兩魔將，在全球金融廣場底層停車場的污水處理房；咕嚕與魔蠅魔蟑兩魔將，則在全球金融廣場內的頂層酒店。崔水率魔鼠魔虱兩將即時飛車過海，再電召咕嚕和魔蠅魔蟑兩將隨後暗中增援。

　　魔蟲幫漸近，垃圾站魔鼠再現，小食王子左右開弓再發小食擊殺……

　　首席神器顯示，北天橋的魔鼠已經列隊而出，沿着街邊靜悄悄往滿福皇家酒樓方向爬行。

　　紫荊少女與龍槳少年交換了戰況，得知滿福皇家酒樓的魔

鼠連同普通老鼠均被殲滅乾淨，決定讓龍槳少年和粵歌公主移師酒樓外面，等待殲滅魔鼠於酒樓以外。紫荊少女與小食王子則兵分兩路，文蝶駕車載紫荊少女去截擊北天橋魔鼠，小食王子則由明識師太陪同留守監視垃圾站的殘餘魔鼠。

今晚是月黑之夜，然而沾冬如同香港所有地方，燈光充滿街道，照耀當街而立的小食王子，他綠色運動服上的叉燒包、菠蘿包、乾蒸燒賣、絲襪奶茶等圖案，宛如長板橋上張飛的丈八蛇矛，一夫當關。

皇子滅蟲 1 號車駛近，崔水看清是神氣少年的小食王子！

崔水跳下車，魔鼠魔虱兩將下車分列他的左右兩側。崔水拉扯幾下打褶的衣領，揮舞印着「九龍皇子令」的銅鑼木槌發出魔鼠令：「九龍皇子令符在此，沾冬地頭我作主！」1 號車隨即飄出黑氣，周遭下水道魔鼠紛紛湧出地面，列隊於崔水腳前。

小食王子發出清腔純音：「神氣少年的小食王子等候多時了。」但見他雙掌會合丹田，口中輕念「通明愛放和」。

崔水經過上仗於山頂失敗，不敢輕易發動進攻，首先下令魔虱之將偵查周邊。

魔虱之將領命，戰戰兢兢繞過小食王子。

小食王子依然故我，崔水愈加狐疑，直至魔虱之將報告除了高個子尼姑，附近並無其他神氣少年成員。

崔水才開始奸笑：「嘻、嘻嘻，小朋友只剩下大尼姑在身邊？出招吧，使出你的臭點心！」

小食王子右腳邁前一步，崔水正要發動，小食王子連續後退數步。

崔水摸不着頭腦，探步向前，腳下黑壓壓的魔鼠給他讓路。

小食王子作勢攻擊，崔水揮起銅鑼木槌，不料小食王子又後退數步。

牽制魔蟲幫，為紫荊少女騰出更多時間，全殲北天橋魔鼠，最後全團會戰魔蟲幫，是神氣少年的臨場應變戰術！小食王子遲

遲不發動小食武器，是因為此處距離首席神器超過五百米，以他現時功力未能引發神器能量。

崔水終於看出了端倪，攪動銅鑼木槌，惡狠狠念咒：「九龍皇子令符在此，沾冬地頭我做主！鼠輩向前衝！衝！！衝！！！」

頓時，魔鼠夾帶黑氣，黑氣推着魔鼠，撲向小食王子！

情急之下小食王子雙掌前指，朗聲而出：「通明愛放和之小食武器！」一道綠光從1號車閃出，在滿街黑氣中衝開一條綠色通道，聚集小食王子面前。崔水雙腳微震，小食王子大喜，再次朗聲發動：「小食武器出列！」但見菠蘿包、雞蛋仔、絲襪奶茶等等各式地道小食排列綠色能量光線之中。小食王子已經明白了，綠色能量是他開啟了1號車內的神器所發出。他思想這綠色能量畢竟來自1號車的神器，沒有運用自如的把握，所以即使亮出了武器，暫未進攻，繼續後退。

崔水忍不住了，從車上發出更多黑氣，推動魔鼠攻擊小食王子。

小食王子唯有迎戰：「小食綠能量進攻！」

各式小食如炸彈在地上開花。衝在前面的魔鼠傾刻倒地不起，前端黑氣轉換成了綠色。崔水加速搖動銅鑼木槌，幾股更大更黑之氣與魔鼠同時衝擊綠色氣團，小食王子繼續召喚小食，叉燒包、乾蒸燒賣等彈無虛發，擊退崔水的第二波進攻。

崔水發現小食王子的首次小食源自他的背包，第二次源自站在街邊尼姑的小掛包，由此判斷他的小食武器將無以為繼，緊接着發起第三波攻擊。

果然，小食王子雖然勉強擋住了第三波攻擊，但各式小食數量大減。

崔水哈哈大笑：「小孩子快快回家吃奶去，我的魔鼠將佔領全沾冬！」

小食王子只是作出進攻態勢，崔水還是不敢讓魔鼠接近他，而是指揮魔鼠繞道撲向滿福皇家酒樓。

小食王子環顧四周，原來已經退到了二環街道，兩邊街舖有多間酒樓、小食店和茶餐廳。他靈機一動，將綠色能量發向街舖食肆，意念「通明愛放和」，朗聲「小食武器出列！」只見無數小食從四面八方聚集他身邊。

「小食綠能量進攻！」密集小食如核彈頭，在綠能量推動下直擊崔水，嗆啷幾聲，先是魔虱之將倒地，後是魔蟲幫主連人帶銅鑼木槌倒地！黑氣頓消，地上的魔鼠銷聲匿跡。

小食王子適時撤功，回收各款小食，明識師太配合提起開口背包……然而回撤的小食卻沒遵循他的指揮進入他倆的背包，而是紛紛落在他的身上，隱入他穿着的套裝運動服的小食圖案裏面——神氣初成！

小食王子控制着內心的欣喜，冷靜盯着目瞪口呆的魔蟲幫主！

小食王子再度意念「通明愛放和」，高呼「小食武器出列！」

身上運動服的小食圖案井然有序彈出相應小食，列隊主人的四面八方。

正在此時，皇子滅蟲2號車駛到，咕嚕和魔鼠之將跳下車，扶起魔蟲幫幫主，接他到2號車療傷。

魔蟲幫幫主壓低聲音說：「我和魔虱之將受傷，咕嚕開1號車，魔鼠之將開2號車，撤退。」

咕嚕：「幫主，我為你報仇！」

魔蟲幫幫主來不及阻止，咕嚕閃電般從僧袍內取出法器銅鑼及木槌，敲響詭異之音，濃烈黑氣從1號車的車廂滾動而出，直逼小食王子！

小食王子「神氣初成」的瞬間，看見1號車內有「通」字神器，決心為甘醫師奪回！只見他雙掌直指1號車，朗聲命令：「小食綠能量，進攻！」

1號車門被衝開，「撕」的一下金屬切割聲，小食王子回撤

帶出一面銅鑼。當咕嚕回過神來，「通」字神器已經到了小食王子手上！

咕嚕驚嚇得癱在地上！

小食王子控制不住興奮，抱着明識師太慶祝，沒有留意到魔蟲幫的變化。

鋼箱被小食王子的能量震裂那刻，驚魂之中的魔蟲幫幫主看到一隻錦毛小鼠妖從「通」字神器跌出車底，他命魔鼠魔虮之將掩護，忍痛爬入車底，瞞着咕嚕，活捉錦毛小鼠上了他的1號車。

清醒過來的咕嚕走到崔水前，「撲通」一聲跪下。

咕嚕：「請求幫主，趁着小食王子外援未到，我倆聯手攻他奪回神器！」

崔水暗中算計，丟掉「通」字神器，咕嚕該負最大責任，他希望可以憑藉意外催出的錦毛小鼠妖，抵消失責。所以雖然崔水自知不敵，仍想作最後一擊，命令魔鼠之將駕2號車直撞小食王子，他自己於車內配合咕嚕敲響法器。

發狂般的咕嚕搖動銅鑼木槌，聲嘶力竭大叫：「法器教令牌在此，召集沾冬全部魔鼠！」

兩人果然發動出兩股黑氣，助力2號車衝向小食王子！

忽然無數紫荊花與葉飄落，如一道銅牆鐵壁阻擋2號車前進，並將黑氣化形無形！崔水急忙命令撤退，1號車秒逃而去，2號車掉頭，咕嚕跌跌撞撞上車後逃離。

紫荊少女掃除了北天橋進軍滿福酒樓的魔鼠，會合龍槳少年和粵歌公主，馳援小食王子來了。

三少年看見小食王子胸口掛着一面銅鑼！一圈圈綠色能量圍繞着他，各式點心或追擊逃竄中的皇子滅蟲車，或痛擊地上殘餘魔鼠……

明識師太興奮的給三少年報喜：「小食王子『神氣初成』，成功驅動衣服圖案作武器！奪回了『通』字神器！」

隨着地上的最後一隻魔鼠陣亡，小食王子清亮一聲「小食回收！」圍繞他四周的叉燒包、乾蒸燒賣、絲襪奶茶等快速有序回歸他的身上，隱沒於他的衣服圖案。綠能量如一股氣流如貫回歸「通」字神器銅鑼。

小食王子張開雙手，接受三位同伴的祝賀⋯⋯

合作

莊瑾與九龍皇子

神氣少年將「通」字神器交予文蝶，放神器山莊保管，徵求了甘峰和莊瑾的意見後，就將其作「物證」上交警方，以便甘峰上訴。

　　連續兩面神器從自己手上被神氣少年奪去，咕嚕逃離沽冬後就第一時間致電師傅魔蟲法師。

　　魔蟲法師與陳校長今晚同被九龍皇子召見開會，會議仍在進行中。魔蟲法師平靜地聽完咕嚕報告後，以文字信息吩咐他親自向九龍皇子報告。

　　咕嚕戰戰兢兢撥通九龍皇子電話。九龍皇子的反應讓他不安，皇子只說了聲「知道了。」就掛了電話。

　　今晚，九龍皇子第一次不在九龍皇子行宮召開會議，而在世界金融酒店。

　　之前崔水向九龍皇子表忠，進言引進萬年鼠妖的地點由法器寺改在全球金融廣場。九龍皇子接納，並向魔蟲法師表明他要直接參與，及委任崔水為項目總監。魔蟲法師無奈遵從。

　　皇子滅蟲公司前身香江殺蟲，十年來一直是全球金融廣場，包括世界金融酒店的滅蟲服務商，便利崔水推動項目提前展開。他們長租了酒店相連套房作項目指揮部，今晚是三盟會首次在指揮部開會。

　　九龍皇子急召開會，原因是晚飯後他接到莊瑾同意合作的電話。會議進行的同時，魔蟲法師通過其法器直播崔水、咕嚕馳援沽冬魔鼠的過程，崔水及其魔鼠最終敗陣，令三人對於引入萬年鼠妖更感迫切，「通」字神器被孩童隔空探囊取物般奪回，幾令九龍皇子跌坐椅背。

　　全程觀察着九龍皇子臉部表情的魔蟲法師，聽取完咕嚕的報告後，一改上次為咕嚕求情時的低聲下氣，不慌不忙地說：「魔法功力也如塵世功法不可一蹴而就，皇子請別心急，您剛才也看見從『通』字神器跌出的錦毛小鼠，那是本法師在獅子山搜尋到的錦毛鼠後代，投放入『通』字神器培訓已有些時日了，正

常情況是要請來本教魔法堂法師，經過九九八十一天作法，才能將其妖性逼出；現今鼠妖意外出世，乃天助皇子……」

魔蟲法師忽張忽馳地講解如何利用這隻錦毛小鼠，加快誘使萬年鼠妖重現人間……

看到九龍皇子漸漸回復挺腰正坐、目空一切的常態，魔蟲法師堆起恭敬，為咕嚕開脫道：「皇子請放心，『通』字神器內還有另一隻錦毛小鼠，此鼠唯一聽令本法師魔槌，神氣少年目前駕馭不了『通』字神器。」

陳校長幫腔道：「法師，這麼個情形，『通』字神器和錦毛小鼠豈不是成為了我們埋伏於神氣少年裏面的內應？」

魔蟲法師：「正是！且讓我慢慢證明給皇子看……」

九龍皇子：「本皇子用人不疑，疑人不用，完全相信法師的實力！」

·　·　·　·　·　·　二　·　·　·　·　·　·

咕嚕又一次躲過危機。第二天，他被委派代表魔蟲法師跟隨九龍皇子與莊瑾會談合作事宜。

會談地點安排在世界金融酒店、三盟會租下的套房。午飯後，九龍皇子在崔水和咕嚕陪同下等候。臨近約定的時間，九龍皇子接到莊瑾電話，她提出轉至酒店低層某房，並只可由他獨自赴會，九龍皇子爽快應允。九龍皇子結束電話後自言自語：「這男人婆有意思！」他吩咐手下安排暗中守護赴會的房間後，獨自前往。

九龍皇子輕敲房門，莊瑾於房內致電他可直接開門內進。

這是一間商務套房，光線充沛。客廳擺設一小圓桌，面對門口坐着的莊瑾起立，微笑看着九龍皇子進入並隨手關門，她左手指向自己對面的椅子，嫣然有禮：「請坐」。

莊瑾：「勞動皇子移駕，抱歉！」

九龍皇子：「莊小姐單身赴會，不愧女中豪傑！」

莊瑾：「神器家族中事，那容外人參與！」

九龍皇子：「說得在理，佩服！」

莊瑾：「不過，神器家族面臨被取代。」

九龍皇子：「『神氣童聲，從神器開發出神氣』可是真的？」

莊瑾：「難道這還是假的嗎？連甘峰都放棄了。」

九龍皇子：「但是你不放棄。」

莊瑾：「當然！還有你。」

九龍皇子：「爽快，我說過我可以幫你開啟《政壇猛進大法》，條件是你助我全奪神器，當然你永遠擁有『明』字神器使用權。」

莊瑾：「我不管你全取神器的最終目的，但我必全力助你！我還要你九龍皇子集團助力實現我政壇猛進！」

九龍皇子：「正合我意，你我同為神器家族，深度合作是宋端帝的遺願！」

莊瑾：「我要提醒皇子的是，神器的控制權正在轉移到神氣少年手上，據說這是神器的初始設定，我擔心你就算全取神器，也駕馭不了。」

九龍皇子哈哈大笑：「神器被種入魔蟲魔鼠負能量後，神器就聽命於我九龍皇子！這是我與法器教合作的原因。」

莊瑾起立，斟了兩杯滿溢紅酒，兩人碰杯暢飲……

小鼠妖潛入警署

這天早上，文蝶、平凡在神氣少年和明識與唯識師太護送下，將「通」字神器運送到 1 號警署門口，神氣少年目送文蝶和平凡攜同神器走進了警署，即與兩師太泊車於附近。

為了證實這面「通」字神器銅鑼是真正的「通」字神器，是案發日在宋皇閣被偷走的銅鑼，以利甘峰上訴，甘峰提出現場開啟神器以驗證。警方經過特別申請，獲接納在 1 號警署進行。

警方「神鼠組」顯然十分尊重甘峰的「神話表演」，將場地設在會議廳。

一張由多張小桌拼砌而成的長桌擺設於會議廳其中一側，更顯會議廳的寬闊。「神鼠組」組長徐沙展坐其中一端正席，兩側分別是文蝶、平凡。另一端正席椅子空着，「通」字神器銅鑼放在空椅前方的桌面，兩側分別坐着「神鼠組」探員海豹和黑妹。

眾人落座後，兩名獄警帶着甘峰進入，莊瑾跟隨在後。文蝶站起離座正欲趨前問候，見到莊瑾快步走到空椅背擺弄，就緩緩坐下，搜尋與峰哥眼睛交匯的機會。在獄警幫助打開手鐐的短暫時間，兩人終於四目相交，甘峰感覺到了文蝶更豐富的多愁善感，文蝶看到峰哥自信依然，明顯長胖……莊瑾站在甘峰身邊。

這時有警員將有標籤證物編號的另一面銅鑼送入會議廳，擺放於徐沙展面前，那是甘峰涉嫌教唆平凡在宋皇閣盜竊的「通」字神器證物。兩面銅鑼的大小、形狀、色澤完全相同。

徐沙展問甘峰：「甘峰，準備好了嗎？」

莊瑾遞給甘峰一串銀針和一瓶蒸餾水。

甘峰：「準備好了。」

甘峰喝了兩口水，第三口水含而不咽，挺胸，雙眼微閉……兩手各挾一根銀針，點擊「通」字神器，奏響《將軍令》……

莊瑾表示口渴，離開位置走到了一角的茶水間，一邊喝水一邊玩電話。

曲終，銅鑼紋絲不動。

海豹嘴角微笑，徐沙展和黑妹則展現出耐性，神情期待……

甘峰稍作沉思，再挾銀針奏響《萬馬奔騰》……曲將終，銅鑼依然紋絲不動。

黑妹發出了一聲冷笑，恰在此時，銅鑼泛起一層烏雲，驚變了甘峰臉色，令他彈出最後一個音符之前收手停奏。多人離座前來圍觀，他們看見銅鑼內圈的烏雲中心，探出一個血色鼠頭，彈開了甘峰手中銀針，一隻血頭黑毛老鼠飛竄而起，在眾人驚嚇聲中逃去無蹤！

在茶水間的莊瑾，通過手機通訊軟件向九龍皇子發出信息：「成功。」

甘峰又一次中了九龍皇子陷阱。

魔蟲法師為了引誘《西遊記》裏面的萬年鼠妖現世，在「通」字神器種入了兩隻鼠妖後裔訓練，期待成功催出後，再用來引出萬年鼠妖，到時有無限的魔法操作……

那天深夜沽冬之戰，小食王子啟動「通」字神器，無意中幫助魔蟲法師提前催出其中一隻小鼠妖，完全聽命於他，令他大受鼓舞，向九龍皇子保證：只要神氣少年再啟動「通」字神器，必然催出另一隻小鼠妖，並同樣聽命於他。

當莊瑾傳來秘密消息說「通」字神器將交予警方，魔蟲法師更是大喜，小鼠妖深潛警署，不但可以避開神氣少年，更有利操控小鼠妖進行各種操作。

於是有了今天莊瑾與九龍皇子合作首秀。

其實，九龍皇子今天一大早就帶上自家「放」字神器，率領魔蟲法師和魔蟲幫，分別泊車在警署四周。當他們發現只有文蝶和平凡陪同「通」字神器進入警署，而神氣少年留在附近停車場，九龍皇子吩咐各車做足隱蔽措施，避免神氣少年發現。

與九龍皇子同車的魔蟲法師禁不住興奮地對他說：「莊小姐信息準確，我最擔心甘峰因接受了神器的『神氣童聲』設定，

不再保持原先的開啟神器功力，現在可以放心了，有神氣少年助他，第二隻小鼠妖今天必將出世！」

為免「放」字神器被發現，九龍皇子在魔蟲法師建議下暫時運走神器，必要時再運來。事情發展與魔蟲法師推測的完全一樣，甘峰奏響《萬馬奔騰》，樂曲半程仍未能開啟「通」字神器時，在附近的神氣少年發動了首席神器助力……

九龍皇子收到莊瑾「成功」信息，魔蟲法師和魔蟲幫即時發動魔蟲法器攻擊神氣少年，神氣少年果然中計，停止助力甘峰開啟神器，迎戰魔蟲幫……

1號警署會議廳，「神鼠組」不但沒有等到甘峰製造的「神器奇蹟」，卻出現一隻活生生的血頭小鼠衝出會議廳……海豹忍不住拍枱一通怒罵：「騙子！神棍！妖人！」

甘峰一臉茫然，文蝶、平凡面面相覷。

文蝶意欲為甘峰解釋。徐沙展：「夠了！警方自有主張。」他吩咐黑妹辦理真「通」字銅鑼的寄存手續，謝過獄警配合，在甘峰被押送離開後，獨自走出會議廳。

茶水間的莊瑾又發送了一條信息後回到會議桌前，見文蝶仍然試圖說服黑妹警探同意神氣少年前來一試，她拍了拍文蝶肩膀，說：「我們走吧，遲早我們會以事實說服警方的。」

海豹：「我們等着，拜拜！」

警署外的九龍皇子收到莊瑾報告「甘峰已離開」的信息，下令收兵，吩咐崔水安排監視潛伏警署的小鼠妖，率眾離開。

政壇猛進佈局

甘峰未能開啟「通」字神器，並且怪異的出現血頭鼠，莊瑾致函他說唯有再侍機上訴，安慰他「『通』字神器在警署確保萬無一失，也確保以後有機會翻案。」甘峰回覆她，決定不再上訴，出獄後再作打算；他又分別寫信予文蝶和神器山莊，希望她們可以協助神氣少年出動首席神器，尋找在他手中失去的莊家「明」字神器。

　　最近常住在神器山莊的莊老太，看了甘峰寫給文蝶和神器山莊的書信，心情複雜。「明」字神器被不明人士半路劫去之後、首席神器轉移到神器山莊之前，有次小食王子開啟首席神器能量往廚房調出小食，表示朦朧的看到「明」字神器。當時眾人皆不以為意，她卻記在心上；有天在神器山莊，她再次單獨問了小食王子，得到的回答仍是「朦朧的看到」。

　　這天，連續數日住在神器山莊禮佛的莊老太，自行「打的」回家。到達大宅鐵門前遇上猛烈的鞭炮聲，爆竹紅紙從玻璃屋頂向四周散落。

　　突然看到主人回家的菲傭和連姐急忙上前。

　　莊老太問：「家裏什麼事？」

　　連姐答：「工程完成舉行慶典，太太您不是為此回家？」

　　莊老太沒說什麼，舉目玻璃屋頂，看到一架巨大木製風輪，似是運水轉動……刺鼻的爆竹火藥致莊老太連打噴嚏，連姐侍候她走入玻璃屋。

　　女兒肩挑莊家內外已經好幾年，毋須她掛心。她在神器山莊暫住首日已經收到女兒說要維修屋頂去水系統的消息，沒想到是個大工程。

　　連姐恭敬道：「儀式完了，太太請到餐廳品嘗美食。」

　　莊老太被嗆到，沙啞地問：「什麼儀式？」

　　連姐嗅到了什麼，不敢多言。莊老太往屋外望，女兒正在送走一個身穿宗教服飾的人。

　　莊瑾回到屋內餐廳，坐到媽媽身邊。

莊老太：「瑾兒，發生什麼事了？」

莊瑾：「這個工程是甘峰建議的，是為將來開發『明』字神器而準備的。」

莊老太：「是甘峰建議的！瑾兒為何不早說呢，剛才嚇着媽咪了。」

莊瑾：「對不起媽咪！峰哥特別吩咐，除開發『明』字神器者，其他進入屋頂新設施的人都會破壞機制。」

莊老太：「那你要制訂管理措施，媽咪絕對不會壞了甘峰的規矩，女兒一定要多向甘峰請教。」

莊瑾：「知道了，媽咪，您慢慢享用，我上屋頂跟進了。」

莊老太：「你去，你去，媽咪細品陳年普洱。」

莊瑾重上玻璃屋屋頂，打開嶄新鋼門的密碼鎖。

屋頂新修兩個露天水池，一大一小，一高一低，相距約五米，水將滿未滿。大水池安裝了一個直徑約兩米的木製運水車輪，小水池安裝一個直徑約一米的木製運水車輪，兩個運水車輪以半閉的橢圓運輸帶連結，循環運水。大水池側邊豎立一座建築模型，上半部分寫着「政府總部」，郡樓寫着「立法會」，一座莊瑾的全身雕像，手握令旗，指向政府總部和立法會。小水池側邊也立有一座相對較小的建築模型，寫着「錢滿山家宅」，另一座莊瑾雕像，手緊握銀針刺向錢家。

莊瑾掏出另一把門匙，打開一房間，進入後鋼門自動關閉。裏面雖然沒有窗戶，但燈光明亮，一個網狀立式大鋼櫃，裏面安放着一面銅鑼。

莊瑾抓過掛在櫃網的一串銀針，刺向銅鑼。一通看似無序但顯然手法熟練的刺擊，金屬音響在這個密閉房間經久迴響，銅鑼依次現出的黑鼠怪鼠、蟑螂和蚊蠅合作捧出一部《政壇猛進大法》……

正能

龍舟槳

神氣少年移師神器山莊之後，龍槳少年這天急匆匆的，回到莊家大宅，取回他未及帶走的重要物品：一柄龍舟槳和數面龍舟賽事獎牌。

近日，神氣少年跟隨平凡滅蟲公司，在1號警署附近的安橋第一護老院滅虱。這是神器山莊主辦的「安老無蟲集正能」青少年義工活動，神氣少年希望藉此積聚這個區域的正能量，以便監控潛藏在1號警署內的小鼠妖。然而第一天他們就發現護老院有來自「放」字神器的魔虱侵襲；第二天安老院虱蟲猛烈增多，平凡滅蟲公司增加人手也束手無策；第三天，護老院開始質疑平凡滅蟲公司的專業水平……這間連鎖安老院舍機構，只是響應神器山莊的青少年義工活動，才試用平凡滅蟲公司。

臨近中午，龍槳少年發現安老院有陽光照射的房間，虱屍滿牀滿地，找來平凡叔叔，平凡告訴神氣少年：陽光是滅虱的天然武器。龍槳少年即時想起蝶姨講授《銅鑼密語》時，他思考無數次的那句「堅木衝浪，正氣陽光。」當晚的神氣少年例會，龍槳少年腦洞大開地聯想到他眾多面龍舟賽事獎牌，特別提出他在國際慈善龍舟賽獲獎的那柄龍舟槳，極有可能發揮「堅木衝浪，正氣陽光。」他要試煉那柄獲獎龍舟槳作武器，獲全員贊成。

莊家玻璃屋內，龍槳少年的媽媽、管家連姐將包裹完好的物品交到兒子手中，令連姐意外又滿目欣喜的是，兒子逐一拆開點算了一遍。

龍槳少年將獎牌放入他的掛包，斜背龍舟槳，跟隨母親去向莊老太問安。

莊老太在客廳等他。雍容華貴的坐相，揮手招呼少年人坐到她身邊，她微笑着，沒開口說話。

龍舟少年：「莊婆婆好多了嗎？真心痛您的喉嚨！」

莊老太捉緊少年的手，擠出欣喜之言：「長、大、了。」

連姐道：「謝謝太太一直以來對他的關懷幫助。」

莊老太用右手撫摸龍槳少年的龍舟槳，努力開嗓之際，被龍槳少年用手指貼近嘴唇止住。

龍槳少年解下龍槳，平放於莊老太和他自己的膝蓋。

龍槳少年：「我們神氣少年得到啟發，社會賽事和學校的獎品充滿正能，可以用來開發神器的神氣。這柄龍舟槳是我去年參加國際慈善龍舟賽的獎品，還有多年來其他賽事的獎牌呢！」龍槳少年從掛包掏出一大串金銀銅獎牌，向莊老太逐一介紹；莊老太一邊聽一邊逐一撫摸獎牌，慈祥微笑貫全程；直至少年重新收拾、告辭，走出玻璃屋。

莊老太安排了司機送龍槳少年，正在洗車的司機請他稍等一會。龍舟少年趁此時間漫步神器室門前。一個多月前的多少個夜晚，神氣少年就在此操練「五恒神氣」……

「通、明、愛、放、和。」他自然而然地意念着，腰間龍槳抖動！瞬間掙脫而出，滿有靈性的落在龍槳少年右掌。龍槳少年驚喜，一邊繼續念「五恒神氣」，一邊揮起龍舟槳，但見一道藍色氣體刺向玻璃屋頂，更令他驚訝的是，他發出的藍色氣體頃刻之間被屋頂的一股蠻橫之力消散！

此時，莊家司機開車到了他身邊，他收起龍舟槳，一邊回望玻璃屋頂，一邊上車。

玻璃屋頂房內，莊瑾隔着玻璃窗，看着載着龍槳少年的車開出了莊家，吁了一口氣。剛才太突然，龍槳少年發出的「五恒神氣」連接了她的「明」字神器，那蔚藍之氣，如磅礡的海浪拍岸而來；慶幸的是她正在開啟神器的魔鼠妖蟲修煉《政壇猛進大法》，始化解了危機。她心下佩服起魔蟲法師來，但又擔心神氣少年對她起疑……

她致電九龍皇子求助。

九龍皇子建議將「明」字神器暫存九龍皇子行宮，她當然婉拒了。

黃昏之前，龍槳少年手提龍舟槳，英氣勃發地出現在神器山莊山門內廣場，上了唯識師太開出的轎車，開到了龍舟訓練基地的停車場。

龍舟訓練基地位於九龍，與 1 號警署對望。

沒過多久，明識師太駕車載着其餘三個神氣少年到來，挨着唯識師太的車停泊。龍槳少年提龍舟槳下車，與明識師太互換，會合少年同伴。

未待龍槳少年坐好，心急的小食王子問道：「感應到玻璃屋頂的是『明』字神器？像我之前在廚房那樣？」

龍槳少年：「這回並非由首席神器感應，未敢肯定，肯定的是玻璃屋頂有神器，否則我不可能開動龍槳。」

少年們好一會沉默。

龍槳少年揮起龍舟槳刺出車外，打破幾乎窒息的氣氛。但見他念動「通、明、愛、放、和」，一道厚實的天藍氣體從車內的首席神器勃發而出，連結在龍槳前端。龍槳少年將龍槳指天，藍色氣柱直衝天際……紫荊少女急發收功之令，免致旁人稀奇。

收槳入車的龍槳少年道：「我迫不及待，想衝浪演練，請小伙伴們守護我演練！」

紫荊少女和粵歌公主留在車內準備開啟首席神器助練，小食王子隨同龍槳少年進入了龍舟訓練基地。

這個季節，龍舟訓練基地鮮有人練習，龍槳少年熟門熟路的辦理完手續，帶着小食王子分別換上有龍舟圖案和小食圖案的套裝運動服，登上一艘雙人艇。

岸上停車場，粵歌公主拉闊車門，看見一艘龍紋圖案的雙人艇飄出，龍槳少年於船頭划水，氣勢不凡。小食王子坐在船尾，右手握一杯絲襪奶茶，左手向岸上的她做出 OK 手勢，紫荊少女隨即鶯聲「開始。」

下了車負責警戒的兩位師太，聽到一曲低音《春江花月

夜》，首席神器發出一道紫荊葉色彩的氣脈，直接連結水裏的龍
舟……

文蝶密訪錢宅

峰蝶堂中醫館樓上屋內，文蝶一邊通過視訊關注着龍槳少年的演練，一邊隨意翻開錢太送她的《聖經》。文蝶接連幫助生父解決了滿福各分店鼠患，殲滅入侵大宅的魔虱，天天心情暢快，回醫館看診時間也多了。峰哥不在身邊近半年，峰哥與莊瑾的關係愈來愈像戀人，令她心思意念更集中快將來臨的、與生父公開相認的無數種情境設想。諸如：錢太表現得更溫暖；與做律師的大弟就醫療法規方面開聊，還有談談兩人都喜愛的渡海泳；在讀臨牀醫學的二弟應有更多話題；三弟正當少年，據說聖經金句背誦得滾瓜爛熟……

　　錢滿山來電了，最近錢家父女倆電聯頻密。錢滿山今天這通電話很急切，是他家中的「愛」字神器遭遇了狀況……

　　半小時之後，錢滿山親自駕車接文蝶前往錢家大宅。

　　錢滿山帶文蝶秘密進入自家大宅，這是文蝶無數次想像首次進入錢宅的情境中，沒有想到的。

　　錢滿山直接開車進入內車庫，首先下車，雙眼往周遭掃了幾遍，再按下手中搖控為女兒開車門。

　　文蝶緊跟錢滿山進入車庫的一扇門，通過一條光線柔和的隧道，進入了標籤 G2 的負二層。錢滿山從公事包掏出另一個搖控器，按開一對鐵門，兩人進入後，文蝶感覺到鐵門厚重的關閉聲息。

　　室內燈光明亮，文蝶看見平凡向她說過的那輛古色古香的木戰車停泊在中央。

　　一面銅鑼懸掛在戰車軒轅上！

　　父女倆佇立「愛」字神器面前。

　　錢滿山：「大約十天前，我開啟神器，發現畫面有些朦朧，隔天朦朧增加，定睛還是可以閱讀，今天午後回家開啟神器，全是雪花！」

　　文蝶：「Dad，您開啟神器看看。」

　　錢滿山翻開安放於戰車帥座的聖經，定格《使徒行傳》，

左手抓起聖經旁的揚聲器，朗聲誦讀⋯⋯

「愛」字神器如電腦開機般亮着，但滿屏的雪花！錢滿山反覆多次誦讀，揚聲器與神器共鳴不絕於耳，卻未能開啟神器文字。

文蝶示意父親暫停，問：「您要開啟什麼項目？」

錢滿山：「女兒切記保密，父親開啟的是一部《政壇猛進大法》，那是一部每年每月都會自動更新的政治策略，這是你母親傳我的開啟方法，過去二十多年都能順利開啟神器。」

文蝶：「母親去世前，研究出了豐富開啟『愛』字神器的方法，囑託女兒務必轉傳父親您。」

錢滿山看着女兒，湧出眼淚。

文蝶：「哈尼族典籍《十二差奴》的某些金句，可與《使徒行傳》金句配合運用，母親命名為《愛啟神器》。」

女兒掏出智能手機，傳給父親一篇母親文蜓公主手寫的文字。

錢滿山熱淚滴地⋯⋯他很快平復心情，對着揚聲器朗讀那篇熟悉又陌生的《愛啟神器》⋯⋯

神器上的雪花消失了，滿屏冒出粉紅泡泡，粉紅泡泡如拱月捧出《政壇猛進大法》。

父女倆激動不已。錢滿山迫不及待在熒幕點開書本，卻見一隻碩鼠赫然蹲在頁面！錢滿山驚叫後退。

文蝶絲毫沒被驚嚇，冷靜趨前觀察。黑毛碩鼠瞪大的雙眼，投影出周邊環境似半山豪宅，碩鼠前後爪子之間，有一大一小兩個輪子自轉，轉輪之間的鼠腹有個朦朧人影。細看身形，是女人。文蝶正要用手機拍攝，神器忽然回復雪花滿屏。

回過神來的錢滿山在女兒的鼓勵下，再次念動《愛啟神器》。

神器熒幕的雪花迅即消失，黑毛碩鼠霸住熒幕！

錢滿山高聲朗讀《愛啟神器》，黑毛碩鼠不動！

錢滿山手機響起，是小兒子來電。

原來，在書房進行聖經靈修的小兒子，感應到家中神器有異而報告父親。

錢滿山靈機一動，讓小兒子開啟神器。

很快，清脆童男聲音傳入神器室，聖經金句蕩漾，黑毛碩鼠慘叫一聲消失無蹤，「愛」字神器變成滿屏翠綠……

錢滿山對驚訝中的文蝶道：「你三弟數年前被發現天生具備開啟神器的能力，沒想到能量如此強勁。但這隻黑毛鼠從何而來？怎樣將之消滅？還望女兒助我！」

文蝶：「我有信心很快找到黑鼠來源，Dad放心，女兒會助您消滅黑鼠！」

父女倆退出神器室，上到內車庫。

錢滿山駕車送女兒回去，快到醫館時他再次嘮叨：「應該請出首席神器？」

文蝶：「是的，Dad請放心。」

神氣少年

莊瑾計瞞

文蝶為了避免陳校長見到他們父女倆，距離醫館約一公里處就下車了。與錢滿山揮手再見後，她撥通了紫荊少女的電話。

此時神氣少年已經離開龍舟基地，回到神器山莊素食樓吃晚飯。文蝶計劃帶上紫荊少女和首席神器，徹底探明在「愛」字神器出現的黑毛鼠。她尚未開口說話，紫荊少女搶着報告：「莊家邀請全體神氣少年成員，明天到莊家晚餐。」

文蝶靈機一動，主動問：「是否帶上首席神器？」紫荊少女回答：「正要向蝶姨請示，神氣少年有秘密任務需要帶上首席神器……」紫荊少女沒有明言什麼任務，但從之前小食王子在莊家廚房，和龍槳少年今天在莊家無意間念動龍舟槳時所感應到的，她猜想到神氣少年要印證什麼了。

隨後，文蝶也接到了莊家明天晚宴的邀請。

第二天放學後，明識和唯識師太分別駕車載着神氣少年和文蝶進入莊家大院。神氣少年安排首席神器藏於文蝶乘坐的車上。

莊老太迎接神氣少年下車，重複強調她母女倆實在想念少年們，希望以後神氣少年能定期到莊家相聚。

莊家今晚回到兩個月前的熱鬧。客廳內，少年人輪流坐在莊老太身邊，令她全程笑逐顏開。

莊瑾在晚飯前到家，一改以往的嚴肅臉，與少年們同樂。

晚餐在歡樂氣氛中進行。文蝶全程觀察着神氣少年的行動。首先是龍槳少年離開客廳出了玻璃屋，他回來後，粵歌公主出去了；粵歌公主回客廳後小食王子出去，最後是紫荊少女離開客廳。文蝶留意到龍槳少年從屋外回來後神情疑惑，三同伴先後回客廳分別都與他交換眼神，他表現出愈加不解的神情。

她發現莊瑾也在觀察四位少年回到客廳後的情形，莊瑾每看到一位少年回來，都淡定地微笑着。

晚飯後回家，文蝶讓小食王子和她今晚留宿峰蝶堂醫館，以方便明早與其父平凡一同飲早茶。

神器山莊的兩輛車，一同先送文蝶和小食王子回醫館。

在醫館前面馬路紫荊樹下，兩人揮手再見，轎車加油發動的汽浪衝擊幾片枯黃紫荊葉，其中一片往小食王子頭上墜落，文蝶猛烈揮手擊葉於地。要知道就在幾個月前，送峰哥去莊瑾家小住的那個傍晚，峰哥發動的轎車聲浪震下的紫荊葉，她只是凝望着葉子依依散落。

文蝶握着小食王子的手上樓，進屋即以長輩的堅定語調問：「偵查到莊家大宅的神器了？」

小食王子：「你怎麼知道這事？」

文蝶：「若我不知道，怎會主動問你們是否帶首席神器到莊家？」

她再追問：「結果怎樣？」

小食王子：「沒有，莊家沒有任何神器。」

文蝶自言自語：「果真？那──來自何方？」

小食王子：「我們神氣少年現時能在方圓 2.5 公里探測神器、魔器，萬無一失！」

文蝶看着小食王子，滿意地笑了。

晚宴後的莊家大宅回復寧靜，莊老太如常早睡。零時剛過，莊瑾出現在停車場，一輛越野吉普車開入莊家，在莊瑾前面停下，三個疑似啹喀兵後裔男子下車向她行完軍禮，交給她一個有封條的行李箱。莊瑾檢查了封條並撕開，從行李箱內取出一面銅鑼，對三男子說了「謝謝」，三男子敬禮後上車，開出莊家大宅。

莊家鄰居藍屋五樓，魔蟲幫幫主崔水憑藉長鏡，將莊瑾的行動盡收眼底，即時報告九龍皇子。九龍皇子指示：「監視莊瑾的行動結束，明天開始魔虱襲擊白領計劃」。

醜惡魔虱誕生

以全球金融廣場做據點，魔蟲法師親自主導穿越時空的引進《西遊記》出現過的「萬年鼠妖」計劃，已經完成佈局。由於完成計劃日期的不確定性，為了讓九龍皇子盡快全取銅鑼神器，崔水獻計首先實施「魔虱遍香港」——使其他神器都感染魔虱負能量，達至控制「明」字神器一樣，控制所有神器。

得到九龍皇子最新指示的崔水迅速撤離藍屋，馬不停蹄率領鼠、虱、蠅、蟑魔蟲四將，他們穿上了皇子滅蟲工衣，來到全球金融廣場的黃金大酒樓。

這間被稱為「中環白領餐廳」的粵式酒樓，是魔蟲幫選中培育魔虱的其中一個場所，入選原因是酒樓員工男女關係髒亂而聞名業界，重點是老闆要求滅蟲公司採用未經食環署註冊的農藥焗霧殺蟲。

滅蟲界和餐飲界的資深人士都知道的一個秘密，在食環署註冊的環保滅蟲劑難以殺滅中式酒樓廚房的果蠅和蟑螂，非法採用 20%「滴滴涕」焗霧，害蟲就會橫屍滿酒樓。凌晨之前，皇子滅蟲公司已經用 20%「滴滴涕」於這酒樓焗霧；幾天前，魔蟲幫將魔虱幼蟲散播該酒樓；現在，魔蟲幫是來回收連「滴滴涕」都焗不死的魔蟲。

酒樓保安很生氣的樣子，捏着鼻孔開門大叫：「還不快點進來！幾年來每次焗霧後都要十分鐘內即開通風，散農藥味，要不明早怎能開早茶？」

崔水滿臉堆笑：「對不起，的確是蟲太多需要跟進。」

魔蟲四將顯然沒有他們的幫主從容，均被異味刺激到不得不捏鼻疾行。

推開廚房門，激烈農藥迫使魔蟲四將連連打噴嚏，若無其事的崔水道：「老子離開滅蟲界幾年時間，行家都膽生毛了，佩服！」

燈光全開——蟲屍鋪滿廚房！

五人各自掏出法器銅鑼，輕敲。食物堆裏、工作枱下、大小炒鍋內、小黑虱迅速爬出，爬入了五面法器銅鑼。

崔水興奮地發號施令：魔虱之將，明天起帶領魔蠅和魔蟑兩將回收各站點魔虱。魔鼠之將負責以魔鼠纏擾神氣少年，掩護魔虱的回收與散播。

　　魔蟲四將應聲領命，緊跟幫主走出酒樓。

　　電梯內崔水自言自語：「怪不得近來常常聽到習慣歎早茶的老人家抱怨酒樓有異味，原來真是農藥，負能量爆表啊！」

正能龍漦

初成

龍槳少年訓練正能龍槳武器初見成績，不但輕易開啟了封存於1號警署的「通」字神器，發出的能量成功殺退入侵安橋第一護老院的魔虱。

神氣少年繼續參與神器山莊主辦的「安老無蟲集正能」活動。活動場所是安橋護老院舍機構在1號警署周邊的幾間護老院，今天輪到的安橋第二護老院，與對岸的龍舟基地相距少於兩公里，龍槳少年滿懷信心，留下小食王子和司機唯識師太在停車場照應，租了獨木舟，划向海中。

與此同時，紫荊少女和粵歌公主跟隨平凡進入了安橋第二護老院。這間護老院位於一座舊式大廈G樓和1樓。護老院有五間大房，各五十個牀位，各牀以低矮木板間隔，一眼望去似大通鋪；牆邊是獨立房，兩層計有二十間；兩層共有兩百多名老人家居住。

平凡評估了虱患情況，計劃連續三天完工：與院舍共同制定分時段依次序清空各大房，公共活動大堂作清空房間的臨時安置場所；清空一間，滅虱完後遷回老人家，再到下一間；獨立房因為獨立，不必擔心操作時虱蟲外散，可以直接滅虱。

兩位神氣少女在滅蟲師傅的指導下，與護工一起清理牀底下的雜物，平凡與其公司師傅緊接着施藥。他們採用的懸浮劑滅虱劑經過食環署認可，乳白無味，人畜無害。兩位少女雖然跟隨平凡去過多個滅蟲場所，但這次感受可以用「震驚」來形容，吸血牀虱或明或暗佈滿各個牀位：殘舊牀板縫隙、鐵架牀的綁帶、枕頭和長時間懸掛的冬大衣。兩人解開鐵架牀綁帶，觸及黑黝黝虱蟲時，噁心得要吐了；衣物上的虱蟲比較容易處理，一股腦兒放入垃圾袋，由滅蟲師傅拿出室外露台噴藥，牀板內和鐵架縫隙的虱蟲，則非要用針筒往內注射滅虱藥不可，甚至要敲打牀板抖出深藏之虱。

兩少女感慨，這裏的老人家如何安睡！？

小休時間，兩少女與龍槳少年交流情況，得知龍舟槳照見有魔虱正在入侵她們所在的安橋第二護老院。

神氣少年再一次確認自己被魔蟲幫跟蹤盯梢，決定佯裝沒

發覺，暫不理會入侵的魔虱，繼續跟隨平凡工作。龍槳少年也連續三天在海上衝舟，進行新武器訓練。

秀功力

莊瑾

血頭小鼠在眾目睽睽下，從銅鑼竄出，消失於1號警署，震驚警方高層，督促全力偵查。徐沙展終於正式深入了解銅鑼神器，派出黑妹前往監獄請教甘峰，獲甘峰詳細講解，並推薦莊瑾，說她已經得到他真傳……

一天，莊瑾應邀到警署解構銅鑼神器，警方安排高級指揮官迎接。

指揮官：「感謝莊議員相助！」

莊瑾：「作為議員，應該做的。」

一眾警員簇擁莊瑾進入會議廳。

今日會議廳的佈置，與甘峰那回相同，「通」字神器已經擺放會議桌上。徐沙展將正對神器的座椅移正，彬彬有禮道：「莊議員請坐，請問還有什麼需要我們準備的嗎？」

莊瑾並沒有入座，她全神貫注於神器，低聲說：「煩請徐沙展移去座椅。」徐沙展連忙移去剛擺正的椅子。

莊瑾囑咐任何人都不能站到她身後，然後，她站立神器面前。只見她挺胸平視，微閉的櫻桃小唇開始輕輕的一張一合，似乎在念動什麼口訣。

忽然，她雙掌同時往左右褲袋各掏出一支銀針，塗彩的指甲舞動銀針翻飛，仙女散花般點擊銅鑼，奏出一曲《飛花令》。

「通」字神器真如開機的電腦，熒幕顯現一條粉紅隧道。

莊瑾叫一眾警員過來圍觀，眾人清清楚楚看見粉紅隧道在警署內的蜿蜒路線。樂聲漸高，隧道遠端若隱若現一隻血頭老鼠！

正在此時，一面銅鑼從隧道一側進入，緩慢飄向遠端，眾人清楚見到銅鑼刻着「法器神教」，血頭老鼠面朝飄近的銅鑼，模樣愈加清晰。又一個突然，隧道出現一柄龍舟槳，衝擊隧道遠端，法器教銅鑼回轉阻擋，「鐺」的一聲，銅鑼倒地！莊瑾驚叫一聲，銀針急刺，意外擊出挺拔高音，消滅了龍槳力量，「法器神教銅鑼」趁機逃去無蹤，龍舟槳也跟着消失了，連血頭老鼠也消失無蹤。

樂聲戛然而止，桌上的「通」字神器如斷電的電腦，回復銅鑼原狀。莊瑾軟弱無力，跌坐於黑妹及時移到的椅子。

恢復優雅姿態的莊瑾，面對警方的各種提問，回答道：「我剛才受到了魔蟲幫的襲擊。」她簡單向警方介紹了魔蟲幫，着重講述魔蟲幫新晉的一名少年幹將，擅長用龍舟槳發動負能量攻擊神器⋯⋯

徐沙展：「莊議員認識這個少年？認識魔蟲幫中人？」

莊瑾：「還未正式認識，我會發動神器家族查探清楚，到時與警方分享。」

現場警察表現出將信將疑，但剛才的奇幻又是親眼目睹。

莊瑾最後表示魔蟲幫已經盯上血頭老鼠，但請警方相信她有能力剷除這隻潛伏 1 號警署的鼠妖！

離開警署，莊瑾第一時間致電九龍皇子。下午茶時間，他們到了世界金融酒店的咖啡廳，落座靠窗望海的卡位。

望着距離不遠的龍舟訓練基地所飄逸的龍舟，莊瑾說：「九龍皇子看到龍舟槳有何感受？」

九龍皇子習慣了主導對話，反問：「你可以開啟『通』字神器窺見咕嚕作法？」

莊瑾雙目轉至九龍皇子，品一口咖啡後，說：「是盡覽無遺，小鼠妖也逃不出我的神器法眼。」

九龍皇子：「甘峰真傳，果然神奇。」

莊瑾：「甘峰的神器本領，可以用『正宗全面，恪守機制』來形容。是魔蟲法師的魔法令我越過機制，法力強橫！」

九龍皇子定睛在莊瑾臉龐好幾秒。

莊瑾：「我有信心不用多久，可以幫助你們操控 1 號警署內的鼠妖。」

九龍皇子：「你拒絕『明』字神器暫存皇子行宮，我預感你有底氣⋯⋯」

九龍皇子自信打折，首次在莊瑾面前的自我稱謂沒用「本皇子」。

　　莊瑾笑着說：「所以皇子好奇心起，又派人於藍屋監視。」

　　九龍皇子尷尬一笑，然後說：「莊小姐不再需要我們了？」

　　莊瑾嚴肅認真的回答：「恰恰相反，我與你更加需要互相協作，首個合作項目是：你們繼續派人駐藍屋五樓，監視神氣少年對我家『明』字神器的刺探，我幫你們控制警署鼠妖。第二個項目……」

　　莊瑾拋出合作事項後，九龍皇子視咖啡作酒，大喝一口，朗聲道：「合作愉快！」

魔虱襲白領

魔蟲幫很快採集並培育出五大袋、數以億計的魔虱。由魔虱之將統領蠅、蟑兩將，於中環各大寫字樓散播。

　　皇子滅蟲公司在中環的客戶，除餐廳食肆，還有大中小型商業辦公樓層，例如有金融及保險、會計和律師事務所等辦公場所，這些公司的辦公室小則半層，大則八、九層，例行滅蟲周期一至三個月不等，滅蟲項目以焗霧為主，皇子滅蟲公司每晚都出動兩至三個工作組，每組至少有三單工作。

　　崔水老早就是滅蟲界資深師傅，魔蟲幫四將在皇子滅蟲公司均以崔水徒弟的身分出現。虱、蠅、蟑三魔將在這個散播魔虱的行動中，以公司滅蟲督導身分，分別編入三個正式的滅蟲小組，穿着工衣，手拉一個滅蟲工作箱。箱內當然沒有滅蟲工具，而是裝滿魔虱還有魔蟲法器。

　　魔蠅之將所在的滅蟲小組，今晚的第一個客戶是某國際會計公司，有四層寫字樓，其中兩層是會計師培訓學校，晚上開課，學員多是白領麗人，皇子滅蟲員工到後，陸續下課。

　　看着一隊隊白領麗人時尚衣飾，魔蠅之將嘴角奸滑斜翹，心想不出數日，她們的亮麗衣服將附滿魔虱蛆蟲，並帶到港九新界的萬千家庭。

　　魔蠅之將獨自逐一進入無人的空課室。若滅蟲督導同行，首先由督導獨自察看蟲情，是皇子公司新定的工作指引。他停在課室一個隱蔽位置，取出魔蟲法器輕敲，一群群、一串串黑虱從他的工具箱爬出，四面八方地散去，隱沒於地氈底下和椅桌縫隙……

　　第二個客戶是一家頗有規模的律師事務所，有三層寫字樓，如以往一樣，約定時間超過一小時後，各層都未有人下班離開。魔蠅之將心急起來，領隊師傅提議他先去西人高層辦公室。果然，一名西人見他穿着滅蟲制服，連聲抱歉道：「唔好意思，馬上走。」並讓秘書吩咐所有同事離開，別妨礙滅蟲師傅工作。

　　大約十分鐘，整層寫字樓變成沒有人影的空空蕩蕩，唯獨西人辦公室對角的一間辦公室仍有人在。領隊師傅看見督導於仍有人在的辦公室門口來回踱步，過來提供資料：「這高層是本地

人，許多大公司的本地高層都不當滅蟲師傅是回事，最好別開罪他，等他自行離開。」

魔蠅之將決定先弄西人辦公室，在裏面看到掛在衣架的西服高檔整齊，想到剛才他禮貌的笑容，停止了操作往外走，來到對角辦公室敲門。

「敲什麼！等着！」

「已經等了近兩個鐘了，請體諒我們還有下家工作！」

門開了，一個中年西裝男手提公事包，正眼沒瞧敲門人，匆匆離去。

魔蠅之將馬上入內，反鎖門，用魔蟲法器敲出大量魔虱，完事之後特意用手機拍下這個本地高層的名片。

最後一個客戶是一家發鈔銀行的庫房，安檢嚴密。魔蠅之將預先將魔虱和蛆蟲分別藏於滅蟲師傅的衣服鞋襪和工具縫隙，自己則留在停車場，用魔蟲法器遙控散播魔虱……

魔虱和魔蟑兩魔將，與魔蠅之將在同一時間，穿梭中環各棟高級寫字樓，散播魔虱於成千上萬的白領麗人和金領潮男的工作地方。

龍漿神氣

耀維港

神氣少年持續參與的「安老無蟲集正能」的活動區域，距離中環較遠，超出了少年們發動神氣所能及的範圍，因此未能發現魔蟲幫在中環的惡行。

今天，神氣少年又一次請出首席神器，目的是幫助龍槳少年練習意念驅動制服圖案上的龍舟槳作武器。初冬的假日傍晚，龍舟基地鮮有愛好者租場，天空下起小雨，營造出維港兩岸燈光點點，光暗相隔。神氣少年的戰車開進龍舟基地停車場，司機是明識師太。龍槳少年獨自提槳走向海邊，留在車上的三名神氣少年，在龍槳少年發舟衝浪之時，由小食王子念動「通明愛放和」，開啟首席神器，粵歌公主全神貫注於神器，紫荊少女負責與龍槳少年聯絡並居中運籌……

粵歌公主：「魔鼠之將進入神器視野。」

龍槳少年傳來：「收到！」

粵歌公主：「魔鼠之將開始向1號警署後街的安橋第三護老院播虱。」

龍槳少年回應：「收到！」

粵歌公主：「咕嚕進入神器視野！」

龍槳少年未及回應。

粵歌公主拉高嗓子：「魔蟲法師進入神器視野！」

龍槳少年：「收到！」

紫荊少女和粵歌公主走下車，兩人四目看向海上的龍槳少年：好一個英俊少年！運動套裝上的龍舟圓案，在神氣能量輝映下或深藍或鬱綠，生機奪目。右手輕握龍槳的他，左手向岸上的同伴揮了幾下，然後雙手握槳划水，驅舟衝浪……

龍槳少年驅舟衝前的對岸，1號警署一側的公共停車場，咕嚕在一輛七人車的司機位，憑藉望遠鏡監察着水上的龍槳少年。魔蟲法師則在車上閉目禪坐。

咕嚕電話響起，是魔虱之將報告，入侵護老院的魔虱不知何故減慢了速度。魔蟲法師聽後命令咕嚕前去支援，着兩人同時

發動魔虱入侵安橋第一、二、三護老院，牽制神氣少年。

　　咕嚕下車後，魔蟲法師自言自語：「小鼠妖是本座引進的，當聽本座號令，莊瑾？哼哼！」

　　龍舟基地停車場的神氣戰車上，小食王子與粵歌公主對換了角色，全神貫注看着首席神器內被開啟的時空隧道⋯⋯

　　小食王子：「報告，魔虱兵分三路，齊襲三間護老院！」

　　未及紫荊少女向龍槳少年轉告完畢，小食王子高呼：「帥爆了龍槳少年！三道龍槳舞影同時追殺魔虱！」

　　紫荊少女禁不住移目首席神器，但見龍舟槳前後翻飛，三道海藍色神氣分別穿透三間護老院所處的大廈，魔虱灰飛煙滅！

　　紫荊少女：「魔蟲法師一旦發動，龍槳神氣初成！」

　　小食王子：「何解？紫荊姐姐。」

　　紫荊少女：「遇強愈強是成就神氣武器的法門，就像你大戰魔蟲幫主成就小食神氣。」

　　小食王子：「報告，魔蟲法師開啟了1號警署內的『通』字神器。」

　　紫荊少女視線再次轉到首席神器，看見魔蟲法師輕敲他的魔蟲銅鑼法器，一曲詭異之樂穿牆撞擊「通」字神器，一道晦暗氣體七拐八彎，逮着一隻血頭老鼠。

　　小食王子搶過紫荊少女手上的傳呼機，急聲高呼：「龍槳少年發力！」

　　說時遲那時快，一股海藍氣體貫入首席神器時空隧道，勢如貫日，蕩滌暗氣，血頭老鼠乘機逃去無蹤。

　　七人車內的魔蟲法師軟弱無力，法槌悶聲墜落。

　　神器戰車內，龍槳影舞與首席神器，成功了！

　　驅舟靠岸的龍槳少年收槳於背，念功「通明愛放和」，雙掌翻飛驅動自身衣服的龍舟槳圖案，飄上停車場，在小食王子的歡呼聲中，立即收槳回身。

神氣少年因為擊退魔蟲法師一役，士氣大振，擬定了《自主行動試行計劃》，遞交神氣少年支援隊研究。少年們以數據說理：首席神器顯示，小食王子和粵歌公主能量值 50，可以在方圓 2.5 公里範圍內開啟神器，紫荊少女和龍槳少年能量值超過 60，可以在方圓 3 公里範圍內開啟神器。五面銅鑼神器分佈港九新界，神氣少年愈來愈有可能開啟任何一面神器。因此，他們計劃的行動主線是以歌聲加快聚集和傳播正能量⋯⋯

魔力速成的
鼠妖A

魔蟲法師被龍槃神氣壞了大事後，連續多日駐紮設在全球金融廣場的「魔蟲襲港」指揮中心，訓練另一隻小鼠妖。一個夜晚，路過中環的陳校長來看望他。進門就抱拳恭喜：「九龍皇子興奮地致電我說，鼠妖Ａ成功指揮全球金融廣場內的本地鼠，可喜可賀！」

魔蟲法師少有的給陳校長斟上一杯紅酒，意氣風發地領他進了法器房。

陳校長目不轉睛看着桌上的魔蟲法器。

連續幾下銅鑼音響，魔蟲法器如開啟中的電腦，出現一條前進中的時空隧道，出了走廊進入升降電梯，在底層從電梯門縫竄出，然後九曲十八彎，闖入「全球金融廣場污水池」。赫見一隻拳頭大小的血頭錦毛鼠傲慢爬行。

陳校長：「長得可快！」

魔蟲法師：「鼠妖Ａ聽令。」

血頭老鼠躍身下地，面朝時空隧道俯伏。

魔蟲法師：「往電腦房進發。」

血頭老鼠晃蕩着血頭，來到上一層的「全球金融廣場電腦控制機房」，穿牆而入。陳校長見到裏面燈光明亮，一排排、一座座佈滿銅線的立式鐵箱等距排列，機房面積寬廣，望不到盡頭。

魔蟲法師：「鼠妖Ａ，速速召集本地鼠，包圍第二排機組。」

血頭老鼠竄到第二排機組前面，伸出兩條血紅鼠鬚，吱吱發聲，無數灰色老鼠湧現，快速有序包圍了第二排機組。

陳校長嘆為觀止。

魔蟲法師：「校長，請代本法師向九龍皇子請求，借用『放』字神器，收服1號警署的鼠妖Ｂ。」

魔蟲法師見陳校長沉默不言，再道「借我三十分鐘，就大功告成。」

陳校長：「法師，我估計九龍皇子擔心他的『放』字神器

借你使用後，會像『通』、『明』兩面神器般被魔化。」

魔蟲法師：「絕對不會，我可以向九龍皇子起誓，絕不向『放』字神器施魔法！」

陳校長臉有難色，瞬間又神秘地微笑，說：「九龍皇子與莊瑾有約在先，我已經為法師擬定妙策，不必用『放』字神器。」

陳校長又一次如此這般說完，魔蟲法師舒展鎖眉，向他豎起大拇指。

莊瑾初現形

錢滿山的「愛」字神器又受到魔鼠攻擊，緊急向女兒文蝶求救。文蝶第二次跟隨父親秘密進入錢家，遺憾的是魔鼠不但未能消滅，也未能擊退，整個「愛」字神器熒幕被碩大魔鼠牢牢佔據。上次錢三少以聖經金句開啟神器擊退魔鼠，讓文蝶聯想起第五位神氣少年，她提出與錢三少交流，看能否有驚喜。

　　父親卻刻意避談，認為其他所有方式方法都不能根本解決魔鼠，唯有出動首席神器和神氣少年！

　　文蝶答應了父親的請求。她離開錢宅之後，約見平凡。因為錢滿山還未有父女公開相認的時間表，由她提出請出首席神器滅魔蟲顯然不合情理邏輯，平凡以滅魔蟲為由就順理成章。

　　平凡對文蝶的所有決定都全力執行的，神氣少年也十分踴躍，文蝶最後決定只帶上紫荊少女。

　　第二天晚飯後，平凡開着貼了「平凡滅蟲」的神氣少年戰車，開進了錢宅內車庫。車門打開，文蝶手拉行李箱率先下車，紫荊少女緊隨其後，平凡沒有下車。錢滿山在車庫秘道門口迎接，帶着兩人進入了負二層的神器室。

　　紫荊少女第一時間就看到了「愛」字神器，她在神器山莊見慣古代遺物，她被錢滿山請上古木戰車居中帥位，雖然有些許穿越感覺，但她很快回到待命狀態，一片紫荊綠葉不知不覺中黏貼嘴唇。

　　文蝶從行李箱取出首席神器，與錢滿山並肩站立「愛」字神器面前。三人的位置安排是文蝶刻意而為，她要避免紫荊少女看見真相。

　　文蝶：「錢生請開始，紫荊少女待我號令。」

　　紫荊少女應聲「OK」。錢滿山右手抓起戰車上的揚聲器，對着揚聲器朗讀《愛啟神器》，「愛」字神器開啟，一隻黑毛碩鼠飛竄而至，霸凌神器熒幕！

　　雙手捧着首席神器的文蝶，清聲發令：「紫荊花開！」

　　紫荊少女翠嫩玉唇閉合有致，樂曲響起……

一縷縷翠綠之氣從首席神器飄出，力量柔和滿貫「愛」字神器。鼠聲慘叫一下，沒了蹤影；「愛」字神器顯現一條明亮隧道，在中環半山延伸，到達一座玻璃大屋頂部的「明」字神器面前結束。

文蝶和錢滿山清楚目睹，莊瑾跌倒大小運水池之間，周遭景象幾乎令錢滿山開罵，文蝶阻止了他，並令紫荊少女收功。

紫荊少女走下古木戰車，兩面神器均已關閉，她正要詢問，開口之前，文蝶說是錢家私隱，就打消念頭。

竭力掩飾憤怒的錢滿山，帶兩人出去車庫途中，數度可憐巴巴望着女兒。文蝶上車後，連忙發信息安慰父親：「放心，明天一同早餐，給出解決方案。」父親即回：「謝謝女兒！」

第二天早晨，錢滿山與文蝶到了滿福旗下的一間名叫「精點匠廚」的新式高檔中菜餐廳。餐廳經理一路微笑，動作利索地為老闆及其貴客展開餐前服務。文蝶被竹片間樹皮做的餐牌吸引，錢滿山說道：「特意去雲南訂造的。」經理不失時機向貴客介紹：「精點，顧名思義，精造幾個款式點心，匠心製作幾款名菜，是中式酒樓的革新餐廳……」

完成點餐，經理溫馨提示：「錢生、貴客如有需要效勞，請按門邊綠鍵。」說完退出貴賓房。

錢滿山：「女兒可有良策？」

文蝶：「莊瑾用以攻擊『愛』字神器的武器是魔鼠，說明她與魔蟲幫結盟了，這應該是她取回了『明』字神器，卻刻意隱瞞其母親、神氣少年、甚至甘峰的原因。玻璃屋頂的佈局，則是視父親作政壇對手了。」

錢滿山：「乖女分析完全正確，事實是不久之前她向我攤牌了。」

文蝶：「她顯然處心積慮。通過談判令她停止攻擊『愛』字神器，可能嗎？」

錢滿山：「沒有談判空間，首席神器不是可以封鎖子神器嗎？」

文蝶：「神氣少年還未具備此等實力，況且『明』字神器被植入魔性，目前封鎖不了。」

面對突然洩氣垂下頭的父親，文蝶語態堅定地說：「可以根據『愛』字神器特點，培育一位神氣少年，守護『愛』字神器之餘，像紫荊少女他們一樣，開發更廣泛的神氣能量。」

錢滿山提振了精神，身體前傾聆聽女兒話語：「自從親歷三弟以聖經金句擊退莊瑾的魔鼠，我做了深層研究，擬定了神氣少年的粵歌公主與三弟配合練習『金曲＠聖歌』開發神氣計劃。」兩人一起研究起來……

莊瑾對「愛」字神器發起進攻，卻被紫荊少女開啟的神氣擊敗，用「明」字神器操控的黑毛碩鼠在她面前吐血而亡。她急忙致電九龍皇子，聽皇子說了一會後，瞬間就興奮起來。

電話裏，九龍皇子向她透露「魔虱襲港行動」，斷言不出數天，神氣少年將進入龜縮狀態，她可以隨時入侵「愛」字神器，盡閱《政壇猛進大法》。

構陷

神氣少年

位於中環的國際會計師培訓學校，過去幾天有過半學員請病假，都是患上皮膚病，引發傳媒廣泛報道。「熱新聞」女記者言傳玄，現場採訪中直指「皮膚病」是牀虱之毒；第二天，她採訪內地家俬專賣場，職員言之鑿鑿地說內地木材自帶虱蟲，言記者了解得知，國際會計師培訓學校月前更換的椅桌全部來自這個賣場。

　　第三天的牀虱新聞多處開花，律師樓、銀行、全球金融廣場、酒店……〈牀虱攻中環〉、〈惡虱攻佔白領身體〉、〈臭虱潛伏香肩〉，恐怖的標題吸引着港人眼球。

　　言傳玄在當下的牀虱新聞大戰中廣為人知，今晚睡覺之前，她接到一個神秘電話，說有魔性化的牀虱，即將襲擊安橋在1號警署附近的三間護老院。

　　言傳玄叫上同事高B哥，背上大小器材，趕到現場。報料人明確指引兵分兩路，指定她本人守在1號警署後街的安橋第一護老院，同事守候安橋第二護老院。

　　言傳玄埋伏於安橋第一護老院對面馬路的垃圾站，看見護老院一側的街邊停泊一輛貼着「平凡滅蟲」文字的工程車。鏡頭裏的平凡滅蟲車，實在不平凡，與平常街道駛過的滅蟲車大不相同，是輛七人車。車身圖案並非蟲鼠，而是龍槳、紫荊葉、道地小食和音符。

　　這時，高B哥也抵達目的地，在安橋第二護老院同樣見到一輛「平凡滅蟲」車，從他傳來的照片可見，那是輛小型號的舊貨車，與其他滅蟲公司的工程車無異，車身則畫着蟲鼠圖案。

　　高B哥接連傳來照片：三個穿着平凡滅蟲工衣的男子下車；兩人合作從車尾箱取出滅蟲工具；另一似是領隊的人邊打電話邊按護老院門鈴。

　　言傳玄鏡頭裏的滅蟲車毫無動靜。

　　垃圾站來了一位不同傳媒機構的同行，正忙着擺弄機位……緊接着又來了一位同行。言傳玄過去問詢後得知，他們都是接到了報料電話，也派了同事去第二護老院暗中守候。

三位來自不同傳媒的記者，一致判斷這將是勁爆事件。

第一波來了。三人都收到同事傳來的進展：第二護老院的院友家屬陸續趕到，大批老人家被牀虱咬傷！

第一護老院周遭依舊安靜。「平凡滅蟲」七人車司機位的車窗開了少許，三記者同時捕捉到司機，形象酷似尼姑！

三記者同事又來消息：第二護老院來了幾台救護車！

接着，三人分別收到報料人的文字信息：你們面前的滅蟲車，是魔法戰車，車內有兩男兩女四少年，司機和副駕是尼姑。四少年受兩尼姑指揮，操控魔性牀虱襲擊安橋在本區域的多間護老院。四少年分別用吹樂、彈唱、道地小食、龍舟槳，啟動車內的一面魔法銅鑼，發出不同色彩的氣體，魔虱裹挾氣體，侵入目標場所。稍後，你們自己驗證！

三記者互相對望，發現眾人表情驚怪。

言傳玄的同事已經進入第二護老院開始現場直播：據了解，平凡滅蟲公司十多天前開始在安橋第一、第二和第三護老院滅虱，對於今晚突發的兇惡牀虱，咬傷老人家，滅蟲專家表示不清楚，只說會盡力殺滅。

「氣體！氣體！」旁邊同行的低沉驚訝，言傳玄雙眼迅速回到自己攝影機鏡頭。一股藍色氣體從車內溢出，映照車身刻劃的龍舟槳閃閃發光——躍躍欲動——最後脫畫而出！

龍舟槳在車外上下右右翻飛，發動三道氣體飄向三個不同方向，三記者目睹其中一道滲入第一護老院。

龍舟槳只用了不到三秒時間就發出三道氣體，隨即回到車身畫面，滅蟲車周遭回復平靜。

安橋第二護老院傳來消息，印證了龍舟槳發動的氣體進入了護老院，但氣體並非裹挾牀虱，而是殲殺牀虱，院內瞬間虱屍遍地。

過了一會，「平凡滅蟲」七人車發動，離開遠去。三記者正要走近第一護老院查看究竟，報料人信息又至：平凡滅蟲車泊

位地面，有殘留魔虱屍體。

　　三人跑步過去，果然見到二十多隻虱屍，即時攝錄，言傳玄還撿起數隻，裝入香煙空盒帶走。三位記者未能在第一護老院挖出更多消息，準備撤離，會合還在第二護老院的同事。途中，言傳玄突然改變行程，「打的」他去。

　　三位記者從第一護老院離去後，魔蟲幫的魔虱之將現身街邊泊車位，他站立剛才「平凡滅蟲」七人車的泊位，掏出電話：「報告幫主，行動順利，記者中計！請指示是否需要到神器山莊跟蹤言傳玄。」原來魔虱之將就是「報料人」。

　　電話連線中的魔虱之將接連點頭，「謝謝幫主！再見！」，然後走過對面公園，進了一間小酒吧消遣。

　　獲獨家報料的言傳玄，趕到神器山莊，沒等多長時間，果然見到七人車「回家」，開入山莊。

　　言傳玄格外興奮，構思「做大新聞」，委託了「狗仔隊」朋友，盯緊神器山莊。

　　次日，魔虱新聞熱爆香港，「尼姑操控少年」、「神器山莊」、「護老院魔虱」、「平凡滅蟲」……成為熱詞充斥全港地鐵車廂、餐飲場所和網絡社群。

認親

每個星期日早晨，錢家都要舉行早禱會，錢大少和錢二少目前分別在國外公幹和進修，早禱會改為視像形式進行。今天的早禱會令錢家三位公子非常期待：因為「家姐」將現身！這個不可思議的「驚喜」，是父母共同在家庭群組宣布的。

　　錢太對文蝶參加今天的家庭早禱，驚喜不亞於兒子們，丈夫昨晚回家後，才向她坦言父女倆已秘密相認並合作好些日子。對丈夫要求文蝶認親暫不向外公開，錢太強烈反對。錢滿山講述了目前「神器」事態、公司和他的政途處境；只信上帝不信其他神的她，內心忐忑於丈夫為何突然急於與女兒相認；她經歷一番禱告，欣然接受這個「神的恩典」。

　　文蝶今天起得特別早，當然是興奮赴錢家認親，被神氣少年及支援隊推舉主理今次危機處理的她，將神器山莊提出召開的早上緊急會議，改在下午三時。

　　她叫來一輛出租車。習慣早起的陳校長，在鄰屋臨街窗前觀察，奇怪她並不像遭遇難事，看得出經過精心打扮，將已長至及肩的秀髮結辮，盤於腦頸之後。

　　文蝶乘車前往半山途中，平凡多次致電她沒接聽，她理解平凡現時的處境，惟她尚未想出對策，她想徵求父親意見。

　　文蝶在錢家大宅山下的公共泊車處下車，待出租車離開後，上了泊車處的一輛寶馬轎車。

　　寶馬轎車的司機是錢滿山，是專門接女兒回家的。

　　文蝶向錢滿山報告「魔虱事件」……

　　錢滿山：「我等你的時間看了傳媒報道，你們如何應對？」

　　文蝶：「女兒想聽 Dad 意見。我已獲授權處理今次危機。平凡滅蟲公司對神氣少年發展的助力，十分重要，我要確保平凡不被打垮；如果能得到滿福全線的滅蟲合約，加上神器山莊的長期合約，就算其他所有客戶斷約，平凡滅蟲也足可以繼續經營。」

　　錢滿山：「先穩住他，女兒思路正確，我答應你！」

　　文蝶：「女兒代平凡感謝 Dad！如何走下一步，女兒毫無

頭緒。」

錢滿山：「先見過家人，早禱會後我倆研究研究。」

文蝶：「謝謝 Dad！」

錢滿山領文蝶經電梯直上三樓，錢太在電梯門口迎接，恍若相處日久的母女，兩人互道：「早上好」、「感謝主」、「非常高興，以後可以常常感受您的喜樂！」、「求主耶穌興起乖女的喜樂，阿們！」。

錢太捉緊文蝶的手，錢滿山跟在兩人身後，進入門楣寫着「基督之家」的寬闊房間。

房間四面掛滿聖經金句條幅，中間一張圓桌配備六把椅子和四台桌上電腦。正在擺弄電腦的小男孩，跳躍到文蝶面前高聲稱呼：「家姐好！」

文蝶喜形於色，脫口而出「三弟天生可愛臉！」她從手提包取出盛裝果子的透明玻璃瓶，遞給他：「這是清嗓果，採自雲南山澗，護嗓清音助朗讀，早起時含至果化。」

「謝謝家姐！」

錢大少、錢二少上線了，母親牽着文蝶進入熒幕前，為三人互相介紹。也許成人沒有孩童純粹、也許不在現場的原因，熒幕裏的大少和二少不住揮手「Hi、Hi、Hi……」，卻始終沒叫出一聲「家姐」。

母女並排而坐，父子坐對面。

錢太：「安靜下來，我開始領禱。」

文蝶模仿家人將兩手雙握於胸前，雙目微閉。

錢太：「無所不能的父神，世人恩典源泉的父神，感恩祢將女兒文蝶帶到她生父面前，帶回到我們，也是她的家。慈愛的父神啊，感謝祢奇妙引領我完成滿山與文蝶父女 DNA 驗證。祢奇妙難測的恩典現今臨到我們這一家，祢在不久之前安排了我與文蝶見面，安排了父女相認，此刻在祢的恩典裏，女兒文蝶與三個弟弟相認——我們全家感恩祢，開口讚頌祢！」文蝶聽到所有

家人跟隨母親說出「感恩、讚美父神！」虔誠齊呼「阿們」結束。文蝶最後小聲附和了「阿們。」

錢太對她輕聲說：「『阿們』的意思是由內心發出的熱切真誠，別急，我、滿山和三個弟弟都會為你能融入早禱會向神禱告。」

接下來是大少領唱讚美上帝的詩歌。文蝶開始時只是專注熒幕緩慢流動着的歌詞，後來輕聲跟着唱。母親和另外兩個弟弟則揮舞雙手大聲唱，可以用人歌合一形容。

接着程序是二少領讀聖經，文蝶聽出乃是家人關係相關的文字。讀完，錢太率先就聖文分享她的感動，錢滿山、三個弟弟依次分享……輪到文蝶，母親說：「我明白第一次參與研讀聖經，會有許多不習慣，女兒你不必對照經文分享，隨心所欲說說。」

文蝶好一會醞釀，「嘩」的哭起來，令家人不知所措。錢太輕撫她肩背，說：「難為你了，乖女，是媽咪考慮不周。」

文蝶止住哭泣，尷尬笑道：「我是感動！身心體驗到幸福的喜極而泣。三弟，可別笑家姐喔！」現場和視訊中人一下子噴笑開了。

早禱會在大少領唱完《奇異恩典》，母親再次感恩禱告後結束。

熒幕內外，持續不斷的「Bye、Bye……」被錢滿山的話打斷，他向女兒提及「神器」，錢太沉默，現出些許不悅。

文蝶向錢太解釋道：「其實神器不屬迷信範疇，目前掌握的實證，愈來愈指向銅鑼神器是史前的超級電腦，與我們面前的四台電腦不同的，銅鑼神器還內置綠色能源等其他資源……它不是用電力開啟，而是以人的意念開啟，三弟可以聖經金句開啟『愛』字銅鑼神器，就是例證。總之開發神器銅鑼並非異教，而是科學探索。」

錢太將信將疑，錢三少也好奇「神器」，立馬走到文蝶跟前，大少二少相繼下線後，錢太沒再發表什麼，而是告別出房去準備早餐，早餐後她要帶上家人包括文蝶去教會崇拜。

錢滿山好不容易勸止了姐弟倆的對話，送老三出房並關上門。文蝶抽空閱讀手機信息，最重要是平凡的「緊急」求助：「多家報社致電要求採訪！怎麼辦？」

文蝶請教父親後，致電平凡，告誡他謝絕採訪，下午三時到神器山莊等她，並告知平凡好消息：「錢生答應給予滿福全線的滅蟲服務合約。」

父女倆在早餐前，擬定出了化危為機的策略。

早上十時，文蝶跟隨錢太走進半山的一間教會，錢滿山父子則去了同一教會的另一個崇拜點，原因是避免洩露文蝶的身分。文蝶以錢家遠房侄女的身分與錢太一起走進教會，接受弟兄姐妹熱情真誠的「上帝祝福你！」崇拜完後，錢太推薦文蝶加入職責營，文蝶再次被熱情包圍，好不容易完場後，獨自離開。與錢滿山和三少回家進行「五恒神氣」試練。

三人在神器室逗留不到一小時，興奮離開。已經回家打點午餐的錢太看在眼裏，欲言又止。

神氣少年

文蝶掌權

神器山莊內，四位神氣少年起牀即知悉自己遭魔蟲幫構陷，小食王子摔碎多款小食大罵可恥，龍槳少年將龍舟槳從宿舍前平台舞到屋後草坪，粵歌公主結他在手，反覆彈唱《誰明寸草心》，紫荊少女則與明識和唯識師太一道禪坐入定……

下午，平凡來了，大家一起覆盤昨天的各個環節，翻來覆去，直至文蝶進入議事堂。

平凡期盼之情，貫徹文蝶一言一行，她腳步聲走近，他的信心就回來。

文蝶第一句話，是「擱置『神氣少年自主行動試行計劃』，並停止無意義的覆盤。

「你們，也避免不了下次、下下次，天真無邪少年難以躲避成年人魔的構陷。」

議事堂靜默。

文蝶：「已經有『狗仔』在山莊外盯梢！」

明識師太：「怪不得，保安報告外面公園發現形跡可疑人士。」

文蝶聽後心下暗暗佩服並感謝父親的即時情報工作。

文蝶：「我自薦，神氣少年暫時由我主導，我已經找到第五位神氣少年！」

四位少年齊聲跳躍歡呼，神器山莊表態支持文蝶，小食王子於師太發言時搶話：「是哪位少年英雄？」說完了才意識搶話不對，用手掌捂嘴。

文蝶：「神氣少年是否服從蝶姨帶領？」

四少年齊聲：「服從！」

文蝶：「他是『愛』字神器守護者錢滿山的小兒子，他誦讀聖經金句成功開啟『愛』字神器，我傳他『五恒神氣』一小時，他就可以開發神器能量！」

四少年嘖嘖稱奇……

文蝶滿懷信心：「我有把握，他與你們四位一同練習，『五恒神氣』定必功成！到那日，神氣少年正式自主！」

大家一下子振作起來，文蝶冷靜地下達第一個決定：「今天起，神氣少年暫停與魔蟲幫爭戰。我將策劃『五恒神氣』練習，以及集聚社會正能量的活動。」

會上，神器山莊因應目前形勢，重新制定了保障四少年正常上學的措施。

少年們依次告別大人們回宿舍去做學校功課了。大人們留下商討平凡及平凡滅蟲公司的危機處理……

刮目相看的
平凡

黃昏之前，平凡公開從神器山莊正門外出，張揚「打的」前往1號警署後面的停車場。文蝶與剛才進入神器山莊一樣，經後山秘密離開，到了安橋第二護老院附近商場內的咖啡廳。她買了一杯烘焙咖啡，開啟手提電腦等着收看「熱新聞」……

　　一個身材瘦小、短髮、有點疲憊的年輕女子開播：「觀眾朋友大家好，我是熱新聞記者言傳玄，現在位於安橋第二護老院，為市民朋友追蹤『魔虱狂咬老人家』的真相。安橋護老機構請來了滅蟲專家協會的多位滅蟲專家，與傳媒同行一起到了護老院。遺憾的是，身為事件主角的平凡滅蟲公司沒人到場，事件發生後更拒絕採訪。但是熱新聞透過『通天線人』得到確切消息：主角平凡即將到達，因此我不隨傳媒同行急於入內，而在門口等候。」

　　文蝶淡定拿起擺放直播電腦前的電話，給平凡發信息：「果如意料，是熱新聞的人在山莊外埋伏，言傳玄已經預告你到達，按既定方案行事，我們都支持你！」

　　文蝶即時收到平凡「OK」符號的回覆，繼續看直播。

　　言傳玄現場接到電話，拉高分貝興奮的說：「熱新聞！你好！我是記者言傳玄……謝謝你！謝謝你的獨家電話！！謝謝你對熱新聞的信任！！！我一定如實報道，待會見！」

　　接過這通電話的言傳玄，視像裏也可以看出她頓時精神倍增：「新鮮熱播，魔蟲事件主角之一平凡師傅，親自致電本記者，表示待滅蟲協會專家組視察鑑別虱蟲後，即到現場，其原因何為？言傳玄先賣個關子，我們先進護老院看看滅蟲專家的現場視察。」

　　第二護老院內，多家傳媒貼身跟隨滅蟲專家組，直播各專家撿取兩組虱屍樣本。一組是本地普通虱，另一種據說是滅虱藥也殺不死的虱。專家組各自取出顯微鏡觀察……

　　視察完五個通鋪大房和二十個獨立房，專家、記者跟隨安橋高層來到辦公室。專家們將虱屍攤放在辦公室桌上，再次取出顯微鏡……人多擠擁的辦公室雖然開着空調，但數十萬在線觀眾均感受到裏面令人窒息的氣氛。

一位專家收起顯微鏡，說有結論了，其他專家相繼表示已有結論。

　　領隊的專家環顧現場眾人，說：「為保證公平公正，我們專家組五人各自將結論寫在紙上，在傳媒監督中展示。」

　　五位專家在護老院即時提供的白紙上書寫，均快速完成。

　　這時言傳玄接到平凡來電，將電話遞給領隊專家：「平凡師傅找您。」

　　領隊專家接過電話：「……你就在樓下？很好，我們等你。」他交回電話予言傳玄，對眾人說：「平凡將現身，見證我們公布結論，請各位稍候。」

　　記者紛紛將鏡頭對着門口。

　　閃光燈「咔嚓」聲中，平凡輕輕推門而入。中等身材，約三十多歲，穿着「平凡滅蟲」工衣。安全鞋踏出的厚重響聲，與閃光燈「咔嚓」聲音組合出了節奏。一副憨厚臉貌瞬間拉近與陌生人的距離。

　　言傳玄箭步上前將平凡牽到現場中央，在一眾閃光燈下說道：「再次謝謝平凡師傅對熱新聞的信任！」

　　安橋高層和滅蟲專家組都表示多謝平凡來到現場，共同解決魔虱風波。

　　五位專家在閃光燈下，手拿 A4 紙，依次讀出結論。

　　第一位專家結論：兩組樣本是同一種牀虱，源於東南亞，可以用本港認可的多種滅蟲藥殺滅。

　　第二位專家結論與第一位相同。

　　第三位專家結論：第一組樣本是普通牀虱，源於內地；第二組樣本與第一組迥異，死狀恐怖，可能是近日傳媒朋友廣泛報道的，始於中環散播全港的魔虱。

　　現場忽然人聲鼎沸。記者的長槍短炮瞬間將第三位專家包圍。

他向記者自報姓名「萬蟲克」，並不慌不忙地向餘下兩位同行道：「待兩位說過結論後，請容在下再細說。」

平凡並沒有像現場眾人或興奮或疑惑或憂心，他神態自若，他知道萬蟲克是魔蟲幫幫主崔水的師兄，不久之前加入了皇子滅蟲公司，任副總經理。

第四位專家結論與第一、第二位相同。

第五位是領隊專家：「兩組是同一種牀虱，第二組有個別牀虱的死亡狀態比較難看，與熱力致死的牀虱相似，但護老院不可能採用熱力滅虱，致死因難以界定。」

萬蟲克：「我敢肯定存在魔蟲，並全面入侵香港；中環各大寫字樓滅蟲，多家滅蟲公司施藥結合熱力，均殺之不死，就是力證！」

記者A：「請問四位專家，果真如此嗎？」

其餘四專家均稱有殺不死的虱蟲出現。

萬蟲克：「魔蟲到底源自何方？平凡師傅應該清楚？」

平凡再度成為焦點。

平凡：「首先，我感謝協會專家組的工作，感謝安橋的信任和配合，感謝傳媒朋友。我選擇這個時間前來，是要確保滅蟲專家組這次鑑定的公證可信。同行專家四比一判斷這間護老院出現的是普通牀虱，並認可平凡滅蟲的滅虱方案，就等於洗脫了我平凡的不白之冤。至於各位同行認可的殺不死牀虱，並沒有在護老院發現；而個別死相難看的牀虱，則超越了本次滅蟲工作範圍。」

記者B：「平凡師傅可否解釋，昨晚停泊安橋第一護老院附近，一輛印有『平凡滅蟲』的七人車，司機和副座為什麼是尼姑？車身的龍舟槳圖案為什麼會跳下車？並會發出藍色氣體？更奇怪的是，幾乎同時，為什麼藍色氣體會滲入第二護老院室內？」

平凡：「我沒必要隱瞞，兩個都是神器山莊的師太。神器

山莊給了平凡滅蟲公司十年服務合約，每星期我有幾天在山莊進行防蟲滅蟲工作，合作無間，出於工作方便給配車位，互相借用車輛，都很正常。至於傳媒朋友看到的神奇龍舟槳發動藍色氣體，我不在現場，真的一無所知。」

平凡停頓了一下，在下一個記者提問之前，提高聲量道：「至於香港魔虱，是真實的！」

現場炸了，相信所有收看直播的觀眾被驚嚇到，引頸期待着平凡接下來的言論，唯獨咖啡廳內的文蝶平靜而自信。

平凡：「魔虱與普通牀虱的區別不是死狀恐怖程度，其實是同一種類的虱蟲。普通牀虱一旦被『妖人』以負能量魔音控制，就變成了魔虱。」

「你怎麼知道？」「是誰用魔音操控牀虱？是四個少年人？」「平凡師傅你知道詳情！」……

平凡待記者和同行連串發問完畢，自然而然回歸憨厚本色：「我不知詳情，但就在今天，神器山莊告訴我，她們經過長時間偵查，於昨天查出了魔音操控魔虱的組織，肯定不是少年人。大家求問，可找神器山莊，我不會再接受訪問，謝謝大家！」

平凡正要告辭，萬蟲克說道：「平凡師傅你不知情？你怎樣解釋上月帶同兩男兩女共四少年，多次來安橋護老院滅虱？」

平凡再次面對現場所有人的質疑，回答說：「那是神器山莊與安橋合辦的青少年義工活動，平凡滅蟲公司只是協辦方。」

安橋高層證實了平凡所言，平凡告辭離開。

咖啡廳內，文蝶關上電腦，收拾離開時，平凡來了電話……

神器山莊內的一間辦公室，收看完直播的明識和唯識師太，也適時接到平凡的電話。

明識師太：「平凡師傅辛苦了！這是我們的集體決定，是神器山莊義不容辭的，下面的事就由神器山莊處理，辛苦您了！」

此後一段日子，「魔虱襲港」新聞愈演愈烈，神器山莊成了新聞熱點，佔據搜尋榜前列。

魔蟲
內鬥

以九龍皇子行宮為首的三盟會，在陳校長的策劃下，達成迫使神氣少年隱身。魔蟲法師迫不及待，實行操控潛伏１號警署的鼠妖Ｂ。

深夜，咕嚕開車，師徒兩人抵達１號警署外的露天公眾停車場。突然下起的大雨令魔蟲法師信心更大，因為小鼠妖懼怕雨水，難逃室外。

車內，咕嚕將師父的法器銅鑼懸掛座椅背後，從保險箱取出一個搖鈴遞到師父手上。

這是一個銅質搖鈴，大小與常見的普通搖鈴相若。魔蟲法師隨便一搖，法器銅鑼湧出滾滾黑氣；再搖，黑氣幻化成一頭虎形黑鼠；第三搖，虎形黑鼠撲入警署。咕嚕跟隨師傅視線，注視法器銅鑼顯現的時空隧道，但見虎形黑鼠左衝右突，上竄下跳，最後在「檔案室」的冷氣槽尋着了鼠妖Ｂ。意外的是鼠妖Ｂ不受指揮，魔蟲法師第四、五、六、七、八次搖鈴，鼠妖Ｂ血頭顯現「明」字，對着虎形黑鼠晃動幾下，然後跳去無蹤。

魔蟲法師轉而開啟警署內的「通」字神器尋找，依然尋無蹤影。

魔蟲法師無奈收功。

咕嚕：「果真被莊瑾捷足先登？」

魔蟲法師：「是為師的錯，小瞧她了。」

咕嚕：「跟她談談？做個交易？」

魔蟲法師：「要談，但對手不是莊瑾。回去你備妥五個銅鑼搖鈴，明天跟我去見九龍皇子。」

第二天一大早，魔蟲法師與咕嚕就到了九龍皇子行宮，等候至十一時，才獲九龍皇子接見。

九龍皇子辦公室內，九龍皇子一如以往，坐在高階之上的大班椅，瞧了一眼隔着長形辦公桌站立的魔蟲法師和咕嚕，隨即轉向坐在辦公桌一側的魔蟲幫幫主崔水：「繼續。讓法師也參詳參詳嘛！」

崔水：「是，皇子。魔蝨幫已經將『魔蝨襲港行動』推進至第二階段，魔蝨幼姐潛入了上市公司、中小學校，接下來是培育幼姐成吸血蝨蟲，加快魔蝨入侵千家萬戶。」

九龍皇子：「崔水果然是將帥之才，魔蝨之將也不錯，你代本皇子表彰他。」

崔水起立躬身致謝。魔蟲法師向崔水比起大拇指：「崔水法器馭蟲很有天分，師傅為你驕傲！」然後畢恭畢敬對九龍皇子說：「還是與皇子英明領導分不開呀！本法師今日拜會皇子，是要聽取皇子教誨，為表誠意，專門從法器教總壇要來了五個便攜法器，獻給皇子。」

咕嚕打開帶來的保險箱，取出五個銅質搖鈴，排列辦公桌上。

魔蟲法師：「這五個手搖銅鈴，配合銅鑼法器使用，功力倍數增加，輕輕一搖，方圓五公里蟲鼠，盡歸魔蟲指揮！」

九龍皇子：「本皇子就不客氣了，崔水收下。」

崔水謝過法師，收下禮物。

魔蟲法師：「皇子殿下，本法師會盡快向崔水徒弟傳授銅鈴法器大法，為皇子效力。」

九龍皇子沒正眼理會魔蟲法師，雙眼微閉，致使現場氣氛微妙起來。

咕嚕身體微動，意欲打破沉默，魔蟲法師搶先笑道：「皇子，本法師有一事求您相助……」他吩咐咕嚕退出了門外，欲言又止，眼睛又數度落在崔水身上。

九龍皇子：「崔水是本皇子心腹。」

魔蟲法師：「果然有王者風範！」讚美語畢，輕輕面對崔水說：「作為資深滅蟲專家，十分清楚老鼠在香港分佈的廣泛性、隱藏度和破壞力都比牀蝨等害蟲高出許多，假若魔鼠像現在的魔蝨被散播港九新界，那時……」

九龍皇子打斷魔蟲法師的話，道：「道理都懂！等到有朝

一日，法師成功引進萬年鼠妖再議吧。」

魔蟲法師成竹在胸的神態繼續道：「只要皇子助我暗地利用『明』字神器，本法師很快為皇子辦到！」

九龍皇子上身前傾了些許，雙眼又微閉起來。

魔蟲法師：「皇子殿下志存高遠，莊瑾是獨立特行的政客，將來難免成為競爭關係。我藉此報告皇子：她已經成功操控鼠妖B，她早晚不受任何神器控制。」

九龍皇子將信將疑，不置可否。

魔蟲法師：「九龍皇子行宮謀劃參與明年的議會選舉？手搖銅鈴可以激發神器的《選舉必勝大法》！」

九龍皇子：「有意思，本皇子會力助法師利用『明』字神器，你找陳校長策劃，崔水統籌行動。」

魔蟲法師躬身道：「謝謝皇子殿下！」

神氣五恒
成團

冬至日近。香港民間有「冬至大於年（春節）」之說，不論信奉哪一個宗教的家庭，都會在冬至正日或節前安排聚餐。餐飲業藉此迎來一年一度的旺市小高峰。滿福飲食集團旗下餐廳，無論中式日式，節期內晚餐預訂爆滿。歷年的冬至，錢家輪流在自家餐廳舉辦一場聚會，邀集骨幹員工和親朋好友參加，今年除了沿襲傳統晚宴，還特意額外張羅了冬至正日在家中聚會。

這個冬至正日家中聚會，是文蝶的安排。

魔虱事件持續發酵，神器山莊按既定計劃，逐步發放神器起源、發展和現狀的資訊，多家媒體或明或暗駐紮神器山莊附近。

四個神氣少年分成兩隊，從神器山莊後山離開，去到市區不同的約定地點，再乘坐錢家的轎車，開往山頂區。

文蝶的計劃不錯，到達錢家，恰是下午茶時光。

錢宅後花園，面向大海港灣，背面及兩側被自家建築遮掩，私密度高；花園依照山勢地形修造，最高處是游泳池，下一級是網球場，兩者之間是露天餐吧；餐吧近似三角形，用綠色帳篷將三棵紫荊樹固定搭建而成，其中一棵半枯半綠。正中那張原木圓枱特別大，配置近十張椅子。

一個全身運動服飾的少年，坐在面向大屋玻璃門的椅子，一本大部頭聖經放置在原木大枱上。

玻璃門開，四個神氣少年走出花園。除了形貌最為稚氣的男孩專注拉他的行李箱，其餘三人向他輕盈的揮着雙手，他快步上前，首先與領隊的紫荊少女互相 Say Hi，熱情地說：「歡迎神氣少年光臨！我姓錢，名恩雨，別再像電話中叫我錢三少了，各位叫我恩雨吧！」

紫荊少女向恩雨逐一介紹三位同伴，五人一起走進露天餐吧，圍着正中大圓桌而坐。

小食王子迫不及待從行李箱取出首席神器。

恩雨：「傳說中的首席神器！」

小食王子：「現實中的首席神器！小食王子這就給恩雨少

爺展示？」

恩雨：「不急。同是神氣少年，真不必叫我少爺，我們一邊品嘗下午茶，一邊交流。」

錢家花園餐吧是自助餐廳，開放式廚房的保溫炊具已經備妥各式熟食、飲品，恩雨招呼四少年各自取了餐具，介紹着點心茶飲。

小食王子被美食吸引，一遍又一遍來回廚房與餐桌，暫時游離同伴與恩雨之間圍繞神器的交流，直到粵歌公主以結他彈唱《獅子山下》，才放下食物，安坐桌前。

恩雨定睛首席神器：豁然開通一條光明大道，連結了他家地下的「愛」字神器。

小食王子搶先念動「通明愛放和」，衣服上的小食圖案跳躍而出，激發首席神器湧現源源蒸氣，「小食攻擊！」右手指向大海，蒸氣裏挾點心奶茶，如箭衝向海灣。

恩雨拍掌稱讚之時，小食王子輕鬆一聲「收兵。」小食從上空瞬間回到他面前，回復為他的衣服圖案。

恩雨：「常常聽到文蝶姐姐讚賞小食王子的神氣威力，果然名不虛傳！」

小食王子：「過獎了，恩雨哥哥也可以的，加油！」

龍獎少年：「大家一起加油！」說完與紫荊少女先後展示了「五恒神氣」。

分別展示完畢的神氣少年，期待的眼睛落在恩雨身上，只見他雙掌互握於聖經，輕聲吐納「通明愛放和」，首席神器洞見金光大道！恩雨朗誦起聖經金句，首席神器的金光照耀着聖經金句文字歡欣跳躍而出，蕩漾在錢家花園的每個角落，一草一木……

早在屋內憑藉透明玻璃門觀賞的錢滿山和文蝶，頓時感受到室外花園滲透而來的溫暖力量。

文蝶輕聲說：「當恩雨煉就將溫暖作動能，能力將無限。」

錢滿山：「一定要與粵歌公主配合練習？獨立不行嗎？」

文蝶：「『五恒神氣』是聯動的，五元素之間你中有我，我中有你。獨立不成神氣。」

恩雨收功，停止朗誦，聖經金句緩緩的如大珠小珠落玉盤，隱沒於首席神器。神氣少年紛紛開口伴以拇指、掌聲讚美。

恩雨：「感謝主！」然後對粵歌公主說：「現在開始文蝶姐姐為我倆設計的練習方案？」

粵歌公主：「OK，我依照你傳來的主禱文曲譜練了幾天，先試彈一遍，請指正。」

粵歌公主彈起結他……曲終，恩雨讚道：「你是結他高手！」

兩人聯合訓練正式開始，粵歌公主彈奏，恩雨開唱……

首席神器在曲子甫起就被開啟，主禱文升騰而出「我們在天上的父，願人都尊祢的名為聖；願祢的國降臨；願祢的旨意行在地上，如同行在天上……」

每字每詞每句撫慰少年人；草木都被觸動，用來支撐帳篷的那棵半枯紫荊樹，漸漸轉綠，有枝節長出新芽。善於開發神氣的小食王子、龍獎少年和紫荊少女都露出難以形容的訝異神態，吸引了背靠半枯紫荊樹的粵歌公主和恩雨結束彈唱，轉過身來……

錢滿山和文蝶走進花園，目睹奇蹟。

充滿花園的主禱文句子，隨着樂曲唱結，溫柔的回歸首席神器。

恩雨轉身溫暖的叫「Dad」，逐一介紹隨着轉身的四位少年客人……

錢滿山問四少年：「剛才的聖經金句有攻擊力嗎？」

小食王子上前一步，說：「錢伯伯好，我感覺不到攻擊力，不能像我的小食神器擊敗魔蟲幫！」

文蝶：「未來一定可以！能量大小取決於兩人的配合程度，還有聚集的正能量值，我已經為兩人制定『唱遍香港集正能行

動』方案!」

五位少年熱情高漲。

文蝶趁熱打鐵,主邀恩雨加入神氣少年,並取名「恩雨之聲」。五位神氣少年正式成團,少年們互選出龍獎少年為團長。

錢滿山在文蝶與少年的慶祝聲中獨自離開,下到神器室,站立「愛」字神器面前。

他從古戰車帥座取出一串銀針,兩掌各捏一根,左右開弓點刺銅鑼,奏出哈尼民歌《栽秧山歌》……這是女兒近日傳授的,銀針也是女兒送的。

「愛」字神器開啟,他點出了「法器寺」頁面,搜尋到《香港富豪與百官行述》封面,無奈用盡針刺手法也未能打開內頁。左右思量中,一血頭老鼠從遠處竄出,向他衝鋒陷陣而來!把他嚇得把銀針掉地上。危急之中,一股綠色氣體降臨古戰車,血頭老鼠掉頭逃去……

女兒文蝶急速來電問詢,錢滿山首先從文蝶處確認了神氣少年什麼也沒看到,純粹是紫荊少女自然反應地開啟了已經放回行李箱的首席神器。他回覆女兒「晚宴之後再談」,便匆匆收線,點開 WhatsApp 聯絡人,搜出「深喉3號」寫下「速電聯」傳送。

錢滿山走出神器室,在電梯門口接到「深喉3號」來電。

錢滿山:「……你現在給我,沒錯!我要趁着有首席神器守護,今天一定要打開本書。四十分鐘後,上環港澳碼頭旁的露天停車場交收。」

錢滿山邊掛電話邊按電梯,電梯門開見到文蝶。

憂心形於外的文蝶問父親:「『愛』字神器有意外?」

錢滿山:「沒什麼,我出去一會,回來後談。」

文蝶望着父親急匆匆獨自開車下山。

四十分鐘後,錢滿山到達上環海旁。下午茶後的露天停車場,車子不多,錢滿山把車停泊在靠海旁馬路的一輛小貨車旁邊

後，撥通「深喉3號」電話。

錢滿山：「小貨車Q166？我在你旁邊的HK111。我明白，你要今天十九時前把東西放回法器寺。十七時之前，在此處，我原物交還你！」

錢滿山下車，快步走近小貨車。小貨車司機微微打開車門，遞給錢滿山一個黑布包裹，錢滿山取過，即回自己的車，快速開車離開。

錢滿山駕車回到自家停車場，他右手拿黑布包裹，左手撥通文蝶的電話。

錢滿山：「五分鐘後，我要開啟『愛』字神器內一個重要文檔，不適合未成年人觀看，但我需要首席神器的能量守護，請乖女幫忙，之後與你交代。」

錢滿山聽到文蝶說「父親放心！」，邁着大步走下神器室。

他將黑布包裹放置古戰車，打開：是一面小型銅鑼和一個銅質搖鈴。接着取下他的銀針在手，致電文蝶並得到「準備好了」的答覆後，用銀針再次點刺奏響《裁秧山歌》，點開「法器寺」搜出《香港富豪與百官行述》，取過搖鈴，對着小銅鑼搖響……

血頭老鼠沒再出現，他順利的翻開內頁，並用相機拍攝……在首席神器自然發出綠能量氣體的同時，錢滿山收功，再次匆匆外出……

十六時三十分，錢滿山趕到上環海旁露天停車場，將黑布包裹交回Q166小貨車司機手上。

錢滿山：「好好幹，你家人的居港權很快會有好消息！」

小貨車傳出並不純正的一聲「謝謝錢生！」迅速發動離開。錢滿山並沒有目送小貨車，他挺起胸飽覽維港美景，哼唱《誰與爭峰》……

九龍皇子

涉政佈局

九龍皇子行宮，聖誕節早就過了，聖誕樹仍然高聳兩邊，崔水感覺皇子行宮今年的聖誕裝飾最具排場。他率領魔蟲幫魔蟲四將大踏步走過牌坊，木材運轉工場的同事見了，放下手上的工作，給五人報以熱烈掌聲。崔水頓覺如凱旋將帥，向眾人揮手……

　　魔蟲幫這些日子夜以繼日，以世界金融酒店為據點，於港九新界散播被操控的魔虱魔鼠，已經很長一段時間沒回皇子行宮，今天是奉九龍皇子親召回來參加參議會。

　　參議會是九龍皇子行宮年度會議，固定在參議廳舉行。崔水一行進入會場時，看見陳校長、一陌生男人和咕嚕；三人由首席依次坐於長方形會議桌的同一側。

　　崔水的名牌在左邊首席，他直接入座，魔蟲四將坐他下首。崔水先後與陳校長和咕嚕問好。陌生男子的座位名牌寫着「史通港」，他年約五十，一撮黑髮生長在光亮的頭頂，難以判斷是造型還是禿頭先兆；史通港始終全神貫注看他的平板電腦，陳校長和咕嚕均沒為他作介紹。

　　其他與會者陸續入座，都是九龍皇子行宮骨幹。

　　九龍皇子走進參議廳，九龍皇姑跟隨其後，全體起立，以鼓掌、笑臉、溫順的移動眼目，迎接九龍皇子高坐主席大班椅。

　　九龍皇姑站立皇子身邊，左手執文件夾，右手指揮眾人坐下。

　　九龍皇姑：「九龍皇子行宮決定參加明年的議會選舉！」

　　提前知道會議主題的崔水，與剛知道消息的魔蟲四將和行宮其他與會骨幹一同振臂歡呼。陳校長和陌生男則表現平靜，全場很快回復安靜。

　　九龍皇姑：「請陳校長作選舉佈署！」

　　陳校長：「謝謝皇子信任！」

　　九龍皇子稍微向他點一下頭。

陳校長：「首先向魔蟲幫幫主崔水及各位參會同仁，介紹我身邊的史通港。」

史通港起立，首先向九龍皇子躬身，再抱拳禮會一圈，隨即坐下，雙眼眯眯，沒發一言。

陳校長：「史通港是我師弟，現任道地書院副院長，精通香港選舉文化。已被聘任為九龍皇子的政治顧問，兼九龍皇子行宮選舉主任。」

九龍皇子輕鼓兩下手掌，眾人跟隨輕輕鼓掌……

陳校長：「下面有請史通港佈置開局。」

史通港：「謝謝皇子殿下！謝謝陳校長。『扎根九龍謀發展』，是九龍皇子行宮長遠方向，涉政參選啼聲，始發九龍東和九龍西兩選區。」

史通港努力睜大眯縫眼，點擊電腦，繼續說：「我宣布現在成立選舉團。除了九龍皇子殿下，現場參會同仁也是選舉團成員。陳校長為顧問，九龍皇姑為秘書長。」

又一陣掌聲。

史通港待掌聲停下，突然抬頭高聲喊出：「曾寵菜！」

多數與會者，被其強烈反差弄蒙了，魔鼠之將應聲起立：「曾寵菜到！」

史港通又高聲喊出：「曾王室！」

魔虱之將應聲起立：「曾王室到！」

史通港：「兩位果然是將才，經過我推薦，九龍皇子同意，你倆代表九龍皇子行宮參選明年區議員！」

魔鼠之將曾寵菜，魔虱之將曾王室被意外弄得如在雲裏霧裏。

九龍皇姑提醒道：「你倆還不謝恩！」

兩人回過神，面向九龍皇子躬身：「謝謝皇子賞識！」

散會前，崔水被九龍皇姑點名留下聆聽皇子指示。與會者

陸續走出參議廳，留座沒動的崔水心情忐忑，他來時滿腦子幻想，沒想到什麼角色也沒有。偌大的參議廳，面對九龍皇子和九龍皇姑，他的心慌了。

九龍皇姑：「皇子滿意你的表現。協助魔蟲法師利用『明』字神器，還得莊瑾讚賞；與莊瑾共同利用鼠妖B，卻有能力把魔蟲法師蒙在鼓裏。使其相鬥，兼食兩方，拿捏精準，很有才！」

站立認真恭聽的崔水，精神倍增的說：「全憑皇子的栽培，崔水定當繼續努力！」

九龍皇子：「本皇子答應幫助魔蟲法師利用『明』字神器，是因為他奉上的新法器可以開啟《香港富豪與百官行述》。」

九龍皇姑將一面小銅鑼和一個手搖銅鈴擺放皇子面前，九龍皇子讓崔水站到身邊。

九龍皇子：「仔細看，留心聽。」

九龍皇子手執搖鈴，搖響，口念「我是九龍皇帝，今天我出巡，官商巨富獻私隱！」小銅鑼如平板電腦開機彈出一部黑金顏色的書，名為《香港富豪與百官行述》。九龍皇子搖出內頁，崔水看到了婚外情、貪污記錄……

九龍皇子停止搖鈴，九龍皇姑遞給崔水一道行宮錦囊。

九龍皇子：「本皇子授你這對新法器，錦囊記載着開啟口訣。你要常常到富豪百官居住區搖鈴收集，因為這本書會持續更新內容，你還要努力探查更新者身分。」

九龍皇姑捧起小銅鑼和搖鈴，崔水跪地接受。

崔水：「崔水定當不負皇子重託！」

鼠襲四起

魔虱侵襲安橋第一、第二和第三護老院事件，經多家媒體追蹤採訪，證實院內虱患已經解除。關於魔虱屍體樣本，在各方專家、名嘴解構下，愈加玄幻。滅蟲專家協會的專家團至今未有新解釋。被平凡主動曝光的神器山莊，在市民心目中愈加神秘。

　　冬至過後，港九新界同時爆發鼠患，大小老鼠或橫行商場，或出沒學校、民居，甚至衝出人行道。最令市民恐慌的是，九龍許多的過街老鼠毫不懼人，過往「過街老鼠人人喊打」鼠竄逃亡的場景不再，鼠輩將人的喊打聲當耳邊風，依然故我於公共場所游蕩，更有人報告說自己被老鼠挑機。

　　本應喜慶迎新年，卻跌入談鼠色變漩渦。

　　平凡接二連三接到勘查恐怖老鼠的緊急邀約。今天上午的客戶是本港十大地產公司之一的宇宙集團，其總部大樓——宇宙大廈地處中環核心地帶。

　　聯絡平凡的是宇宙集團一名林姓副總裁。通常，大公司由物業管理部門跟進滅蟲工作，由普通文員與滅蟲公司聯繫，是次宇宙集團副總裁出馬，令平凡意識到了鼠患的嚴重程度……

　　未到九時，平凡步入宇宙大廈，在電梯大堂排隊。宇宙大廈是香港地標建築，不是因為樓高層數多，是因為宇宙集團享譽世界。富麗堂皇的電梯大堂，安靜有序的西裝男高質女，踏出清亮帶節奏的鞋履之音，一隊接一隊進入電梯。

　　平凡今天穿着的安全鞋比較新淨，自覺襯得起這環境，想到此不自覺微露憨笑。排在前面的幾位女士小聲討論電梯大堂香水氣味有異，驚醒了他的專業嗅覺。他斷定香水氣味裏暗藏死鼠腐味；電梯內，多人用紙捂鼻，平凡嗅出死鼠腐味來自電梯槽壁，大堂異味是由電梯門開溢出，因為大堂樓高近十米，即使天花有死鼠，腐臭氣味難以下沉至大堂。

　　平凡在保安處登記後，輕輕敲開林總的辦公室，兩人互遞名片。

　　平凡：「林總早晨！」

林總年約五十，體形略胖。

林總：「早晨，平凡師傅之前在歐美蟲控公司的時候，一直負責宇宙大廈的滅蟲工作？」

平凡：「是的。宇宙大廈在蟲控工作上的通力配合，使我留下深刻印象。」

林總：「幾位人士不約而同推薦你，說你技術強，責任心更強。」

被誇讚的平凡頗不自然地「嗯、嗯」傻笑。

平凡：「林總應該安排好人手帶我去現場？」

林總：「我與你一起去。」

林總親自陪同勘查鼠情，激發了平凡表現欲，趕緊說了剛才乘搭的3號電梯槽壁有死鼠，原因是滅蟲公司非專業投放毒鼠藥。

林總：「果然專業，稍後有物業部同事與你對接處理電梯死鼠，我與你一起先解決一道大難題。」

林總簡明扼要，說主席鞏小姐的辦公室大熒幕，數次被老鼠咬斷線路，接連幾間滅蟲公司都束手無策！

平凡聽後想到了魔鼠。

林總召來了保安部主管和工程部主管，四人上到28樓。

28樓是宇宙大廈最機要的地方，平凡記得他曾代表歐美蟲控公司來過28樓幾趟，預估接下來是安檢⋯⋯

四人安檢後，林總領大家坐在主席辦公室門外的休息間等候。過了好一會，來了一位滿頭銀髮的中年女士，林總三人尊敬地問好：「秘書長！」

秘書長開門，領着四人進入主席辦公室，來到一個大布幕前。

事故現場乃大布幕背後的線路系統。

工程部主管用遙控打開布幕，露出一面由十數個小正方形組成的電腦熒幕。

工程部主管開始講解情況：「二十九天前，開會前熒幕不來電，檢查發現熒幕後兩條線路斷了，接駁後整日正常；第二天會前又不來電，檢查發現又有兩個斷線口，接駁後整日正常；第三天會前檢查，又發現新的斷線口。工程部結論：非人為物理和非老化斷線，可能是老鼠咬斷，即日請來滅蟲專家。」

工程部主管從熒幕底部的地板掀開一暗隔，取出一個裝有斷電線的鋼盆。繼續說道：「兩位滅蟲專家斷定，斷線是由老鼠咬斷，他們隨即展開防鼠滅鼠工作，次日見成效，無斷線，正常通電。」

工程部主管指着靠窗的一個正方形：「第五天，這個位置背後的一根線斷了，接連到第十天，這裏晚上都斷線。第十一天換了滅蟲公司，兩晚沒斷線，但此後到第二十天，每晚斷線。」

平凡觀察裝斷電線的鋼盆，各人跟隨圍成一圈。

平凡：「三家滅蟲公司都斷定是鼠咬嗎？」

工程部主管：「前兩家斷定是，第三家的一個師傅有保留。第三家滅蟲公司負責第二十一日至第二十八日，晚晚有斷線，但那個師傅說，以他幾十年經驗，這裏沒有老鼠蹤跡。」

平凡從斷線堆撿出四段，向眾人展示，說：「請看，四段線斷口，一刀切成，是機械切口！」

眾人驚異！

平凡：「但是，其他斷線是老鼠咬斷！」

林總、保安部和物業部主管急問：

「怎麼解決？」

「機械切口是人為？」

「有多少隻大老鼠？」

被嚇得變了臉色的秘書長則嘴唇緊閉。

平凡並不急於回答，他讓保安主管推開熒幕一側的隱閉門，用手電筒往裏面照了一會；然後對整個會議室察看一番。

檢查完畢，平凡說：「首先，我有把握解決！」

四雙眼睛一齊聚焦平凡那憨厚的臉龐。

平凡：「我推斷只有三至四隻中等身形老鼠，牠們勁聰明，可以躲開三間滅蟲公司佈下的天羅地網。」

三人六目睜大，秘書長跌坐椅中。

平凡對她傻笑起來：「嚇着您，對不起。」繼續道：「四斷線的機械切口不是人為，是其他種類的老鼠咬斷！」

被疊加驚魂的四人，難以消化平凡所言……

平凡換了神秘表情，說：「處理措施的第一步，可到林總辦公室詳談？」

四人陷入平凡營造的神秘氛圍，緘默輕步緊跟平凡走出主席辦公室。

林總獨自領着平凡回到辦公室。

平凡：「第一項措施，是需要你們公司自行處理，請在熒幕後面之線路板牆安裝錄影鏡頭，今天下班前完成。」

林總：「好辦，待會就安排！」

平凡：「明天這個時間，我來看錄影，看後給出具體方案。」

林總：「明早我等你！」

平凡：「明天，我必須是第一人觀看錄影。」

林總遲疑片刻，應道：「OK!」

．　．　．　．　．　．　　　二　　　．　．　．　．　．　．

離開宇宙大廈後，平凡接到莊瑾電話，說莊家大宅、她的議員辦事處和律師樓相繼出現鼠蹤。

莊瑾律師樓發現鼠蹤是今早的事，平凡直接去到位於九龍步行街的一座老牌寫字樓。

大廈翻新後，窄小的電梯大堂煥發富麗氣息，尚存歷史情懷景象的是年邁的保安亞叔，還有復刻的大廈公司水牌上的耳熟能詳的老牌公司名稱。

還是窄小的電梯，18樓的莊瑾律師事務所廣告牌依然在電梯內。莊瑾親自到門口接平凡，讓接待處小姐姐好奇地將平凡打量了幾眼。

辦公室內，莊瑾給平凡播放她秘密錄下的視頻⋯⋯

又是魔鼠！莊家大宅、莊瑾議員辦事處和這莊瑾律師事務所都被魔鼠盯上了。

莊瑾：「平凡你一定要幫我。但我不想嚇到神氣少年，你想想辦法？」

平凡：「你與文蝶談談，應該可以。」

莊瑾：「你可否幫我全權處理？當作其他客戶，我完全隱身⋯⋯」

沉默了許久，平凡小心翼翼的說：「我理解不了你們神器家族的事情，我只知道峰哥喜歡你，你不如將情況向峰哥說說，峰哥心胸廣闊，一定會助你圓滿解決。」

莊瑾臉色變了，喝着暖水⋯⋯

莊瑾：「你知道些什麼了？他們知道了什麼？」

平凡：「神氣少年未知，大人們知道，峰哥未知，文蝶沒告訴他。」

莊瑾陷入長時間沉思⋯⋯

平凡：「找峰哥牽頭，我協助！能達成三個圓滿結果：除魔鼠、修復因『明』字神器引起的尷尬、增進你與峰哥的感情。」

莊瑾：「你為什麼關心我與峰哥之間的事？」

平凡右手掃着自己後腦，憨厚外表上露出了一點狡猾。

平凡：「因為我想斬斷文蝶的單思，與她做真正的夫妻。」

莊瑾：「我接受你的建議。」

晚上，平凡去神器山莊參加神氣少年支援隊會議。到達之前，他接到宇宙集團林總的電話，說宇宙集團今天向旗下港九新界商場了解鼠情，有五個商場報告鼠患嚴重，請平凡安排時間勘查。平凡在會上講述了宇宙集團不正常的鼠情，他判斷是魔鼠入侵；但沒有透露莊瑾的辦公室遭遇魔鼠……

·　·　·　·　·　·　三　·　·　·　·　·　·

第二天，平凡準時來到宇宙大廈林總的辦公室。

林總：「今早又收到兩個商場被鼠患困擾的報告。昨晚的錄影片段準備好了。」

平凡：「明白，我會盡快去勘查。你需要保安主管陪同觀看嗎？或者會出現較驚人的情景。」

林總：「我在木屋區長大，見慣蛇蟲鼠蟻。」

兩人坐到電腦前，林總播放錄影片段……零時三十分，幕牆背面右上角，探出一鼠頭，兩根鼠鬚向下向前轉動。十秒後，相對應的右下角探出另一鼠頭，兩根鬚向上向前轉動。

林總：「我知道鼠有鼠語，兩鼠是否正在交流中？」

平凡笑了笑，沒說話。

錄影顯示，零時三十五分，連響數下敲銅鑼的聲音，兩鼠同時躍出，游走於各個線路板塊。

林總連大班椅後退，驚問：「哪來的銅鑼聲！？」

平凡淡定答他：「有人在現場敲銅鑼。」

錄影：「第二通銅鑼聲響，兩鼠張開利齒，咬斷電線！」

林總逃離大班椅，哆嗦的雙手捧起水杯，平凡繼續觀看。

錄影顯示，零時四十分，一聲銅鑼響起，兩鼠消失。此後十數分鐘再無鼠蹤。平凡按下快進鍵，確認至天亮，再無鼠蹤和銅鑼聲。

　　驚魂未定的林總回到電腦前，關閉電腦。

　　十分鐘後，昨天原班人馬到達28樓，秘書長開門，不同的是，已獲情況匯報的秘書長沒有隨同進入主席辦公室，而是留在外面休息間等候。

　　四人果然於幕牆後線路板撿到幾截嶄新的一字切口斷線。

　　平凡與三人一起拆除錄影鏡頭，走出主席辦公室。

　　秘書長站起身，看到昨晚的斷線，雙眼與她的三位同事一樣，望着平凡問：「怎麼辦？」

　　平凡向她道：「龔秘書長好，神器山莊嚴慈師太徒弟唯心住持，委託我向您問好！」

　　秘書長：「你……」

　　林總三人知道大老闆與嚴慈師太關係密切，而秘書長是兩人的橋樑，三人自覺地退到一旁。

　　平凡：「我是依靠神器山莊消滅魔鼠的。」他掏出一封信遞給秘書長……

　　原來，在昨晚的神器山莊會議上，文蝶制定了借助宇宙集團，推出「唱響神氣正能，童聲消滅魔蟲」運動。

　　敬請關注下集《神氣歌聲》。

神氣少年

作　　　　　者	歐沐陽
助理出版經理	周詩韵
責任編輯	梁韻廷、胡奕奇
美術設計	Venus
出　　　　　版	明文出版社
發　　　　　行	明報出版社有限公司
	香港柴灣嘉業街 18 號
	明報工業中心 A 座 15 樓
電　　　　　話	2595 3215
傳　　　　　真	2898 2646
網　　　　　址	http://books.mingpao.com/
電子郵箱	mpp@mingpao.com
版　　　　　次	二〇二二年七月初版
I　S　B　N	978-988-8688-66-1
承　　　　　印	美雅印刷製本有限公司